지은이

미쓰다 신조 三津田信三

일본 나라현에서 태어났다. 대학에서 국문학을 전공하고, 졸업한 뒤에는 출판사에 들어가 호러와 미스터리에 관련된 다양한 기획을 진행했다.

1994년 단편소설을 발표하면서 작가의 길을 걷기 시작했다. 2001년에는 첫 장편소설 《기관, 호러작가가 사는 집》을 출간하며 미스터리 작가로서 널리 이름을 알렸다.

데뷔 초부터 미스터리와 호러의 절묘한 융합, 특히 본격추리에 토속적인 괴담을 덧씌운 독자적인 작품세계를 구축하며 자신만의 독특한 작품들을 선보여왔다.

특유의 문체와 세계관, 개성적인 인물들, 미스터리로서의 높은 완성도가 평단과 독자 양쪽의 호평을 이끌어냈다.

2010년 《미즈치처럼 가라앉는 것》으로 제10회 본격 미스터리 대상을 수상했으며, 지금은 '미쓰다 월드'라 불리는 작가의 마니아층이 형성될 정도로 명실상부 일본 본격 미스터리를 대표하는 작가로 자리 잡았다.

미쓰다 신조 본인이 등장하는 '작가 시리즈'를 비롯해 '사상학 탐정 시리즈', '도조 겐야 시리즈', '집 시리즈' 등 다수의 시리즈 작품을 발표했으며, 《흉가》《화가》《우중괴담》《노조키메》《일곱 명의 술래잡기》《괴담의 집》《죽은 자의 녹취록》 등 지금까지 출간한 소설만 수십 권에 이를 정도로 왕성한 활동을 펼치고 있다.

괴
담
의

숲

MATEI

ⓒ Shinzo Mitsuda 2017, 2020

First published in Japan in 2017 by KADOKAWA CORPORATION, Tokyo.
Korean translation rights arranged with KADOKAWA CORPORATION, Tokyo
through Shinwon Agency Co., Ltd., Seoul.

まてい
괴 담 의 숲

미쓰다 신조 소설

현정수 옮김

북로드

"한시라도 빨리 이 집에서 떠나는 게 좋아.

집 뒤로 펼쳐진 사사 숲에는

절대로 가면 안 돼!"

일러두기

이 책은 소설 작품입니다. 작품 속의 모든 인물이나 상황, 사건, 대화 등은 모두 작가의 상상력을 토대로 창작된 것으로 실제와는 아무런 관련이 없습니다. 혹시 유사한 점이 있다면 순전히 우연이며, 의도된 것이 아님을 밝힙니다.

하나, 원저자 주의 경우 괄호 안에 표기하였고, 옮긴이 주의 경우 괄호 안에 '옮긴이' 표기를 별도로 하였습니다.

둘, 원문에서 서체가 본문과 달리 표기된 부분은 번역문에서도 서체를 달리하거나 작은따옴표로 구분하여 표기하였습니다.

목차

1장 이사

유마는 성씨가 '세토瀬戸'에서 '세토世渡'로 바뀌었을 때 난생처음 이사를 했고 학교를 옮겼다.

"잘된 일 아니냐. 발음은 똑같지만, 우리 성씨에는 '처세'라는 뜻도 있거든. 너도 장차 처세에 능한 사람이 될 수 있을 거야."

결혼식 피로연장에 딸린 친족 대기실에서 처음 만난 삼촌 도모노리는 이렇게 말하며 껄껄 웃었다. 하지만 당사자인 유마에게는 잘 와닿지 않았다. 열한 살 어린아이에게는 적절하지 않은 말이기 때문일 것이다. 그래도 유마는 자신과 같은 간사이 출신의 이 삼촌이 금방 마음에 들었다. 새아빠인 세토 도모히데가 좋게 말하면 성실하고 나쁘게 말하면 고지식한 인물이라, 성격이 딴판인 삼촌에게 쉽게 친근감을 느낀 모양이다. 삼십 대 후반이라는 나이가 느껴지지 않는 언행 역시 좋은 인상을 주었다. 새아빠와 새 삼촌은 아버지는 같았지만 어머니가 달랐다. 그래서 새아빠는 간토 지방에서, 삼촌은 간사이 지방에서 태어났다고 한다. 무엇 때문인지 이런 관계도 유마는 바람직하다고 생각했다.

"하지만 말이다, 유마. 저래 봬도 형님은 뒤를 이을 자식이 생겨서 아주 기뻐하고 있어."

삼촌은 유마가 자기만 잘 따르자 이건 좀 곤란하다고 생각했는지 세타가야에 있는 형님 집에 얼굴을 비칠 때마다 새아빠를 칭찬했다. "네 아버지는 세계적으로 유명한 종합상사의 임원이고, 차기 사장으로 가장 유력한……."

하지만 새아빠의 회사가 무슨 일을 하는지 유마는 거의 이해할 수 없었다. 이런 마음이 전해졌는지 삼촌은 간단하게 정리해주었다. "요컨대 전 세계에 다양한 물건을 파는 회사의 높은 사람이야."

유마의 엄마인 유카가 도모히데와 재혼했을 때 유마는 초등학교 6학년으로 올라가기 직전의 봄방학을 즐기던 참이었다. 유마가 간사이 지방에서만 살다가 도쿄의 초등학교로 전학하게 되었으니 새 학교에서 새 학년을 맞이할 수 있도록 엄마가 배려한 듯하다. 이렇게 엄마가 재혼하자 유마의 생활은 극적으로 바뀌었다. 태어나고 자랐던 간사이 지방을 벗어나 생전 가본 적 없는 도쿄로 이주했다. 꾀죄죄한 방 두 칸짜리 연립주택에서 '저택'이라는 말이 딱 어울리는 세타가야의 고급 주택가로 이사했다. 사이좋은 친구들과 헤어져서 아는 사람 하나 없는 초등학교로 전학하게 됐다. 무엇보다 큰 변화는 새아빠가 생겼다는 점이다.

유마의 친아버지인 세토 마사오瀨戶 眞大는 필명이 '도세 다이마登勢 對馬'인 작가였다. 성씨 '세토'의 앞뒤 순서를 바꿔 '도세'라고 쓰고 발음이 같은 다른 한자로 바꾸었다. 이름은 '마사오'를 '마타이'라고 읽은 뒤에 역시 앞뒤 순서를 바꾸어 '다이마'라고 쓰고 발음이 같은 다른 한자로 바꾸었다. 우마는 엄마에게 이런 설명을 들었더랬다. 왜 그렇게 귀찮고 복잡한 짓을 했을까, 솔직히 이런 생각이 들긴 했지만, 아버지가 순문학 작가이기에 왠지 납득이 되었다. 다만 당시나 지금이나 순문학이 무엇인지는 전혀 이해하지 못했다. 요컨대 납득했다고는 해도 뭐 그렇겠거니 하며 대충 넘어간 수준이다. 그래도 의문을 품지 않은 이유는 필명에서 풍기는 성가시고 복잡한 느낌이 아버지의 이미지와 고스란히 겹쳤기 때문일 것이다.

컴퓨터 책상 앞에 앉아서 묵묵히 생각에 잠겨 있는 것. 유마의 머릿속에 남아 있는 아버지의 모습이다. 키보드를 두드리며 소설을 쓸 때보다 그렇게 묵묵히 생각에 잠겨 있는 경우가 더 많았다. 잘각잘각, 키보드를 두들기는 소리가 나면 어린아이라도 아버지가 일하고 있음을 알 수 있다. 반면에 아버지의 두 손이 전혀 움직이지 않으면 글을 쓰지 않고 있음을 알게 된다. 그래서 유마는 저도 모르게 말을 걸다가 야단을 맞곤 했다.

"아빠가 컴퓨터 앞에 앉아 있을 때는 조용히 해."

그렇지만 아버지는 컴퓨터 책상을 벗어나면 놀아주는 게 아니라 책을 읽었다. 그래서 말을 걸면 이번에는 "책을 읽고 있을 때 말을 거는 녀석이 어디 있어"라고 혼을 냈다. 심지어 아무 일 안 할 때도 "소설을 구상하고 있다", "한창 생각하는 중이야"라고 말해서 유마는 아버지와 오순도순 대화한 기억이 거의 없다. 한데 오랫동안 줄곧 이상하게 생각한 일은 아버지는 나름대로 소설가임에도 집에는 도세 다이마의 책이 아주 적었다는 것이다. 데뷔 작품집인 《생사규묵》을 비롯해 세 권 정도밖에 없었을 것이다.

"잡지에 작품을 발표하더라도, 책으로 묶어 내기가 쉽지는 않거든."

처음 엄마의 설명을 들었을 때는 그런가 보다 했다. 하지만 이내 묘한 사실을 깨달았다. 책으로 만들지는 않더라도 출판사에서 작품이 실린 잡지를 보내주지 않을까? 실제로 자신의 소설이 실린 문예지가 도착하면 아버지는 몹시 좋아했다.

유마 가족이 살던 연립주택의 우편배달 시간은 대개 저녁 식사 시간 무렵이었다. 그래서 유마는 집 근처에서 친구들과 놀다가도 우편배달부의 오토바이가 보이면 곧바로 집으로 뛰어와서 서둘러 우편함을 들여다보았다. 아버지가 웃는 얼굴을 보고 싶어서, 항상 유마는 아버지의 작품이 실린 잡지가 도착하기를 학수고대했다. 어쩌면 아버지보다 더 간절히 기다렸는지도 모른다. 그러나 세 종류였던 문예지가 배송되는 일은 정말로 드물었다. 유마가 초등학교 저학년일 때는 그래도 두세 달에 한 권꼴로 배달됐지만, 3학년 무렵에는 눈에 띄게 줄기 시작했다. 소설은 늘 열심히 쓰는데도……. 유마에게는 아주 이상한 일이었다. 얼마 뒤에, 원고가 취소되는 일도 있음을 알고는 간신히 수수께끼가 풀렸다 싶었지만 곧바로 새로운 의문이 생겨났다.

언젠가 엄마가 한숨을 쉬며 이렇게 말했다. "힘들여 쓴 소설이 실리지 않으면, 원고료가 들어오지 않아."

아버지가 받는 원고료란 친구네 아버지가 받는 월급과 같은 거라고 알고 있었으므로, 어린 마음에도 큰일이라고 생각했다. 원고가 취소되어 잡지가 배달되지 않으면 우리 식구들은 밥도 못 먹고 쫄쫄 굶지 않을까, 몹시 걱정됐다. 그럼에도 불구하고 생활이 궁핍해지는 일은 없었다. 여전히 가난하기는 했지만 유마가 밥을 굶은 적은 한 번도 없다. 엄마가 동네 슈퍼마켓에서 파트타임으로 일하며 가계를 도왔는데 그래도 가정을 꾸려나간 것은 어디까지나 아버지다.

그래서 엄마는 항상 이렇게 말했다. "아버지가 일할 때는 조용히 해야 한다."

밖에서 놀 때도 되도록 집에서 떨어져서 놀라고 주의를 주었다. 아이들이 시끄럽게 노는 소리가 일하는 아버지에게 들리면 곤란할 터였다. 유마는 엄마 말씀을 잘 들었다. 차를 가진 주민이 적었기 때문에 연립주택 주차장은 비어 있다시피 해서 아이들이 놀기에 딱 좋았다. 하지만 아무리 친구들이 투덜거려도 유마는 조금 떨어진 흙바닥 공터까지 아이들을 데려가 놀았다. 이렇게 하면서 자신도 아버지의 일을 돕고 있다고 생각했고 내심 기뻤다. 그럼에도 불구하고 배송되는 문예지는 전혀 늘지 않았다. 오히려 줄어갔다. 그래도 아버지는 열심히 원고를 썼고 신기하게도 가족의 생활은 딱히 곤란해진 기미가 보이지 않았다.

초등학교 4학년 초겨울, 마침내 수수께끼가 풀렸다. 아니, 그렇다 해도 유마가 속속들이 알아낸 것은 아니다. 모든 비밀은 최근에야 풀렸으니까. 그날은 저녁부터 갑자기 날씨가 추워졌다. 유마는 코타츠(일본의 실내 난방 장치로 화로 위에 담요를 덮어놓는다―옮긴이)에 들어가 있었지만, 추워서 견딜 수가 없었다. 유마의 집에서는 석유스토브를 밤이 돼야만 켤 수 있다는 규칙이 있었다. 그래서 이불을 꺼내려고 했는데, 엄마는 침구를 다른 용도로 사용하는 걸 싫어한다. '이불이 더러워진다'거나 '칠칠치 못하다'라는 이유로 야단을 친다. 그래서 평소에 사용하지 않는 이불을 꺼내려고 벽장 속을 뒤졌는데 마치 감춰둔 것처럼 처박혀 있던 종이봉투를 발견했다.

'뭐지, 이건?' 호기심에 봉투 안을 들여다본 유마는 깜짝 놀랐다. 동시에 얼굴이 화악 달아올랐다. 유마는 말도 안 되는 걸 보고 말았다며 곧바로 후회했다. 벌거벗은 여성이 새끼줄에 묶여 있는, 참으로 고혹적인 그림이 표지에 실린 잡지가 여러 권 들어 있었다. 물론 잡지마다 그림은 달랐지만, 하나같이 젊은 여성이 알몸으로 강측한 자세를 취하고 있었다.

아버지의 비밀. 민망하기 짝이 없는 표현이 떠올랐다. 하지만 당시 유마의 심경이 꼭 그랬다. 하필 어린아이인 내가 이런 물건을 발견하다니, 종이봉투 안을 들여다본 것을 들키지 않도록 가만히 돌려놓자. 이렇게 판단했지만, 문득 봉투로 향하던 손이 멈추며 묘한 기분이 들었다.

"하지만……."

벽장 안에 두면 분명 엄마에게 들킬 텐데. 집 안 어디에 무엇이 수납되어 있는지 모두 아는 사람은 엄마뿐이다. 유마도 거의 아는 바가 없다. 아버지는 말할 것도 없을 터다. '그럼, 엄마도 아는 건가?' 하지만 이런 잡지는 아내 몰래 보는 물건이 아니던가. 이 정도는 어린아이라도 짐작할 수 있다.

'뭐지, 이 잡지는?' 유마는 갑자기 무서워졌다. 부도덕한 느낌을 풍기는 내용보다, 이런 잡지가 자기 집 벽장에 여러 권 있다는 사실을 아버지뿐만 아니라 엄마도 알고 있는 것 같아서 왠지 무서웠다. 결코 어린아이가 알아서는 안 되는 비밀이 숨겨져 있다는 느낌이 들어서 오히려 잡지를 들여다봐야겠다고 생각했다.

조심조심 종이봉투에서 한 권만 꺼내봤다. 처음에 본 잡지와는 달랐지만 신경 쓰지 않고 표지를 넘기자, 다양한 자세로 묶인 알몸 여성의 화보가 습격해 들어와 어질어질했다. 황급히 화보 페이지를 넘기자 차례가 나타났다. '관능소설'이라는 표제를 발견하자 더더욱 호기심이 동했다.

'호러나 미스터리 혹은 SF, 그리고 모험소설까지는 읽어봤는데 관능소설은 뭐지?' 학교에서 사용하는 국어사전을 찾아보았지만 어디에도 설명이 실려 있지 않았다. 그래서 아버지의 사전을 펼쳐보자 '남녀 간 혹은 동성 간의, 주로 성행위를 묘사한 소설'이라고 설명돼 있었다. 당시의 유마가 이런 설명을 얼마나 이해할 수 있었을까? 본인도 알지 못했을 것이다. 다만, 자신이 아직 읽은 적 없는 미지의 소설이 있다는 사실에 유마는 흥분했다.

관능소설은 전부 네 편이 실려 있었다. 하나씩 순서대로 보았지만 읽을 수 없는 한자가 너무 많았다. 그래도 내용을 상상할 수 있었던 이유는 표지처럼 여성을 적나라하게 묘사한 삽화가 어느 작품에나 몇 점씩 실려 있었기 때문이다. 그렇다 해도 유마 같은 어린아이가 이해할 수 있는 세계는 아니었다.

'이 여자는 어째서 엘리베이터 안에서 스커트를 벗고 있나.' 이런 유의 의문이 쉬지 않고 떠올랐다. 다만 어린아이가 답을 알아서는 안 될 거라는 생각이 들 뿐이었다. 이때 유마는 난생처음 죄책감을 느끼고 있었는데, 이를 본인이 인식하기에는 아직 몇 년의 세월이 더 필요했다. 사실 당시 유마는 왠지 켕겼지만 이런 기분을 한순간에 잊어버릴 정도로 대단한 발견을 해냈다. 관능소설 중 네 번째 작품에 빨간 볼펜으로 적은 글씨가 보였는데, 그게 아버지의 필적이라는 사실을 알아차린 것이다.

"어째서……?"

관능소설에 적힌 글씨는 아버지가 출판사에 보낸 원그를 출판사가 종이에 인쇄해 보내는 교정지에 빨간색 볼펜으로 적는 필체와 비슷했다. 이 저자 교정이란 틀린 곳을 고치는 작업이라고, 전에 아버지가 말해준 적이 있다. 혹시나 하고 빨간 글씨로 적힌 대목을 국어사전을 펼쳐서 확인해보았다. 그랬더니 오탈자를 수정했다는 사실을 알 수 있었다. 게다가 문장까지 수정되어 있었다.

'하지만, 어째서 아버지가…….' 이런 관능소설에 저자 교정 작업을 하고 있는 걸까. 게다가 네 편 중 한 편만 골라서. 도무지 이유를 모르겠다. 유마는 곧바로 종이봉투 안에서 두 권을 더 꺼냈다. 그중 첫째는 제호가 달랐기 때문에 다른 잡지임을 알 수 있었다. 다만 같은 종류의 잡지라는 사실은 표지만 봐도 알 수 있었다.

잡지에 게재된 다섯 편의 관능소설을, 유마는 처음부터 순서대로 살펴보았다. 있다. 이번에는 조금 빠르게, 두 번째 작품에서 아버지의 글씨를 발견했다. 여기에도 저자 교정 작업을 했는지 빨간 글씨로 적혀 있었다.

'어라? 작가 이름이 이상하네.' 이때 유마는 잡지에 실린 관능소설의 저자명이 '세이토바 츠이'라는 사실을 알아차렸다. 한데 다른 관능소설 작가들도 이름이 묘했다. 적어도 유마가 즐겨 읽는 책이나, 아버지의 작품이 실린 문예지의 작가들과는 전혀 느낌이 달랐다. 말로 설명할 수는 없지만, 일부러 사람의 이름 같지 않은 필명을 쓰고 있다는 느낌이 들었다.

이 '세이토바 츠이' 씨는 아버지가 아는 사람일까? 그래서 아버지는 이 작품에 빨간 글씨로 무언가를 적어둔 게 아닐까? 이게 바로 아버지의 일이고, 이런 작업을 해서 **급료**를 받고 있는지도 몰랐다.

이미 발표된 다른 사람의 작품을 수정한다? 어쨌든 유마는 이렇게 해석했다. 그렇다고 완전히 납득한 것은 아니었다. 이 잡지들에는 아직 유마가 해명할 수 없는 비밀이 숨겨져 있다는 기분이 들었다. 일단 이 문제는 아빠나 엄마에게 밝히지 않고 천천히 알아나갈 생각이었다.

그해 겨울, 아빠가 웬일로 취재 여행을 떠나시나 싶었는데, 몸이 안 좋아져서 예정보다 빨리 돌아왔다. 병원에 입원했는데 새해를 맞기도 전에 맥없이 세상을 떠나고 말았다.

"왜 산속의 이상한 묘지 같은 데 가서…… 아니, 애초에 좀 더 빨리 의사 선생님을 찾아갔더라면……."

엄마의 혼잣말을 들은 유마는, 아버지가 취재차 위험한 장소에 갔고 몸 상태가 좋지 않았음에도 서둘러 치료하지 않고 있었음을 깨달았다. '돈이 없어서?' 이렇게 생각하고 낙심했지만, 금세 생각을 고쳐먹었다. 어쨌든 아버지는 다른 사람 말을 잘 듣지 않았다. 남에게 가르침을 받거나 이런저런 잔소리를 듣는 걸 매우 싫어했다. 원래 그런 성격이라 상대가 의사라도 마찬가지였을 것이다.

검소하게 장례를 치른 뒤, 유마와 엄마는 새해를 맞았다. 상중이라 새해를 축하할 마음이 생길 리도 없었다. 유마의 겨울 방학이 끝나자마자 엄마는 슈퍼마켓의 파트타임 일을 그만두고 밤일을 나가게 되었다. 고등학교 친구들의 소개로 '술 마시는 남자를 상대하는 가게'에서 근무하기 시작했다. 다만 '저속하지 않은 번듯한 가게'라고 했다. 유마는 제대로 알아들을 수 없었지만, '부끄러운 직업은 아니다'라는 점만은 이해할 수 있었다.

엄마는 저녁에 나가서 유마가 깊이 잠든 늦은 밤에 돌아왔다. 외출할 때는 화장을 옅게 했지만, 집에 돌아왔을 때는 구역질이 날 정도로 짙은 냄새를 풍겨서 유마가 잠에서 깨기도 했다. 정말 질색했지만, 의외로 일주일 정도 지나니 익숙해졌다. 사람은 적응의 동물이라더니 참……

다만 기분 나쁜 일도 있었다. 친구네 집에 놀러 가면 친구 엄마가 "엄마는 요새 무슨 일을 하시니?"라고 물었다. 전에는 없던 일이었다. 엄마의 새 직업을 두고 이러쿵저러쿵하는 사람은 별로 없었지만, 다들 알고 있는 모양이었다. 그래선지 예전처럼 놀 수 없는 친구들이 몇 명 생겨서 힘들었다.

다행스럽게도 5학년이 되자 반이 바뀌었고 유마에게는 새 친구들이 생겼다. 친구들로 인해—실제로는 아이들 엄마가 문제였지만—속상한 일을 겪었지만, 유마는 또 한편 이 친구들 덕에 위안을 얻기도 했다.

유마가 새 학년의 새 반에서 새로운 친구들을 만들 무렵, 엄마는 제대로 된 가게에 자주 들르던 세토 도모히데와 만난 모양이었다. 그 후 채 1년도 안 돼서 엄마는 도모히데와 재혼했다. 그동안 두 사람 사이에 무슨 일이 있었을까? 물론 유마는 전혀 알 수 없었다. 사실 엄마가 남자와 사귀고 있다는 사실도 전혀 알지 못했다. 당시 유마는 새 반에 적응하고 새 친구들과 노느라고 정신이 없었다.

아버지가 돌아가시고 1년이 지난 겨울에, 엄마는 유마에게 세토 도모히데를 소개하고 인사를 시켰다. '재혼한다'라는 말을 엄마 입을 통해 들었는지도 기억나지 않는다. 엄마가 아니라 세토 도모히데에게 들었나 생각해보았지만 그런 기억도 안 난다. 문득 정신을 차려보니, 모든 일이 엄마의 재혼을 중심으로 진행되고 있었다.

2장 집

엄마가 재혼했으니, 그 남자가 나의 새아빠가 된다. 이 사실을 간신히 인정했을 무렵에 유마는 그 종이봉투를 기억해냈다. 지금이라면 세이토바 츠이의 수수께끼를 완벽하게 풀 수 있을 것 같다는 느낌이 들었다.

엄마가 일을 나간 뒤, 유마는 벽장 안을 살펴보았다. 그런데 종이봉투가 보이지 않았다. 엄마가 옮긴 걸까, 생각하여 벽장 안을 꼼꼼히 살펴보았지만 봉투는 어디에도 없다. 아예 방 안을 전부 뒤졌지만, 끝내 찾을 수 없었다.

'엄마가 버린 건가?' 살아생전 아버지가 직접 없애버렸다는 생각은 들지 않았다. 어쩌면 재혼이 결정되었을 무렵에 엄마가 일찌감치 짐들을 정리하다가 종이봉투를 발견했는지도 모른다. 아니면 아버지가 세상을 떠난 뒤에 바로 버린 걸까. 엄마의 마음은 이해할 수 있었다. 아버지가 관련돼 있었다고는 해도, 본인이 쓴 작품도 아닐뿐더러 사실 어디 내놓기 부끄러운 잡지다. 도저히 새 집에는 가지고 갈 수 없을 것이다. 게다가 유마가 어쩌다 발견하게 될지 모른다는 걱정도 했을 것이다. 그렇지만 아버지가 직접 쓴 글씨가 있는 잡지였다. 가능하면 남겨두기를 바랐는데 유마는 엄마가 조금 원망스러웠다. 없애더라도 아버지 글씨가 있는 페이지는 스크랩해둘 수도 있었으련만.

유마는 광고 전단지 구석의 빈 공간에, 아직 기억하고 있는 작가의 이름을 연필로 적었다.

세이토바 츠이

옆에는 아버지의 필명을 적었다.

도세 다이마

다시 옆에 아버지의 본명을 나란히 적어봤다.

세토 마사오

어떤 의도가 있었던 것은 아니었다. 그냥 아무 생각 없이 끼적여봤을 뿐이다. 하지만 이렇게 이름 세 개를 늘어놓자 문득 눈앞이 확 트인 느낌이 들었다. 이상한 느낌에 고개를 갸웃거리면서도 아버지의 본명에서 필명으로, 그리고 도저히 잊을 수 없는 '세이토바 츠이'라는 작가 이름으로 눈길을 옮기다가, 앗— 하고 소리를 지를 뻔했다.

세토 마사오에서 도세 다이마라는 필명을 생각해냈듯이, 이번에는 도세 다이마에서 세이토바 츠이라는 작가명을 고안한 걸까? 왜, 무엇을 위해? 순문학 작가인 도세 다이마라는 이름으로는 쓸 수 없는 관능소설을, 또 다른 필명으로 집필해서 원고료를 벌었던 걸까? 그래서 새로운 필명이 필요했던 걸까?

유마는 아버지가 도세 다이마란 필명을 만든 방법을 세토 다이마에 적용해보았다. 도세를 거꾸로 적으면 세토가 되는데, 이걸 '세이토'로 바꾼다. '추리가 맞아들어가고 있어.' 유마는 흥분하면서 '다이마'로 넘어갔다. 다이마對馬를 거꾸로 적으면 마타이馬對가 된다. 이때 '馬'는 '바'로, '對'는 '츠이'로 읽을 수 있다.

도세 다이마 → 세이토 바츠이 → 세이토바 츠이

유마는 미스터리소설에 나오는 난해한 암호를 풀어낸 것 같은 쾌감에 휩싸였다. 누구의 도움도 빌리지 않고 아무런 힌트도 없이 자신의 힘만으로 티밀을 밝혀낸 것이다.

"굉장해!"

유감스럽게도 이처럼 고양된 기분은 바로 스러져버렸다. 어째서 아버지는 또 하나의 필명을 만들어내야 했을까. 이유를 생각하니 애들처럼 마냥 기뻐하고 있을 수가 없었다.

아버지가 쓰고 싶었던 것은 순문학이었다. 지금도 순문학이 무엇인지 유마는 알지 못했다. 하지만 짐작건대 관능소설은 여기 포함되지 않을 터였다. 그런데도 아버지는 관능소설을 썼다. 먹고살기 위해서……. 소설 속 등장인물이 아닌, 유마 자신이 '먹고살기 위해서'라는 말을 토해내서 적잖이 놀랐다. 그러나 아버지인 세이토바 츠이는 그야말로 먹고살기 위해서 관능소설을 썼던 것이다.

'그렇다면 잡지에 쓴 글씨는 뭘까.' 순문학 원고에 하듯이 저자 교정을 한 게 아닐까. 아니면 관능소설은 과정이 좀 다른 걸까. 이 점을 유마는 이해할 수 없었다. 출판사나 잡지사의 담당 편집자가 교정을 하면서 내용을 크게 바꾸는 경우가 있다. 어른이라도 출판업계 사람이 아니라면 모르는 사실을 어린아이인 유마가 알 리는 없었다.

엄마는 세이토바 츠이의 작품을 틀림없이 알고 있었을 것이다. 종이봉투에 집어넣고 벽장 속에 감춘 사람은 어쩌면 엄마였을까. 아버지는 먹고살려고 그런 소설을 쓰는 자신을 부끄러워했을까. 같은 이유로 엄마는 아버지가 돌아가시자마자 없애 버린 걸까. 언젠가 유마가 잡지를 발견하고 세이토바 츠이의 정체를 깨닫기 전에 눈물을 머금고 버린 걸까. 새 집에 가지고 갈 수 없으니까. 유마는 이런 한심한 이유보다는 어머니가 아버지를 배려하여 잡지를 처분했기를 바랐다.

어째서 엄마는 재혼할 생각을 했을까. 아버지를 벌써 잊어버린 걸까. 돌아가신 아버지보다 세토 도모히데를 좋아하는 걸까. 작년 겨울부터 한동안 이런 생각을 하다가 퍼뜩 정신을 차리곤 했다. 하지만 어느 것이든 간단히 답이 나오지 않는 의문이었다.

세토 도모히데와 재혼한 엄마와 유마는 이제 어떻게 되는 걸까. 엄마는 이런 이야기를 절대 하지 않았고 속마음도 전혀 내비치지 않았다. 유마는 궁금했지만 차마 물어보지 못했다. 누군가에게 상담하고 싶었지만, 친구에게 털어놓기에는 너무나 무거운 이야기였다.

어느 날 유마의 반에 오사키 아키라가 전학을 왔다. 5학년 봄방학을 몇 달 앞둔 시기였다. 이런 때에 전학을 오다니 여러모로 힘들겠다 싶어 유마는 오사키를 동정했다. 유마도 6학년이 되기 전에 이미 전학이 결정되어 있어서 두 사람은 금세 친해졌다. 함께 공부하고 놀 수 있는 기간은 앞으로 석 달뿐이었다. 그래도 유마와 전학생 오사키는 마치 죽마지우처럼 친하게 지냈다. 오사키는 묘하게 어른스러웠다. 초등학생치고는 어깨와

이마가 넓어 신체와 두뇌 역시 우수한 아이처럼 보였다. 정신 연령도 동급생들보다 높은 듯한데, 인상뿐만이 아니라 실제 언행에서도 이런 점이 드러났다. 그랬기에 유마는 작가였던 아버지와 재혼한 엄마 이야기, 그리고 세토 도모히데에 대해 털어놓을 수 있었다.

"유마네 아버지는 소설을 쓰셨구나. 굉장하네."

사심 없이 감탄하는 오사키를 보고 유마는 조금 으쓱해졌지만 바로 설명을 했다. 본업인 순문학으로는 먹고살 수 없어서 어쩔 수 없이 관능소설에 손을 댔다는 사실을, 감추지 않고 이야기했다.

"뭐가 부끄럽다는 거야. 요컨대 순문학뿐만이 아니라 관능소설도 쓸 수 있었다는 얘기 아냐. 그만큼 재능이 있었다는 증거잖아."

"그, 그런가?"

오사키 아키라의 지적에 유마는 그야말로 눈앞이 확 트이는 듯했다. 한 번도 그렇게 생각한 적이 없었지만 듣고 보니 분명 그랬다. 가령 '먹고살아야 하니 관능소설을 쓰자'라고 본인이 결심하더라도, 애초에 쓸 수 있는 능력이 없으면 아무 소용이 없다.

"나도 잘은 모르겠지만, 처음부터 관능소설을 쓰기로 한 작가들이 분명 있을 거야. 그런 사람 눈으로 보면 너희 아버지는 굉장한 작가일걸."

"아, 그렇구나."

유마는 관능소설 집필이 아주 부끄러운 행위라고 단정하고 있었다. 무례하게도, 생계를 꾸려가려고 어쩔 수 없이 하는 짓이라고 여기고 있었다.

풀이 죽어 있는 유마를 본 오사키가 쓴웃음을 지으며 말했다. "네 평생 관능소설을 쓰는 사람을 만날 가능성은 거의 없을 테니까 그렇게 낙심할 필요 없어. 가령 만났다고 해도 네 생각을 상대방이 알 리도 없고."

"그것도 그렇네."

이 한마디에 마음이 후련해져서 유마는 자기가 보기에도 참 타산적이라고 생각했다. 오사키와 만나면 이야기가 대체로 밝은 쪽으로 흘러갔다. 그래서 엄마의 재혼 이야기도 별 망설임 없이 할 수 있었는데, 유감스럽게도 이것만은 그렇지 않았다.

오사키는 잠시 침묵한 뒤에 심각한 표정으로 허락을 구했다.

"내가 느낀 바를 말해도 괜찮을까?"

"응. 별 상관 없어." 조금 두려움을 느끼면서도 유마는 고개를 끄덕였다.

"너한테는 상당히 기분 나쁜 이야기일지도 몰라."

"하지만 사실을 말하는 거지?"

"글쎄다. 어디까지나 내 생각일 뿐이고……."

"뭐 괜찮아."

유마는 오사키를 신뢰하고 있었다. 무슨 말을 듣더라도 담담히 받아들이기로 마음먹었다.

"너희 엄마가 재혼하기로 결심하신 이유는 너를 위해서인지도 몰라."

"나를 위해서?"

"너희 아빠가 돌아가시자 생활이 어려워졌어. 그래서 엄마가 밤일을 나가게 되었고."

"응."

"엄마는 어린 네가 고생하는 모습을 보고 싶지 않았던 게 아닐까?"

"그래서 부잣집 남자와……."

유마가 충격을 받고 말을 흐리는 와중에도 오사키는 계속해서 터무니없는 소리를 했다.

"또 아빠가 돌아가시는 일이 생기더라도 너에게 넉넉한 유산을 남겨줄 수 있는 사람을 고르셨는지도 모르고."

"……."

입을 다무는 유마를, 잠시 오사키는 조용히 바라보다가 말했다. "솔직히 까놓고 묻겠는데, 새 아버지는 뚱뚱하고 대머리에 키가 작아?"

"어? 그, 그렇지는 않은데……."

"너희 엄마와 안 어울리는 구석은 없어?"

"나이 정도? 엄마보다 열 살 넘게 나이가 많으니까."

엄마는 대학생 시절에 결혼해서 유마를 낳았기 때문에 고작 서른두 살이었다.

"하지만 외모는 그렇게 못생기지 않았다는 얘기?"

"응."

"그렇다면 너희 엄마가 내키지 않는 사람하고, 꾹 참고 재혼한 상황은 아닐지도 모르겠네."

"아마도."

다만 그렇다고 해서 엄마가 세토 도모히데를 좋아하는지 어떤지는 알 수 없었다. 오사키의 말처럼 아들인 유마의 앞날을 생각해서, 사실은 애정이 없는 사람과 재혼하기로 마음먹었을 가능성도 없지는 않을 터였다. 엄마는 여차할 때에 과감히 결단할 수 있는 사람이니까. 그렇다고 엄마에게 물어볼 수는 없었다. 사실 물어본다고 해도 엄마가 정직하게 대답해줄 리도 없었다.

결국 의문을 품은 채, 유마는 초등학교 5학년에서 6학년으로 넘어가는 시기의 봄방학 때 이사와 전학, 엄마의 결혼식을 경험하고 새아빠를 얻었다. 열한 살 아이가 단기간에 무리 없이 받아들이기에는 상당히 강렬한 변화였다. 그래도 시간은 흐른다. 전학 간 초등학교에 하루빨리 적응하려고 열심히 노력하는 사이 6학년 1학기 종업식을 맞이했다. 식은 오전 중에 끝났기 때문에, 유마는 집으로 돌아가려고 세타가야의 고급 주택가를 걷고 있었다. 이사한 지 벌써 넉 달이 지났는데도 세토 가가 우리 집이라는 기분이 들지 않았다. 처음 세토 가를 보았을 때, 부지를 둘러싸고 있는 높은 담벼락과 크고 멋진 대문에 깜짝 놀랐다. 문을 지나 건물의 크기와 정원의 넓이를 보고는 더욱 놀랐다. 게다가 본채의 일부는 3층 건물이었고 정원에는 별채까지 있었다. 하지만 이런 감동도 오래지 않아 금세 흐려져갔다. 익숙해진 탓이 아니었다. 오히려 반대였다. 이사한 뒤에 일주일이 지나도 한 달이 지나도, 여기가 우리 집이라는 생각이 도무지 들지 않았다.

항상 묘하게 으스스했다. 휑뎅그렁해서 어쩐지 오싹했다. 사실 방 두 칸짜리 낡은 연립주택에 살다가 갑자기 호화 저택에 살게 되었으니 이질감을 느낄 만도 하다. 우리 가족 외에 또 누가 있다는 기분이 들었다. 하지만 이 오싹하고 불쾌한 감은이라니……. 아침부터 밤까지 새아빠는 회사에 나가 있었다. 집에 있는 사람은 엄마와 출퇴근하는 가사도우미뿐이었다. 그럼에도 다른 누가 있다는 기분을 도저히 떨칠 수 없었다. 유마도 엄마도 가사도우미도 1층에 있는데, 2층에서 인기척이 느껴졌다. 셋이서 조심조심 확인하러 가보았지만 어디에도 아무도 없었다.

처음에는 환경이 갑자기 변해 예민해진 탓이라고 생각했다. 하지만 엄마가 세토 가의 생활에 완전히 익숙해져서 이제 우리 집이라고 생각할 수 있게 되었을 때도 유마는 달랐다. 여전히 소년에게는 낯선 집이었다. 이따금씩 유마는 자기가 서양 영화에 나오는 유령 저택에 살고 있다는 기분이 퍼뜩 들었다. 이 상태가 계속 이어졌으면 유마는 병에 걸렸을지도 모른다. 이때 등장한 수호천사가 삼촌인 도모노리였다. 삼촌이 있기만 해도 집 안이 밝아진다. 재미있는 이야기를 해줄 뿐 아니라 함께 놀아주기도 한다. 때로는 RC카(무선으로 조종하는 장난감 자동차—옮긴이) 같은 선물까지 사오기 때문에, 어느새 유마는 삼촌의 방문을 손꼽아 기다리게 되었다.

다만 '우리들 외에 누가 있다'라는 느낌이 든 이유는 삼촌 때문일지도 몰랐다. 엄마도 유마도 모르는 사이에 삼촌이 찾아와 거실에서 대낮에 맥주를 마시는 일도 드물지 않았기 때문이다.

"이 집에 도모노리 씨가 자유롭게 드나드는 것은 별 상관이 없긴 하지만."

이렇게 말은 하지만 엄마가 삼촌의 자유분방한 행동을 불쾌해한다는 것은 틀림없는 사실이었다. 그럼에도 엄마가 참는 이유는 삼촌이 새아빠의 유일한 혈육이고, 삼촌의 방문을 유마가 진심으로 기뻐하기 때문일 것이다. 이대로 아무 일도 일어나지 않았으면 엄마와 유마는 얼마간 불만과 불안을 느끼면서도 환경에 익숙해졌을지 모른다. 하지만 운명은 비정하게도 극적인 변화를 몰아왔고, 유마는 무서운 집 사건에 휘말리는데……

3장 호박머리의 노래

1학기 종업식을 마치고 돌아오면서 유마는 최근 두 달간 일어난 일을 돌아보고 있었다. 우선 6월에 접어든 지 얼마 안 된 여름쯤 새아빠가 해외 주재원으로 나갈지도 모른다는 이야기를 들었다. 이어 7월에는 엄마가 임신했다는 사실을 알게 되었다. 게다가 이런 문제로 인해 새아빠와 엄마는 함께 외국으로 가고 유마만 일본에 남는다는 이야기가 나왔던 것이다.

"중학교 입시를 생각하면 역시 일본에 남는 쪽이 낫겠지."

새아빠의 의견에 유마는 반발했다. 애초에 명문이라고 불리는 사립 중학교 같은 데는 전혀 가고 싶지 않았다. 입시는 고등학교 때부터 준비해도 충분하다고 생각하고 있었다. 간사이 지방에서 도쿄로 이사 온 지 다섯 달 남짓 되었는데, 이번에는 외국으로 가야 한다니 거부감이 없진 않았다. 하지만 엄마와 떨어져 살기는 더욱 싫었다. 재혼 이야기가 나온 이래로 엄마와의 관계가 삐걱거리고 있었다. 그렇다고 떨어져 있어도 아무렇지 않은가 하면 절대 그렇지 않았다.

당초에는 세 가족이 해외로 이사할 예정이었다. 하지만 어느 틈에 유마는 빠지는 분위기였다.

"엄마와 아버지 두 사람하고 아직 태어나지 않은 아기를 포함하면 확실히 3인 가족이긴 한데."

유마가 도쿄의 집에서 오사키에게 전화를 걸어 이야기하다 빈정거리지 않고 자기 생각을 밝혔더니 오사키가 감탄했다.

"유마도 이제는 언변이 늘었구나."

두 사람 모두 휴대전화는 가지고 있지 않아서 대개 유마가 오사키의 집에 전화를 걸었다. 요 석 달 동안 분명 전화요금이 적잖이 청구되고 있을 테지만, 새아빠도 엄마도 별다른 말이 없었다. 두 사람 다 모른 체하고 있는 걸까.

"그래서, 너는 어떻게 되는데?"

"아직 몰라. 삼촌하고 살면 좋을 것 같긴 한데."

"그 재미있다는 삼촌?"

"나는 좋아하지만, 엄마가…….."

"믿지 못하는 모양이구나."

"성실하고 고지식한 그 사람에 비하면, 삼촌은 피를 나눈 형제라는 생각이 안 들 정도로 대충대충 넘어가는 면이 있거든."

엄마 앞에서는 '아빠'라고 부르지만 오사키와 이야기할 때는 '그 사람'이었다: 본인에게 직접 '아빠'라고 말한 적은 아직 없었다. 최대한 그렇게 부르지 않으려고 노력하고 있는데 사실 남들이 보기에 쓸데없는 짓이었다.

결국 엄마와 새아빠가 스없이 의논한 결과 다음과 같이 결정되었다. 우선 새아빠와 엄마가 발령받은 도시로 가서 유마가 다니기에 적당한 초등학교와 중학교를 찾는다. 만족스러운 학교를 발견하면 9월에 유마를 불러들인다. 그동안 유마는 믿을 만한 사람에게 맡긴다. 새아빠는 조금 걱정하면서도 삼촌을 후보로 생각했지만, 엄마가 난색을 표해서 이 문제는 아직 결정되지 않았다. 어찌 됐든 적당한 학교가 없으면 유마는 일본에 남아서 중학교 입시를 준비한다. 즉, 짧으면 여름방학까지 길면 새아빠가 귀국할 때까지 몇 년간, 누군가 돌봐줄 사람이 있다고는 해도 혼자 지내야만 한다. 다만 새아빠의 속셈은 훤히 보이는 듯했다. 유마를 일본에 남기고 임신한 아내와 둘이서 떠나고 싶다. 하지만 아내의 체면을 보아 조건을 붙였을 것이다. 만약 유마의 생각을 묻는다면 "그냥 혼자 가면 되잖아요"라고 대답했을 것이다. 예전 초등학교 동급생 중에도 아버지를 홀로 떠나보낸 아이가 있었다. 그것도 한두 사람이 아니었다. 새아빠 혼자 임지로 떠나면 유마가 엄마와 떨어져 살 이유도 없어진다. 물론 새아빠는 유마의 의견 따윈 묻지 않았다. 엄마도 삼촌은 신경이 쓰이지만 기본적으로는 새아빠의 생각에 찬성하는 듯했다. 앞날이 어찌 될지 알 수 없어 유마는 당황했다. 엄청난 공포를 느꼈다고 해도 지나치지 않을 것이다.

1학기가 끝나고 다음 날부터 여름방학인데, 유마는 영 떨떠름한 얼굴을 하고 있었다. 하교할 때는 친구들과 함께 가지만, 낮에도 인적이 드문 고급 주택가에 들어설 무렵이면 친구들과 헤어져 혼자가 되었다. 유마는 금세 쓸쓸해졌다. 같이 걸어오던 친구들은 여름방학에 어떻게 놀지를 두고 신이 나서 떠들고 있었다. 이런 대화에 자연스럽게 끼어들 수 없었던 것도 기분이 떨떠름한 이유 중 하나였다. 유마의 사정은 모두 이해하고 있었다. 그래서 '만약 가능하다면'이라는 전제를 붙여 유마도 놀이에 끼워주기로 했다. 하지만 이루어질 수 없는 바람이란 걸 사실은 누구보다 유마가 잘 알고 있었다. 친구들 이야기에 장단을 맞춰주고 있을 뿐, 조금도 가슴이 두근거리지 않았다. 오히려 허탈하기만 했다.

이런 기분도 한몫했는지, 커다란 저택의 담과 담 사이에 나 있는 도로가 평소보다 쓸쓸해 보였다. 길을 오가는 사람이 없어서 더 그런지도 몰랐다. '그 세계에 또 들어가 버린다면⋯⋯.' 문득 끔찍한 기억이 되살아났다. 지금까지 두 번, 유마는 믿기지 않는 체험을 했다. 정신이 들고 보니 주위에 인기척이 전혀 없었다. 자신이 사는 세계가 아닌, 아주 낯선 세계에 홀로 우두커니 서 있었던 것이다.

'그후 어떻게 됐더라.' 흉측한 기억이 머릿속 깊은 데서 튀어나올 것 같아 팔뚝에 소름이 쫙 돋았다. '다른 생각을 해야 해.' 유마는 초조해졌다. 친구들과 나누었던 대화든 뭐든 좋았다. 어쨌든 다른 이야기를 필사적으로 떠올리려고 했다. 하지만 얄궂게도 새로운 공포가 일어났다.

'하굣길에 호박남자와 만난다면.' 이 괴담은 요즘 학교에서 가장 뜨거운 화제였다. 남녀 불문하고 두 사람 이상이 모이면 반드시 누군가 호박남자 이야기를 꺼냈다. '호박남자'란 올봄부터 초등학교들에서 유행하고 있는 괴담이다. 몇십 년 전에 무사시나고리이케라는 지역에서 연쇄 살인 사건이 일어났는데 범인이 호박남자였다고 한다. 피해자는 모두 어린아이였다. 그런데 어째서 '호박남자'라고 불렸는가. 할로윈 행사용 마스크 같은, 호박 모양 쓰개를 쓰고 있었는가. 애초에 살인 동기는 무엇인가. 피해자는 몇 명인가. 범인이 붙잡혀서 사건은 해결되었는가. 옛날 살인 사건의 범인이 왜 요즘 세타가야에 나타났는가. 이런 의문에 답할 수 있는 사람은 아무도 없었다. 그럼에도 학교가 파한 뒤 혼자 귀가하고 있으면, 호박남자가 납치해서 두 번 다시 돌아올 수 없다고 한다. 이런 이야기가 3, 4학년을 중심으로 조금씩 퍼지고 있었다.

"지어낸 이야기겠지."

이렇게 말하며 아이들은 웃었지만, 호박남자가 불러일으킨 공포는 삽시간에 고학년까지 퍼져나갔다. 호박남자는 기분 나쁜 웃음소리와 함께 〈호박머리의 노래〉를 흥얼거리면서 나타난다. 왜냐하면 피해자 아이들은 노랫말에 따라 살해되었으니까. 유마와 친구들도 설마했지만 정신을 차리고 보니 어느새 소문을 믿게 되었다. 친구들 앞에서는 "지어낸 얘기겠지"라고 허세를 부려도, 실은 모두 사실이라고 생각하고 있었다.

'기분 나쁜 얘기를 떠올려버렸네.' 유마가 몇 번이나 뒤를 돌아보면서 여전히 인적이 없는 쓸쓸한 골목길을 절반쯤 걸어갔을 때였다.

헤헷.

문득 어딘가에서 웃음소리 같은 것이 들렸다. 나이 든 남자가 주름투성이 입술 사이로 토해낸 듯한 쉰 목소리였다.

깜짝 놀란 유마가 겁을 집어먹고 주위를 둘러봤다.

헤헤헷.

오싹한 소리가 다시 울려 퍼졌다. 즐거움이 아닌, 비열함이 배어나오는 웃음소리였다.

'어……?'

유마의 발이 딱 멎었다. 약 3미터 앞 전신주 뒤편에 누군가 서 있었다. 전신주 너머에 누군가 숨어 있었다.

'호박남자다!' 유마의 마음속에 말도 안 된다며 부정하는 나와, 드디어 나타났다며 절망하는 내가 절반씩 자리를 차지하고 있었다. 둘 다 빨리 도망치라고 소리치고 있었다. 그런데도 몸이 움직이지 않았다. 두 다리가 지면에 뿌리를 내린 것처럼 꿈쩍도 하지 않았다.

어기영차 호박남자

그때 전신주 뒤편에서 이상한 노래가 들려왔다.

질퍽질퍽, 철퍼덕 밭을 지나서
영차, 영차 자루를 메고

가사는 유머러스하지만 듣고만 있어도 등줄기가 오싹해졌다.

어기영차 호박남자
부스럭바스락 숲을 지나서
양파가 들판에 데구르르

계속해서 기분 나쁜 노래가 이어지고, 듣고 싶지 않은데도 귓가에 들어왔다.

어기영차 호박남자

첨벙첨벙첨버덩 강을 건너서

당근 강변에 쿡쿡쿡

　이 대목에서 돌연 유마의 몸이 반응했다. 나중에 돌이켜보
니 유마가 싫어하는 당근이 노랫말에 나와, 뇌가 자극을 받은
탓이라는 생각이 들었다. 어쨌든 유마는 오던 길을 돌아가려고
했다. 그런 유마를 말도 안 되는 외침이 따라왔다.

　"세토오, 유우마아―. 너를, 납치하겠다아―."

　목덜미의 털이 바싹 곤두섰다. 유마는 뛰어 달아나려 하다가
자기도 모르게 넘어질 뻔했다. 비틀거리면서도 계속해서 유마
가 도망치려는데 갑자기 이상한 목소리가 들려왔다.

　"야, 야! 나야, 나."

　여전히 기분 나쁜 목소리였다. 이대로 도망가야 한다고 생각
하면서도 뒤를 확인하고 싶다는 호기심이 고개를 쳐들었다.

　"와아악!"

　유마는 도망치면서도 소리를 지르며 과감하게 돌아보았다.

　그러자 전신주 뒤편에서 작은 확성기 같은 것을 입에 댄 삼촌
이 함박웃음을 지으며 나타났다.

　"……."

　아연실색하는 유마를 보면서 삼촌은 의기양양하게 말했다.

"어때, 이 음성변조기. 끝내주지?"

"저기, 삼촌."

유마는 기가 막혀서 얼굴이 굳었지만, 삼촌은 재미있어 못 견디겠다는 표정이었다.

"호박남자가 나타났다고 생각했지?"

몇 주 전인가, 유마는 학교에서 소문이 자자한 '호박남자 괴담'을 삼촌에게 이야기했더랬다. 그걸 기억하고 있었던 도양이었다.

"이런 대낮부터 뭘 하고 있어? 조금 전에 불렀던 노래는 또 뭐야? 설마 삼촌이 만든 거야?"

사실 삼촌 같은 사람이라면 이런 짓을 하고도 남겠다 싶었다.

삼촌은 어이가 없다는 얼굴로 되물었다. "뭔 소리야. 너, 모르는 거야? 전국의 초등학생들 사이에 퍼져 있는 〈호박머리의 노래〉잖아."

"농담하는 거지?"

"진짜라니까! 도쿄의 초등학생은 새 정보에 엄청 둔하구나."

그런 노래가 있다는 것은 알았지만 가사는 처음 들었다. 다만 '전국의 초등학생들 사이에 퍼져 있다'라는 말은 허풍임이 틀림없었다.

"〈호박머리의 노래〉를, 이걸 입에 대고 노래하면서……."

삼촌은 확성기처럼 생긴 음성변조기를 내밀면서 말했다.

"친구들에게 겁을 주며 놀면 엄청 재미날 거야. 어때? 갖고 싶지 않냐?"

하지만 유마가 말없이 고개를 가로젓자 금세 김샌다는 표정을 지었다.

"뭐야, 영 기운이 없네."

"내가 여기를 지나갈 때까지 계속 전신주 뒤에 숨어 있었어?"

나이도 먹을 만큼 먹은 어른이 할 짓은 아니었다. 이런 속내를 알아챘는지 삼촌은 갑자기 태도를 바꾸며 말했다. "어허, 그럴 리가 있겠어? 네가 기뻐할 만한 소식이 있어서 한시라도 빨리 알려주려고 기다리고 있었지."

정말로 전국에 널리 퍼졌다 해도 애들에게 겁을 주는 호박남자 놀이가 악취미라는 사실은 변함없었다. 게다가 상대는 어린애였다. 혹시나 착각해서 엉뚱한 아이에게 장난을 쳤다면, 지금쯤 경찰이 출동했을지도 모른다.

"소식이 뭔데?"

유마도 신경이 쓰였다. 다만 상대가 다른 사람도 아닌 삼촌이니 주의해서 나쁠 것은 없었다.

"기뻐하셔. 너, 한동안 나하고 살게 됐어."

"뭐?"

"오늘 꼭두새벽에 말이야, 형님이 전화로 깨우지 뭐냐. 무슨 일인가 싶었는데, 형님하고 형수님이 외국에서 적당한 학교를 찾는 동안 너를 잘 돌봐달라고 부탁하더라."

"진짜로?"

삼촌은 씩 웃으며 말했다. "너 간사이 억양이 많았는데, 요즘 표준말에 아주 익숙해졌구나. 역시 애들은 적응하는 속도가 빨라." 삼촌은 전혀 엉뚱한 대목에서 감탄하고 있었다.

"엄마도 찬성했대?"

유마의 물음에 삼촌은 역시나 떨떠름한 얼굴로 대답했다. "아니, 그렇지 않은 모양이야. 형님이 계속 설득하니까 다른 방법이 없다고 생각한 게 아닐까?"

삼촌 면전에서 유마도 "그렇겠네"라고 바로 맞장구를 치지는 못했다.

"그래서 조금 전에 집에 가서 형수님에게 들은 대로 네 방에 있던 여행 가방을 가져왔다. 걱정 마, 속에 든 걸 살펴보지는 않았어." 이렇게 말하며 삼촌은 유마를 재촉하며 걷기 시작했다.

유마는 삼촌의 말에 깜짝 놀라 물었다. "지금부터 삼촌네 집에 가는 거야?"

"그래. 좋지?"

삼촌은 도쿄 도내의 아파트에 살았다. 번화가 인근이라 삼촌은 좋은 모양이지만, 유마가 보기에 결코 치안이 좋다고는 할 수 없었다. 그래서 엄마도 유마가 삼촌의 아파트에 놀러 간다고 하면 별로 달가워하지 않았다. 그렇다 해도 지금은 찬밥 더

운밥 가릴 처지가 아니었다. 분명 엄마도 어쩔 수 없다 싶어 체념했을 것이다. 이런 생각에 빠져 있는데 삼촌은 깜짝 놀랄 말을 했다.

"그런데 내 아파트가 아니라, 시자쿠 지방의 별장으로 갈 거야."

"벼, 별장?"

새아빠가 별장을 여러 채 가지고 있다는 이야기는 들었지만, 삼촌한테 별장이 있다니 좀처럼 믿기 어려웠다.

"아, 거짓말이라고 생각하는구나?"

"그게 아니라……."

"시자쿠 지방의 오쿠하쿠쇼라는 한적한 고급 별장지에 있는, 끝내주는 별장이라구."

"삼촌이, 그걸 지었어?"

"그건 아니야."

역시나. 유마는 납득이 갔지만 물론 입 밖에 내지는 않았다. 어쨌든 삼촌이 거기 있는 별장을 사용할 수는 있으리라 생각했기 때문이다.

골목길을 빠져나오면 마주치는 넓은 길가에 삼촌의 차가 세워져 있었다. 뒷좌석에는 유마의 여행 가방이 놓여 있었다.

"어때, 저 가방이면 되는 거야?"

삼촌이 신경을 쓰고 있어서 유마는 어깨를 으쓱해 보이며 대답했다. "엄마는 내가 어디에 가더라도 문제가 없도록 항상 짐을 꾸려두셨으니까, 어느 가방이든 괜찮을 거야. 엄마는 삼촌이 어떤 가방을 가져갔는지 기억하지도 못할걸."

"그래? 그렇다면 됐어. 뭐 필요하면 저쪽에 가서도 살 수 있으니까."

"가게가 있어?"

"야, 별장은 시내에서 멀리 떨어져 있지만 가는 동안 마을을 지나가잖아. 가게도 당연히 있지."

삼촌은 어이없다는 듯이 웃었지만, 돌연 뭔가 기억났다는 투로 물었다. "집에 형님이 안 보이던데, 또 그거냐?" 이렇게 말하며 왼쪽 검지로 훤히 갠 하늘을 가리켰다.

"응."

유마가 힘없이 고개를 끄덕이자 삼촌은 재미있다는 듯이 덧붙였다. "그래서 형님이 졸린 목소리를 냈구나. 그렇다고는 해도 형님의 유일한 취미가 별이 빛나는 밤하늘 감상이라니, 아무도 짐작 못할 거야. 원래 낭만하고는 한참 거리가 먼 양반이니까."

"맞아."

이 뜻밖의 사실을 알게 된 유마는 조금이나마 새아빠를 다시 보았다. 하지만 금방 성가셔지고 말았다. 본인만 옥상에 올라가 혼자 망원경을 들여다보면 좋을 텐데 새아빠는 늘 유마와 함께 가고 싶어 했다. 옥상어 올라가려면 3층 건물의 외벽에 설치된 외부 계단을 이용해야 한다. 고소공포증이 조금 있는 유마는 이 계단이 너무 싫었다. 좁고 가파른 데다 밤이라 조명이 전혀 없어서 발밑이 캄캄했다. 엄마도 걱정이 되어 "위험하니까 유마는 데리고 가지 않는 편이……" 라고 했지만, 새아빠는 들은 체도 하지 않았다.

옥상은 겨울에는 춥고 여름에는 덥다고들 한다. 덤으로 여름에는 모기가 많다. 그럼에도 불구하고 새아빠는 틈만 나면 작은 텐트를 쳐놓고 마음이 내킬 때는 날이 밝을 때까지 별들을 바라보곤 했다. 늦게 출근해도 되는 특권을 누리는 회사 중역이기 때문인지, 급한 업무가 없을 때는 그냥 텐트 안에서 잠을 잘 정도였다. 그래도 묵묵히 천체 관측을 할 뿐이라면 참을 수 있을지도 모른다. 가령 새아빠와 양아들의 관계를 원활하게 하기 위해 대화를 나누려 한다면 유마도 협조했을 수 있다. 하지만 별이 빛나는 하늘을 바라보는 낭만적인 행위와 어울리지 않게 새아빠의 화제는 늘 한 가지였다. 유마가 어떻게 하면 남자답게, 아들답게, 후계자답게 자랄 수 있는가.

돌아가신 친아버지가 유마를 방임하다시피 했기 때문인지, 새아빠와 아들의 대화를 엄마는 반기는 눈치였다. 유마에게 외부 계단이 위험하긴 하지만 부자간의 정을 돈독히 하기 위해서라면 옥상 대화도 받아들여야 한다고 생각하는 듯했다. 하지만 한쪽이 일방적으로 자기 할 말만 하면 설교지 대화라 할 수 있을까. 유마는 몹시 불만이었다. 그렇다 한들 열한 살 어린아이가 어쩌겠는가. 거부하거나 저항할 수가 없었다. 유마가 했던 가장 큰 저항은, 일부러 삼촌에게 선물로 받은 RC카를 가져간 것이었다. 밤하늘을 보느니 이걸 가지고 놀겠다 싶었다. 삼촌은 내가 좋아하는 물건을 사주지만, 당신은 다르다. 소리 없는 반항을 할 작정이었지만 새아빠에게는 통하는 기색이 전혀 없었다. 처음에는 날 무시하나 하고 생각했다. 하지만 이내 충격적인 사실을 깨달았다. 새아빠는 정말로 유마의 마음을 눈곱만큼도 가늠할 수 없는 모양이었다. 아니, 애초에 유마의 마음 따윈 아무래도 좋았을 것이다.

유마에게는 옥상에서 보내는 시간이 무엇보다 고통스러웠다. 다행히도 새아빠는 일이 바빠서 천체 관측은 한 달에 한두 번 할 뿐이었다. 그것도 해외 파견 이야기가 나온 뒤에는 눈에 띄게 줄어들었다.

"어젯밤에 별 보기 운동 했지? 오랜만에 한 거냐?"

삼촌은 아무렇지 않게 돌었지만, 오랜만이었기에 새아빠와 아들의 대화에도 더욱 긴장이 실려서 유마는 진저리가 났다. '아, 이런 관계는 정말 싫다'라고 되뇌었다. 이런 감정이 얼굴에 비친 걸까. "자, 얼른 타. 출발하자." 삼촌이 한층 밝은 목소리로 말하며 유마를 차 안으로 불러들였다.

일이 잘 풀리면 새아빠의 울타리를 벗어날 수 있을지 모른다 싶어서 유마는 기뻤다. 덤으로 삼촌과 함께 사는 것이다. 이렇게 즐거운 일도 없으리라. 하지만 얼마나 무시무시한 일들이 기다리고 있는지 유마는 감히 짐작조차 하지 못했다.

4장 별장

"이제 우리가 가는 하쿠쇼라는 곳은······." 차 안에서 두 사람은 대부분 별장지 이야기를 나누었다. 삼촌 나름대로 배려하는 모양이었다.

"시자쿠 산지의 아라레가다케 기슭에 있어. 메이지 시대 중반쯤에 개발된 꽤 유서 깊은 곳이지. 다만 당시에는 화족의 별장들만 있어서 서민들은 얼씬도 안 했지."

"화족?"

"유럽에서 말하는 귀족 같은 거야."

해외 미스터리 소설에 영국 귀족의 성을 무대로 한 작품이 있어서 알고는 있었는데 유마는 새삼스레 깜짝 놀랐다.

"우와, 일본에도 그런 사람들이 있었구나."

"그러니까 하쿠쇼는 원래 화족들의 별장지였다는 말씀. 그런데 쇼와 시대에 들어서면서 재벌들의 별장이 세워지기 시작했어. 아, 재벌이란 엄청 돈이 많은 집안을 말해."

너무나 성의 없는 설명이었지만, 유마도 특별히 딴죽을 걸지는 않았다.

"그렇게 되자 자연스레 화족들의 별장이 있는 데는 가미하쿠쇼, 재벌들이 별장을 세운 데는 시모하쿠쇼라고 구별해서 부르게 되었어."

"구별이 아니라 차별 아니야?"

유마의 소박한 지적에 삼촌이 감탄한 듯이 말했다.

"너, 꽤나 예리하구나! 당시 화족들에게는 틀림없이 그런 차별 의식이 있었겠지."

"그래서 우리가 가는 별장은 시모하쿠쇼에 있구나."

당연하다는 듯이 유마가 말하자, 삼촌은 의기양양한 말투로 말했다.

"어허, 좀 기다려봐. 하쿠쇼에는 가미와 시모 말고도, '오쿠하쿠쇼'란 데가 있어. 가미하쿠쇼보다 더 깊은 데지. 거기에 별장을 처음으로 세운 이는 시자쿠 신사의 신관이었어. 신관이란 절에 있는 스님 같은 사람이야."

삼촌은 여전히 성의 없이 설명했다. "신관은 아라레가다케 산허리에 '간베키 장'이라는 별장을 세웠어. 이것을 포함해서 오쿠하쿠쇼에는 별장이 세 채 있는데, 그중 하나가 지금 우리가 가는 '고무로 저택'이야."

"이름은 간베키 장이 더 멋지네."

삼촌은 동의한다는 듯이 웃으면서 말했다. "너무 그러지 마. 고무로는 별장을 세운 사람 이름이니까 어쩔 수 없어."

"고무로 씨란 사람도 시자쿠 지방에 연줄이 있었어?"

"왜 그렇게 생각해?"

"시자쿠 신사란 이름으로 미루어 짐작건대 시자쿠 지방에 옛날부터 자리 잡았음을 알 수 있잖아. 요컨대 지역 유지였기 때문에 가미하쿠쇼보다 깊은 곳에 별장을 세울 수 있지 않았을까?"

"우와, 너 진짜 똑똑하구나!"

삼촌에게 칭찬을 받아서 유마는 기분이 좋아졌다. 하지만 이어지는 한 마디에 기분을 잡치고 말았다.

"왜 형님 마음에 들었는지 알 것 같아."

"거짓말." 자기도 모르게 이 말이 입 밖으로 튀어나왔다.

"아니, 거짓말이 아니야. 전에도 말했지만 형님은 너 같은 아들이 생겨서 진심으로 기뻐했어."

'새아빠의 압박에서 벗어날 수 있다'라며 은근히 기뻐했는데 조금 미안해졌다. 하지만 이건 새아빠의 개인 사정 때문이라고 치부하며 서둘러 마음을 다잡았다.

"하지만 새아빠는 후계자 문제를 생각해서……."

"응, 나도 그건 부정하지 않아. 하지만 만약 네가 멍청이라면 아무리 아들이라 해도 후계자로 삼으려 들지 않을 거야."

"자기 친아들이라도?"

문득 유마의 머리에 엄마의 배 속에 있는 아이가 떠올랐다.

"아마도. 하지만 애 아빠가 되면 형님도 변할지 모르니 사실은 알 수 없는 노릇이지."

삼촌은 조수석의 유마를 흘끗 보면서 말했다. "전부터 생각해왔는데 말이야, 넌 좀 어린애답게 구는 편이 좋을걸."

"아버지가 돌아가신 뒤로 나름대로 고생을 좀 했거든."

"그런 말투가 이미 어린애 같지 않은 거라고."

이윽고 차가 고속도로에 들어서자 삼촌이 고무로 저택 이야기를 시작했다. "고무로 가문은 조금 전에 이야기했던 재벌 중 하나야. 너도 생각지 못했던 데서 고무로라는 이름을 들은 적이 있을 거야."

삼촌이 들려준 몇 가지 사례로 보아 역사가 오래된 대기업이라는 것을 유마도 금방 알 수 있었다.

"벌써 20여 년 전 이야기네. 어느 해 여름에 당시 회장이었던 고무로 도쿠야가 손자인 히사시를 데리고 고무로 저택에 머무르고 있었어. 그때 나는 대학생이었고, 선배의 소개로 가미하쿠쇼의 별장지에서 관리인 아르바이트를 했었지."

"별장지 관리인이라니, 어쩐지 굉장해 보이네?"

"아니, 전혀. 어디까지나 알바생이었어. 정규 관리인은 따로 있었지. 요시마타라는 마흔 살 정도 되는 아저씨였어. 나하고 선배인 구사마 도모키는 요시마타의 심부름꾼 같은 일을 했지."

"그래도 거긴 화족 별장이었다며?"

"예전에는 그랬지. 당시에는 연예인도 있고 벼락부자도 있는 상태라, 그야말로 옥석이 뒤섞여 있는 상황이었지. 아, 옥석이 뒤섞여 있다는 말은…….

"무슨 뜻인지 나도 알아."

"학교에서 배웠어?"

"아니, 책을 읽다 보니 그런 말이 나와서 사전을 찾아봤거든."

"작가였던 아버지를 닮았나 보네."

생각 없이 내뱉는 삼촌의 말에 유마는 가슴이 두근두근 뛰었다. 새아빠가 자신을 마음에 들어 했다는 말을 들었을 때는 느끼지 못했던 환희가 서서히 끓어올랐다. 이런 속마음을 감추며 삼촌에게 물었다. "아르바이트를 하러 오쿠하쿠쇼의 별장에도 들어갔었어?"

"아니, 오쿠하쿠쇼에 있는 별장 세 채는 관리인이 따로 있었어. 나는 가미하쿠쇼의 별장지만 담당했지. 그런데 어쩌다가 고무로 도쿠야와 아는 사이가 되어서 고무로 저택을 받게 되었을까?"

"에엑, 받았다고?"

사실 별장 주인에게 양도받지 않았다면 오쿠하쿠쇼에 세운 고무로 저택이 삼촌 손에 들어갈 리가 없었다. 일면식도 없던 풋내기 대학생에게 그런 횡재가 떡하니 떨어졌다는 말도 쉽사리 믿어지지 않았다.

"어째서?"

"핫핫. 너, 사투리 억양이 돌아왔네?"

삼촌은 즐거운 듯이 웃었지만, 바로 진지한 표정을 지으며 말했다.

"실은 그때, 고무로 도쿠야의 손자인 히사시가 행방불명이 되었거든."

"어디서?"

"그걸 알면 고생할 일이 없지. 다만, 경찰과 소방대는 오쿠하쿠쇼 인근에 있는 숲에 들어갔다가 길을 잃고 미아가 되었을지 모른다고 생각하고 있었어."

"손자인 히사시는 몇 살이었어?"

"그게, 열 살인가, 열한 살인가 됐을 거야."

하긴 유마 정도의 나이라면, 저 숲속을 탐험하고 싶다고 생각할 법도 했다.

"나중에 들은 이야기인데, 경찰은 유괴당했을 가능성도 있다고 생각했던 모양이야."

"그랬으면 범인이 몸값을 요구해왔겠지?"

"그런데 이 고무로 도쿠야라는 사람은, 손자가 무사히 돌아올 수만 있다면 경찰에 연락하지 않고 얼른 범인과 거래를 할 사람이거든."

"부자라서?"

"그렇기도 하지만, 범인이 정말로 돈을 원할 경우에는 줘버리면 그만이니까. 얼른 문제를 해결하고 싶었겠지."

"하지만 몸값을 지불해도 인질이 돌아오지 않으면……."

"고무로 도쿠야 같은 사람은 자기가 내린 판단을 확신하는 법이야. 네 아버지와 비슷한 사람이라고 하면 이해되려나?"

삼촌의 설명에 유마도 어렴풋이 납득할 수 있었다.

"그래서, 어떻게 됐어?"

"결국 사건은 미궁에 빠지고 말았어."

"설마, 그애를 못 찾은 거야?"

삼촌은 앞을 바라보며 믿기지 않는 말을 했다.

"행방불명이 된 다음 날, 고무로 저택 뒤편의 숲속에서 히사시는 무사히 발견됐어. 발견한 사람이 바로 나야."

"저, 정말로?"

"나하고 구사마 선배는 시자쿠 마을 청년단에 섞여서 수색에 나섰어. 사람이야 많을수록 좋으니까 말이야. 우리는 관리인인 요시마타를 통해 하쿠쇼의 지리를 알게 됐고, 쉬는 날 우리끼리 숲을 탐색하기도 허서 나름 지리에 익숙했거든."

이 삼촌이라면 탐험 같은 행동을 좋아할 테니 납득이 갔다.

"숲속에서 하는 수색은 다 같이 옆으로 넓게 퍼져 일렬로 늘어선 상태로 앞으로 나아가는 거야. 좌우에 있는 사람과의 간격이 별로 떨어져 있지 않으니까 히사시를 못 보고 지나칠 가능성은 낮지. 그렇지만 걸어가는 동안 어쩔 수 없이 대열이 흐트러져. 좌우에 있는 사람과도 떨어지고. 정신이 들고 보니 나 혼자였어. 아무리 지리를 좀 안다고 해도 깊은 숲이잖아. 나까지 길을 잃게 되면 꼴이 말이 아니지. 그래서 돌아가려고 하는데, 예전에 숲속을 탐색할 때 딱 한 번 봤던, 왠지 기분 나쁜 장소로 나오게 된 거야…….'

"어떤 장소?"

"숲은 온통 덤불투성이였어. 다행히 땅바닥이 심하게 울퉁불퉁하진 않았지만 그래도 걷기가 쉽지 않았지. 그렇게 덤불을 헤치고 가는 걸 '덤불 젓기'라고 하는데…….'

평소의 유마라면 처음 들어보는 말이니 '덤불 젓기'가 뭐냐고 물었겠지만, 지금은 그럴 상황이 아니었다.

"그래서, 어떤 장소가 나왔어?"

"덤불이 전혀 우거지지 않고 짧은 풀이 나 있는 공터 같은 데가 눈앞에 나타난 거야."

유마가 멍하니 듣고 있자, 삼촌은 크게 한숨을 쉬며 말했다.

"그렇게 오싹한 느낌은 실제로 당해보지 않으면 모를 거야. 발밑에는 울창한 덤불밖에 없었는데 두 그루 나무 사이를 지나니 아주 깔끔하게 땅바닥을 고르고 손질한 듯한, 짧은 풀만 나 있는 공간이 있는 거야. 사람의 손이 조금도 닿지 않은 깊은 숲속에 갑자기 그런 장소가 나타나면 진짜 등골이 서늘해지지."

"응. 왠지 알 것 같아."

"그뿐만이 아니야. 풀밭 저편에는 나무 굴이 있는 커다란 나무가 있었어."

"나무 굴이라면, 크고 굵은 나무에 구멍이 뚫려 있었다는 얘기야?"

유마가 한 발 앞서 말하자 삼촌은 설명하는 대신 계속 말을 이어갔다.

"이질적인 장소에 쩍하고 입을 벌린 나무 굴이 있었으니 당연히 신경이 쓰였지. 솔직히 말해서 무섭기도 했어. 굴을 들여다보려고 하자마자 쓰윽 하고 커다란 구렁이가 튀어나와서 머리부터 꿀꺽 삼켜버릴 것 같아서."

곧바로 그런 장면을 상상하다가 유마는 황급히 고개를 저었다.

"하지만 아무것도 확인하지 않고 돌아갈 수는 없잖아. 그래서 마음 단단히 먹고 들여다보았더니 히사시가 있는 거야."

"어떤 상태로?"

"태아처럼 몸을 둥글게 말고 잠을 자고 있었어. 말을 걸고 흔들어 깨우며 '네가 히사시냐?'라고 물었더니 잠꼬대하듯이 대답하며 고개를 끄덕이더라. 그래서 데리고 나왔지."

"굉장하다. 대단한 공을 세웠네."

유마는 사심 없이 감탄했지만, 어쩐 일인지 삼촌은 시큰둥한 반응을 보였다. 그러고 보니 이렇게 자랑할 만한 이야기를 어째서 해주지 않았는지 의문이었다. 유마와 엄마를 상대로 한참 전에 떠벌렸어도 이상하지 않을 이야기인데.

"확실히, 찾은 사람은 나였지만……." 삼촌은 먼 데를 보며 말을 이었다. "나중에 생각해보면 여러모로 이상한 점이 있어서 말이야."

"어떤?"

"수색 대열이 앞으로 나아가다 보면 대열이 흐트러지는데, 아무리 그래도 나 혼자만 남는다, 이상하잖아?"

"주위를 둘러보면 다른 사람이 몇 명 정도는 눈에 들어올 거라는 얘기야?"

"그래. 사실 히사시를 발견하고 돌아오려던 참인데 금방 수색대 사람들을 만났거든. 요컨대 그 사람들도 상당히 가까운 데 있었던 거지. 그럼에도 히사시를 발견한 순간에는 주위에 나밖에 없었어……."

"어쩐지 오싹하네."

"그렇지? 게다가 내가 얼마나 기이한 상황에 놓였었는지를 아무리 힘주어 이야기해도 상대해주지 않더라고. 막 히사시를 발견했으니 그런 이야기를 듣고 있을 계제가 아니었을지도 몰라. 하지만 상황이 진정되면 내가 어떻게 히사시를 찾아냈고 당시 아이가 어떤 상태였는지를 물어야 하지 않겠어?"

"경찰은?"

"내 설명만 듣고도 납득하는 것 같았어. 뭔가 이상하지 않아? 정신이 들고 보니 나 혼자였고, 눈앞에 굴이 파인 큰 나무가 있고, 안에 행방불명되었던 아이가 있었다. 자칫하면 내가 히사시를 납치해서 동굴에 숨겼다고 의심받을 만한 상황이잖아?"

"그러네."

"나중에 알았는데, 사실 경찰은 구사마 선배를 용의선상에 올려두고 있었던 모양이야."

"그 사람이 유괴범일지도 모른다고?"

"거기서는 외지인이니까. 따지고 보면 별장 주인들도 외지인이잖아. 하지만 저쪽은 사회적 지위가 있는 부자들이고 이쪽은 가난한 학생이니까."

"삼촌도 의심을 받았어?"

깜짝 놀라며 묻자 깔끔한 설명이 돌아왔다.

"구사마의 후배라는 이유로 동시에 의심을 샀겠지. 다만 선배는 도벽이 있었지만 나는 없었어. 그건 일종의 병이거든. 그래서 구사마 선배가 더 의심받은 게 아닐까 싶어. 어쨌든 우리는 수색대의 일원이었지만 한편으로는 몰래 감시당하고 있었다는 얘기야."

"그런데도 삼촌만 갑자기 사라졌다…….."

"그랬나 싶었는데 행방불명된 아이를 데리고 훌쩍 나타난 거라고. 엄청 수상한 상황이잖아."

"구사마 씨는 어디 있었는데?"

"수색대 사람들하고 같이 있었어. 그래서 나와 아이를 보고 깜짝 놀랐대."

당시를 떠올렸는지, 다시 삼촌이 먼 데 시선을 두었다.

"아무래도 신경이 쓰여서 관리인인 요시마타에게 물어봤어. 분명히 우리에게 하쿠쇼 일대의 지리를 알려주었는데, 가만 생각해보니까 고무로 저택 뒤편에 있는 숲의 지리는 전혀 가르쳐주지 않았거든. 어째서 요시마타는 그 숲을 쏙 빼놓은 걸까? 거길 들어가면 안 된다고 무언의 충고를 해준 게 아닐까? 그 양반이 넌지시 주의를 주었다는 생각이 들었지."

"관리인은 뭐라고 했어?"

"응. 처음에는 말하기를 꺼리며 무슨 질문을 해도 입을 다물었어. 아르바이트가 끝나기 전날에 겨우 입을 열더구만. 오쿠하쿠쇼의 깊은 숲 가운데 고무로 저택 뒤편의 숲은 '사사 숲'이라 불린다고 말이야."

"사사 숲? 무슨 뜻이야?"

"오쿠하쿠쇼에서 옛 목재 운송로를 따라가다 보면 '가가구시'라는 지역이 나와."

삼촌은 한자를 풀어 설명하면서 이야기를 이어나갔다.

"그곳에는 마을이 있는데, 옛날에 아이들이 '가미카쿠시神
隱し(어린아이가 갑자기 행방불명되는 일로, 옛날에는 마신의 소행으로 여
겼다—옮긴이)', 요컨대 행방불명되는 일이 꽤나 잦았대. 그래서
가가구시 마을이 아니라 가미카쿠시 마을이라고 불렸다지."

"가미카쿠시 마을……." 소리 내어 중얼거리기만 해도 어
쩐지 나까지 행방불명될 것처럼 여겨져 무서웠다.

"요시마타의 설명이 좀 어려워서 나도 잘 알아들을 수가 없
었지만, 아마도 '가가구시'라는 말은 여러 마리의 뱀이라는 뜻
인가 봐."

"왜?"

삼촌은 쓴웃음을 지으면서 말했다. "그러니까 나한테 묻지
말라니깐. 내 기억으로는 한자 발음하고 뜻이 뱀을 가리킨다
나, 뭐 그런 얘길 했었어."

"사사 숲의 '사'가 뱀이란 뜻이라고?"

"그런 모양이더라고."

요컨대 뱀 사蛇 자가 반복되어 '사사 숲'이다. '사'라는 한자
표기를 상상만 해도 유마는 절로 혐오감에 휩싸였다.

"고무로 씨나 히사시란 애는 그런 숲을……."

"아마도 몰랐겠지. 간베키 장 주인은 지역 신사 쪽 사람이니

까 물론 알고 있었어. 그러니까 문제의 숲에서 좀 떨어진 데 별장을 세웠지. 하지만 다른 한 채의 별장 주인도 고무로 씨와 마찬가지로 아무것도 몰랐던 모양이야."

"요컨대 히사시는 가미카쿠시를……."

이때 유마는 뒤늦게나마 중요한 것을 깨달았다.

"잠깐, 히사시는? 그애는 뭐라고 했어?"

"그게 말이지, 정말 아무것도 기억하지 못했어."

"뭐? 기억이 없대……?"

"자기가 숲에 들어갔는지조차 확실히 기억하지 못했어. 실종되기 전의 일이라면, 자기네 별장의 정원에 있었던 것만 기억이 난대. 그때 누가 자기 이름을 불렀다는데 확실하지는 않고. '눈을 떴더니 어두운 데서 자고 있었고, 눈앞에 누가 있었다.' 히사시가 할 수 있는 말은 그뿐이었어."

"결국 뭐가 어떻게 된 거야?"

이 질문에 삼촌은 난처하다는 얼굴로 말했다. "가미카쿠시의 숲에 히사시가 불려가서 사로잡히고 말았다. 수색에 나선 나도 길을 잃고 헤매다 우연히 아이를 발견했다. 관리인인 요시마타의 말로는 지역 사람들은 그렇게 결론을 내린 모양이야."

"경찰도?"

"경찰이야 생각이 다르겠지만, 일단 아이는 무사히 돌아왔고 아무것도 기억하지 못하잖아. 어쩌면 고무로 씨가 소란스러워지는 것을 싫어했을지도 몰라. 게다가 경찰도 대부분 지역 사람이니 대충 흐지부지돼버린 게 아닐까 싶어.”

유마는 도저히 이해할 수 없었지만, 아직 커다란 의문 하나가 풀리지 않고 남아 있음을 떠올렸다.

“설마, 삼촌. 고무로 저택을…….”

“그래. 히사시를 찾아준 답례로 고무로 씨에게 받았어.”

예상은 하고 있었지만, 본인 입으로 들으니 더욱 놀라웠다.

“아무리 귀한 손자를 찾아줬다고 해도 커다란 별장이라며. 그걸 그냥 준 거야?”

“고무로 가문은 다른 지역에도 별장이 여러 채 있어. 한 채 정도야 별것 아니겠지.”

“하지만…….”

“한번 생각해봐. 무사히 돌아왔다고는 해도 손자가 행방불명되었던 집이잖아. 게다가 주변의 숲은 일대에서 가미카쿠시의 숲이란 소문이 나 있어. 그런 흉흉한 사실을 대소동을 겪은 후에 비로소 알아버린 거야. 그런 별장에, 이듬해 여름에 또 손자를 데리고 오고 싶겠냐?”

“그럼 팔아버리면 되잖아.”

그러자 삼촌은 씩 웃으며 말했다.

“이게 바로 우리 서민과 고무로 재벌 회장님의 차이지. 마가 낀 별장 따위야 손자를 찾아준 학생에게 사례로 줘버리면 된다, 이렇게 생각한 거야."

"……."

"그 양반의 판단은, 결국……."

삼촌은 말을 더 이어나가려고 하다가, 유마가 고개를 숙이고 있음을 알아차렸는지 말을 끊었다.

"야, 왜 그래? 멀미하냐?"

유마는 힘없이 고개를 저으며 물었다. "그럼 우리가 한동안 고무로 저택에서 지내는 거지?"

"뭐야, 무섭냐?"

"그건 아니지만……." 사실 즐거운 기분이 들진 않았다.

"숲에만 들어가지 않으면 별 상관 없어. 가령 발을 들였다고 해도 바로 돌아오면 괜찮아."

"응, 알았어."

"걱정할 필요 없어. 사사 숲 말고도 놀 만한 데는 많으니까."

삼촌은 태평스럽게 말했지만, 유마의 기분은 이미 어두워져 있었다. 모처럼 새아빠의 손아귀에서 벗어났다고 생각했는데, 지금 향하는 지역에는 커다란 나무에 파인 나무 굴이 유마를 집어삼키려고 기다리고 있다. 극히 불길한 예감이 들었지만 어찌할 방법이 없었다. 그저 삼촌이 운전하는 차에 몸을 맡기고 있을 뿐이었다.

5장 이계

유마가 '여기는 아닌, 어딘가 다른 세계'에 처음 들어간 때는 유치원에 다니기 전이었다. 그렇다고 뚜렷하게 기억하고 있는 것은 아니다. 그저 막연히 인식하고 있을 뿐이다. 그날 아버지는 담배를 사러 나갔다. 소설 쓰기가 잘 안 되면 아버지는 자주 담배를 피웠다. 유마는 담배 연기도 냄새도 싫었지만, 담배를 입에 물고 생각에 잠긴 아버지 얼굴은 조금 멋지다고 생각했다. 다만 가까이 다가가기 어려운 분위기가 느껴져서 몰래 훔쳐볼 수밖에 없었다. 유마가 바라보는 시선을 느끼면 아버지는 대뜸 '정신이 산만해진다'라면서 화를 냈다.

어느 가을날 저녁이었던 듯하다. 아직 친구가 없었던가? 유마가 연립주택 앞에서 혼자 놀고 있는데 집에서 아버지가 나왔다. 유마를 흘끗 보고는 가볍게 고개를 끄덕이더니 어딘가로 걸어가기 시작했다. '담배 가게에 가는구나.' 유마는 아버지의 행선지를 금방 알아차렸다. 아버지가 산책할 때는 입에 담배를 물고 나타나지만 지금은 아니었다. 담배가 떨어졌을 것이다. 아버지는 편의점도 자동판매기도 이용하지 않았다. 언제나 조금 떨어진 주택가에 있는 작은 가게에서 담배를 샀다. 나이 많은 아주머니 한 분이 보는, 오래된 담배 가게였다.

"손님의 나이를 철저히 확인하게 된 뒤로는 그런 가게들이 줄었지." 이렇게 말하며 아버지가 투덜거리는 모습을 유마는 몇 번이나 보았다.

"담배를 살 때 나누는 별것 아닌 대화에 인생에 보탬이 되는 금언이 있기 마련인데 말이야."

아버지의 말은 솔직히 잘 알아들을 수 없었지만, 담배 가게에 가면 기분전환이 되는 모양이었다. 실제로 담배 가게 노부인과 이야기할 때면 아버지는 언제나 쾌활했다. 그런 모습을 보면 유마도 기분이 좋았다. 그날도, 딱히 아버지가 부르지는 않았지만 서둘러 뒤따라갔다. 들키면 혼나기 때문에 조금 거리를 두고 몰래 추적하듯이 뒤를 밟았다. 연립주택에서 담배 가게까지, 얼마나 멀리 떨어져 있었을까. 지금이라면 순식간에 도착할 거리겠지만 당시의 유마에게는 상당히 먼 원정이었다. 평소라면 불안했겠지만, 아버지와 함께 몇 번 가본 적이 있었다. 게다가 지금은 아버지의 뒷모습이 보여서 특별히 걱정하지 않았다. 그런데 이내 주변의 길거리가 낯설어지기 시작했다. 담배 가게까지 가본 적이 있기는 해도 가는 길까지 자세히 기억하진 못한다. 이런 환경에 어린 유마는 흥분을 억누를 수 없었지만 동시에 조금 무섭기도 했다. 혼자서도 돌아올 수 있다는 자신감은 여전했지만, 무슨 일이 생겨 아버지와 떨어질지도 모른다는 걱정이 들었다. 아버지의 낯익은 뒷모습이 생명줄처럼 느껴져 필사적으로 따라갔다. 그런데도 아버지한테서 시선을 떼고 말았으니, 어디선가 들려온 남자의 과장된 대사가 너무나 매력적이었기 때문이다. 그림 연극이라도 진행하는 걸까?

"남자는 저녁이 되자 마을에 나타났습니다. 그리고 아이들을 어딘가로 데려간 것입니다. 마을 아이들은 두 번 다시 돌아오지 않았습니다. 왜냐하면……."

목소리가 들린 쪽으로 고개를 돌리자 좁고 어두운 골목길이 보였다. 앞쪽 오른편 공터에서 이야기하는 소리가 들려오는 것 같았다. 남자의 매혹적인 목소리에 섞여 아이들이 재잘거리는 소리도 들려왔다. 물론 유마가 '그림 연극'이 무엇인지 알 리는 없었다. 다만 왠지 모르게 재미있어 보이는 이야기를 하는 사람이 있고 아이들이 듣고 있다고 막연히 추측했을 뿐이다.

흘끗 아버지의 등을 보고 나서 유마는 골목길에 발을 들였다. 잠깐 엿보다가 바로 아버지를 뒤따라갈 생각이었다. 골목길을 몇 걸음 걸어가는데 갑자기 오한이 느껴졌다. 그늘이 진

탓이겠지만, 앞쪽에서 불어오는 바람이 묘하게 싸늘했다. 게다가 이상한 냄새도 났다. 유마는 일단 발을 멈췄다. 돌아가는 편이 좋겠다는 생각이 들었다. 하지만 저 앞의 공터에서 들리는 남자의 이야기가 아주 재미있을 것 같았다. 똑똑히 들리지 않는 '무슨무슨 남자'라는 괴인의 이름도 꼭 듣고 싶었다. 조금만 더 가면 되니까…… 핑계를 대면서 유마는 골목길을 나아갔다. 이윽고 잡초가 나 있는 공터가 보이기 시작했다. 자전거가 세워져 있고 짐칸에는 작은 그림 연극 장치가 놓여 있었다. 처음 보는 광경이었지만 유마는 곧바로 구조를 이해했다. 저 장치 너머로 그림을 보여주면서 이야기하는 거구나. 그런데 조금 전까지 이야기를 하고 있었을 남자가 어디에도 없었다. 남자뿐만이 아니었다. 이야기에 귀를 기울이고 있었을 아이들도 눈에 띄지 않았다. 사람 한 명 없는 공터에, 그림 연극 장치가 놓인 자전거만 덩그러니 방치되어 있을 뿐이었다.

유마는 갑자기 무서워졌다. 골목길을 되짚어 서둘러 돌아가려고 했다. 그런데 두세 걸음 걷다가 돌연 멈춰 서버렸다. 유마의 눈앞에는 골목길이 끝없이 길게 뻗어 있었다. 이렇게 길 리가 없는데, 끝이 보이지 않을 정도로 저 멀리 이어져 있었다. 이 골목에 들어오기 전에 아버지의 등을 보면서 걸었던 길이 전혀 보이지 않았다. 골목길을 가로지르는 길 따윈 있지도 않고 그저 똑바로, 골목길이 끝없이 뻗어 있었다. 양쪽에는 집들이 늘어서 있었다. 신흥 주택가에서 흔히 보는 새로운 건물이었다. 다만 사람이 사는 기척이 전혀 느껴지지 않았다. 커튼이 열려 있는 창문에도, 아름답게 잔디가 깎여 있는 정원에도 사람의 모습이 전혀 보이지 않았다. 골목 안은 쥐 죽은 듯 고요했다. 반대쪽으로도 똑같은 광경이 보였다. 저 멀리, 끝이 보이지 않을 정도로 골목길이 쭉 뻗어 있었다. 아까 이 골목을 엿보았을 때, 이렇게까지 길지는 않았다. 사실 애초에 이렇게 길게 이어지는 골목길이 있을 리가 없었다. 말도 안 될 정도로 길게 이어지는 골목길 한가운데에 유마는 자기도 모르게 갇혀버렸던 것이다.

"아, 아빠." 금방이라도 울음을 터뜨릴 것 같은 목소리로 방금 전에 걸어온 방향을 보겨 아버지를 불렀지만, 아무런 대답도 없었다.

"어, 어, 엄마." 반쯤 우는 목소리로 뒤를 돌아보며 엄마에게 도움을 청했지만, 역시 대답은 없었다. "지, 집에, 가고 싶어."

눈물을 글썽이면서 왔던 길 쪽을 다시 보았을 때였다. 문득 뭔가가 눈에 비쳐서 흠칫했다. 당황하며 두 눈에 맺힌 눈물을 두 주먹으로 닦았다. 저편에, 누가 있었다. 골목길 저 멀리 석양을 등지고 있는 사람의 형체가 떠올라 있었다. 흐느적흐느적 몸을 흔들며 서 있었다. 어른처럼 보였다. 엄마는 모르는 사람을 따라가면 안 된다 했지만, 이건 긴급 사태였다. 누구라도 어른에게 도움을 청할 수밖에 없었다.

하지만 유마에게는 상당히 멀게 느껴졌다. 저 형체가 있는 데까지 걸어갈 기력이 없었다. 이쪽으로 와주지는 않을까? 다시 유마가 눈물 짓고 있는데, 인물이 갑자기, 살며시 움직인 듯했다. 비틀비틀 좌우로 흔들리고 있었다. 뭘 하고 있는 걸까? 이상한 느낌이 들어 유마는 가만히 저편을 응시했다. 그랬더니 예의 검은 형체가 조금씩 커지는 것처럼 보였다. 아무래도 저 멀리 있는 인물이 이쪽으로 오고 있는 모양이었다.

유마는 다시 한 번, 두 눈의 눈물을 훔쳤다. 우리 집 주소는 기억하고 있다. 집으로 돌아가고 싶다고 말하면 분명히 데려가줄 것이다. 아니, 집까지 데려다 달라고 할 필요도 없다. 이 골목에 들어오기 전에 걸었던 길로 돌아가면 된다. 그다음엔 나 혼자서도 갈 수 있다. 똑똑히, 이렇게 말하자. 유마는 나름대로 결심하고 그 사람이 오기를 가만히 기다렸다. 그런데 검은 형체가 가까이 다가올수록 어딘가 이상하다는 느낌이 들기 시작했다. 무엇이 이상한지 처음에는 전혀 알 수 없었다. 하지만 차츰 커지는 검은 형체를 바라보는 동안 불안감이 커지기 시작했다. 그는 여전히 좌우로 몸을 흔들면서 이쪽으로 걸어왔다. 양쪽 팔도 덜렁덜렁 움직이고 있는데, 가만히 보니 이상할 정도로 길었다. 손가락 끝이 무릎에 닿을 정도였다. 〈동물의 왕국〉에서 봤던, 서서 걸어가는 원숭이 같았다. 다만 유난히 긴 두 팔을 제외하면, 몸집은 보통 인간과 다르지 않았다. 그렇기에 더욱 기묘해 보였다. 틀림없이 인간인데, 사실은 그렇지 않은 존재. 그런 존재가 새빨간 석양을 등지고 몸을 천천히 흔들며 다가오고 있었다. 미아가 된 유마를 돕기 위해 이쪽으로 오고 있다는 생각은 들지 않았다. 어린아이라도 피부로 느낄 정도로 흉측한 기미가 전해져왔다.

'도망쳐야 해.' 유마는 초조해하면서 공터를 보았다. 하지만 골목길에 접해 있지 않은 곳에는 생울타리나 블록으로 쌓아올린 벽이 있어서 지나갈 수 없었다. 남은 길은 단 하나. 아까 왔던 방향의 반대쪽으로 도망칠 수밖에 없었다. 유마는 서서히 다가오는 검은 형체에 등을 돌리고 쏜살같이 뛰기 시작했다. 한동안 달음박질을 하자 호흡이 가빠오면서 점차 지치기 시작했다. 어디까지 도망가야 괜찮은지도 알 수 없었다. 아무리 필사적으로 달려도 골목길이 계속 이어졌다. 샛길이 전혀 나오지 않았다. 똑바로 이어지는 골목길이 끝도 없이 뻗어 있을 뿐이고…….

비틀거리는 발걸음으로 어떻게든 계속 달렸지만 유마는 끝내 멈춰 서고 말았다. 더 이상 한 걸음도 나아갈 수 없었다. 뒤를 돌아보자, 예상과는 단판으로 검은 형체가 가까이 다가와 온몸에 소름이 좌악 돋았다. 황급히 주위를 둘러보다가 일단 눈에 들어온 집의 인터폰을 눌렀다. 진작에 시도해볼걸. 하지만 조금 전에는 머릿속에 도망쳐야 한다는 생각밖에 없었다. 그런데 아무런 반응이 없었다. 집 안에 울리는 벨 소리가 또렷하게 들리는데도 아무런 반응이 없었다. 옆집 인터폰도 눌러봤다. 응답이 없었다. 다시 그 옆집 인터폰을 눌렀다. 역시 응답이 없었다. 맞은편에 있는 몇 집으로 다가가 계속 시도했지만, 어디나 마찬가지였다. 아차 싶어 등 뒤를 보자, 검은 인물의 형체가 훨씬 커졌다. 생각보다 훨씬 가까이 다가왔을 뿐 아니라 이상한 점이 드러나 오싹했다. 키가 큰 어른보다도 커⋯⋯. 길가에 있는 집들의 1층 높이를 가볍게 넘어선 상태였다. 게다가 아무리 등 뒤에서 석양이 비친다 해도 용모를 알아볼 수가 없었다. 두 팔이 길쭉한, 밋밋하고 시커먼 그림자가 좌우로 몸을 흔들면서 이쪽을 향해 다가오고 있었다.

'도망쳐야 해.' 다시 유마는 뛰기 시작했다. 처음에 인터폰을 울렸던 집 2층 창문에서 누군가 유마를 내려다보고 있었다. 사람이 있다! 놀람과 동시에 기쁨이 밀려왔다. 서둘러 두 팔을 크게 흔들면서 다시 한 번 인터폰을 눌렀다. 두 번, 세 번 누르면서 "도와주세요!"라고 크게 외쳤다. 그런데 창문에 서 있던 인물은 전혀 반응을 보이지 않았다. 그저 멍하니 창가에 서 있을 뿐이었다. 왜 저러지? 영문을 몰라서 유마는 주위의 집들을 둘러보았다. 하나같이 2층에, 유마를 내려다보는 사람의 형체가 있었다. 창가에 서서 유마를 빤히 내려다보고 있었다.

1층 창문에는 사람이 한 명도 없었다. 어느 집이나 2층 창문에⋯⋯. 이유는 알 수 없었다. 태어나서 처음으로 유마는 부조리를 경험했고 절망을 맛보았다. 실로 악몽 같은 체험이었다.

정신이 들고 보니 유마는 엉엉 울면서 필사적으로 달리고 있었다. 도망치고 있었다. 빠른 걸음에 가까운 속도이긴 했지만, 죽기 살기로 달리고 있었다. 아무리 시간이 지나도 집에 돌아갈 수 없다. 이 말이 수도 없이 머릿속에서 맴돌았다. 아직 죽음을 인식하지 못하는 나이라 연립주택의 자기 집으로 돌아갈 수 없는 상황이야말로 가장 큰 공포였다.

이윽고 달리다 지치고 울다 지치고 겁내다 지친 유마는 도중에 주저앉고 말았다. 애초에 시작도 끝도 없어 보이는 세계에 '도중'이라는 표현은 의미가 없을지도 모른다. 어디에서 멈춰서더라도 '도중'이니까. 도리질하듯이 고개를 저으면서도 어떻게든 유마는 뒤를 돌아보았다. 그러자 새까만 사람의 형체가 집 한 채 정도의 거리를 두고 멀거니 서 있었다. 여전히 몸을 좌우로 흔들면서, 두 팔을 덜렁거리면서. 키는 더욱 커져서 2층 창문에 닿을 정도였다. 아무래도 팔도 그만큼 길어진 모양이었다. 지금은 땅바닥에 닿아 질질 끌리는 상태였다. 저 인물에게 따라잡히지 않더라도 얼마 안 가 팔을 뻗으면 간단히 붙잡혀버릴 것 같았다. 저 손에 붙잡히면 어떻게 될지 상상도 가지 않았다. 다만 집에는 절대 돌아가지 못한다는 것쯤은 알 수 있었다. 두 번 다시 아버지와도 엄마와도 만날 수 없다. 그래서 사람의 형체가 커다랗게 한 걸음 내딛자 더는 도망칠 수 없음을 알면서도 황급히 일어서서 비틀비틀 앞으로 발을 내디뎠다. 쫓긴다는 두려움, 사냥당한다는 전율, 잡아먹힌다는 공포로 인해……

얼마 달리지 못했는데 참으로 묘한 감각에 사로잡혔다. 뭔가 변해가고 있었다. 그런 기미가 느껴졌다. '살아날 수 있을지도 몰라.' 어떤 변화의 정체를 찾는 것처럼, 유마는 황급히 주위를 둘러보았다. 윽! 주위에 있는 집들의 모든 창문에서 이쪽을 바라보는 수많은 사람의 형체가 유마의 눈에 들어왔다. 2층 창문뿐만이 아니라 1층 창문, 화장실이나 욕실 창문, 심지어 현관문 유리창 너머에서도 유마를 엿보는 사람의 형체가 있었다. 마치 골목길에 길을 잃고 들어온 아이가 밋밋하고 두 팔이 긴 새까만 그림자에게 붙잡혀 머리부터 잡아먹히는 꼴을 구경하는 것처럼. 유마의 정신은 거의 꺾여가고 있었다. 창문에 비치는 형체가 인간이 아니라는 것은 어렴풋이나마 눈치채고 있었다. 그럼에도 불구하고 이렇게 많은 사람들이 자기를 엿보기만 하고 전혀 도와주지 않는다는 사실에 상당한 충격을 받았다.

'끝.' 그림책에서 이야기 맨 마지막에 나오는 글자가 문득 머릿속에 떠올랐다. 나는, 끝. 인간이 끝나버리면 대체 어떻게 될까. 얼핏 스친 생각만으로도 엄청난 공포에 사로잡혔다. 현실이라면 유마는 분명 행방불명된 아이로 간주됐을 것이다. 하지만 유마가 우뚝 멈춰 섰을 때 어딘가에서 흐릿한 목소리가 들려왔다.

"……남자는 저녁……나타났습니다. 그리고 아이들……."

전에 들었던 이야기였다. 가만히 귀를 기울여보니 유마를 골목길로 유혹했던 남자의 목소리가 저 앞에서 들리고 있었다. 앗, 하고 눈을 크게 뜨자 골목길 오른편으로 건물 대여섯 채 너머에 빈터 같은 것이 보였다. 그쪽에는 집이 없었고 흐릿하게 흙과 잡초가 보였다.

유마는 뛰었다. 정신없이 뛰었다. 주위의 집들에서 엿보던 사람들의 소리 없는 분노와 매도의 손가락질이 폭풍처럼 쏟아졌다. 동시에 뒤쪽의 새까만 형체의 기척도 단숨에 다가왔다.

슉.

슈우욱.

이내 목덜미 근처에서 신음소리 같은 것이 들리기 시작했다. 바로 등 뒤에서 새까만 형체가 덮쳐와 위협적인 외침을 쏟아내는 모습이 머릿속에 생생히 떠올랐다. 하지만 나를 다 따라잡았는데 어째서 붙잡지 않는 걸까. 살짝 뒤쪽을 살펴본 유마는 더욱 속도를 높여 달음질쳤다. 이미 한계에 이르렀지만 젖 먹던 힘까지 짜내 달렸다. 유마를 붙잡으려고 새까만 형체의 긴 팔이 뻗어오고 있었다. 이미 몇 번이나 유마의 등 뒤에서 허공을 가르고 있었던 것이다.

"……남자는 새로운 마을에 찾아왔습니다."

저 앞에서 들려오는 남자의 이야기 소리가 똑똑히 들리기 시작했다.

"그건 그렇고, 이 마을에서 ……남자는 대체 어떤…….."

그러나 여전히 '……남자', 이 대목만 제대로 들을 수 없었다. 이런 상황인데도 유마는 그의 이름이 신경 쓰여 견딜 수 없었다.

"그러면 ……남자의, 네 번째 시작…….."

하지만 지금은 그러고 있을 상황이 아니었다. 이제 곧 서론이 끝나고 이야기가 시작돼버린다. 그렇게 되면 늦는다. 이유는 나도 알 수 없다. 다만 그렇다는 확신이 있을 뿐이다.

"시자아악."

순간, 유마의 옷자락이 무시무시한 손아귀에 붙잡혀 홱 잡아당겨졌다. 붙잡혔다! 이렇게 생각한 순간, 유마는 뒤로 나자빠지고 말았다. 쑤욱— 새까만 얼굴이 유마를 바로 위에서 내려다본다. 이어 길쭉한 팔이 뻗어와 끌어안더니 그대로 골목길 반대 방향으로 유마를 끌고 간다.

그런 악몽 같은 사태는, 아무리 시간이 지나도 일어나지 않았다. 조심조심 일어나 보니 어느새 날이 저물어 있었다. 아까까지 저녁이었는데, 갑자기 석양이 자취를 감추고 밤이 되어버렸다. 영문을 알 수 없어서 주위를 둘러보다가 바로 옆에 뻗어 있는 길이 예의 골목길임을 깨달았다. 순간, 두 다리의 힘이 풀려 주저앉을 뻔했다.

돌아왔구나……. 유마는 골목길과 공터의 경계면에서 공터 쪽으로 약간 넘어온 곳에 쓰러져 있었다. 만약 머리만 골목길 쪽으로 나와 있었다면……, 이렇게 생각하니 목덜미의 털이 곤두서는 것 같았다.

유마는 터덜터덜 지친 발걸음으로 집으로 돌아오다가 아들을 찾아다니던 엄마와 만나서 따끔하게 혼이 났다. 다만 아버지에게는 아무 말도 듣지 못했다. 유마가 자기 뒤를 따라오다가 미아가 돼버린 것을 몰랐던 걸까. 아니면 눈치채고 있었던 걸까. 엄마처럼 걱정하지는 않은 걸까. 아버지라면 후자 쪽일 가능성이 높았지만, 진실은 알 수 없었다.

그날 밤부터 유마는 고열에 시달렸고, 곧바로 병원에서 진찰을 받았지만 도무지 원인을 알 수 없었다. 완전히 회복할 때까지 일주일이나 걸렸고 내내 악몽에 시달렸다.

6장 두 번째 이계

유마가 두 번째로 '여기는 아닌, 어딘가 다른 세계'에 들어간 때는 초등학교 3학년 때 봄이었다. 첫 번째로 이계 경험을 했을 때와 다르게 시기를 확실히 알고 있는 이유는 아마도 나이 때문일 것이다.

그날 점심시간에 유마는 친구들과 숨바꼭질 놀이를 했다. 학교 건물에는 들어가지 않기로 했기 때문에 유마는 운동장 구석의 덤불에 숨었다. 술래가 다가올 기미가 전혀 없어서 지루해하고 있는데 야옹 하는 울음소리와 함께 갈색 줄무늬 길고양이한 마리가 나타났다. 사람을 잘 따르는 고양이여서 같이 놀고 있었는데, 운동장 쪽에서 묘한 소리가 들려왔다.

"……우리 선조, 적통, 나라를 세우고, 넓고 넓은, 덕을 쌓음이, 깊고 깊도다, 우리 백성, 능히 충성하고 효행하여……."

무슨 말인가를 하고 있지만 좀처럼 이해할 수 없었다. 수상한 느낌이 들어서 덤불에서 고개를 내밀자 소리가 뚝 멈췄다. 운동장에는 아무도 없었다. 이상한 말을 하던 인물은 고사하고 조금 전까지 놀고 있던 아이들조차 보이지 않았다. 고양이와 노는 데 정신이 팔려서 예비 종소리를 못 들었구나. 유마는 황급히 덤불 밖으로 뛰어나와 건물을 향해 달려갔다. 건물에 깔린 '올웨더'라는 고무류 소재의 감촉을 발바닥으로 느끼면서 뛰었다. 출입구로 달려가서 신발장에서 실내화로 갈아 신고, 1층에서 3층까지 단숨에 뛰어 올라갔다. 이어 복도 중간쯤에 있는 교실까지, 되도록 발소리를 내지 않고 빠른 걸음으로 나아갔다. 그리고 담임선생님에게 혼날 각오를 하고 뒷문을 살며시 열다가 "엑?" 하고 놀랐다.

아무도 없었다. 담임선생님과 급우들은 모두 어디로 가고 텅 빈 교실은 쥐 죽은 듯 고요했다.

다음 수업이…… 교실을 바꿔야 하는 체육이나 음악이었던가? 유마는 고개를 갸웃했다. 그러나 칠판 옆의 게시판에 붙어 있는 시간표를 보면 유마가 기억하는 대로 지금은 사회 시간이었다. 사회 견학이라도 하러 갔나? 하지만 말이 안 된다. 견학은 사전에 일정이 정해지는데, 유마만 몰랐을 리가 없다. 어라? 그제야 유마는 강한 이질감을 느꼈다. 학교 안이 아주 고요했다. 가만히 귀를 기울여도 아무 소리도 들리지 않았다. 평소 같으면 수업을 하고 있을 선생님의 목소리, 아이들의 웅성거림, 음악실에서 새어나오는 선율, 운동장에서 울리는 구령이 한데 뒤섞여 울렸을 것이다. 그런데 지금은 아무 소리도 들리지 않았다.

앗, 아까부터 그랬나? 건물 안으로 들어와서 복도를 달리고 계단을 뛰어 올라오는 동안에는 정신이 없어서 전혀 알아채지 못했다. 하지만 가만 돌이켜보니 운동장 구석의 덤불에서 나온 이래로 학교 안은 계속 조용했던 듯하다. 모두 어디 간 거지? 유마는 갑자기 엄청 불안해졌다. 넓고 넓은 학교에 나 혼자 덜렁 남겨져 있었다. 이런 상황을 상상만 해도 쓸쓸했고 동시에 무서워서 견딜 수가 없었다.

드르륵.

그때 갑자기 소리가 들렸다. 아무래도 아래층에서 난 소리 같았다.

드르륵.

이번에는 무슨 소리인지 알 수 있었다.

누군가 교실 문을 열고 있었다.

선생님? 곧바로 유마는 담임선생님 얼굴을 떠올렸다. 특히 좋아하는 선생님 중 한 분이 아닐까, 하여 희미한 기대를 품었다. 문이 열리는 소리에서 어른의 강한 힘이 느껴졌기 때문이다. 하지만 교실 문이 열리는 소리를 듣는 동안, 어쩔 수 없이 조금씩 불안이 싹텄다.

드르륵······ 드르륵······.

거의 같은 간격으로, 누군가 교실에서 교실로 이동하며 문을 열고 있었다. 처음에는 유마와 마찬가지로 여기 남은 교사 중 한 명이 동료나 아이를 찾고 있나 싶어서 기뻤지만, 아무리 생각해도 움직임이 이상했다. 마치 교실에 아무도 없는 것을, 저것이 확인하고 있는 듯했다. 누군가를 찾는 게 아니라 한 명도 남아 있지 않다는 사실을 확인하고 있었다. 그래서 교실에서 교실로, 마치 기계처럼 이동하고 있었다. 애초에 교사라면 학생을 소리 내어 부르며 찾을 것이다. 말없이 교실 문만 여는 행동을 하지는 않을 터다.

또각, 또각, 또각······.

이내 누군가 건물 동쪽 계단을 올라오기 시작한 듯했다. 하이힐 소리 같았다. 그럼 여자인가? 여선생님 중에서 학교에 하이힐을 신고 오는 사람은 없었다. 그럼 누구네 엄마인가?

또각, 또각······.

이윽고 아래층에서 복도를 걷는 소리가 나는가 싶더니, 교실 문을 여는 소리가 들렸다.

드르륵.

아무래도 1층을 전부 확인했으니 이번에는 2층으로 올라온 모양이었다.

드르륵……, 드르륵…….

소리는 아래층에서 울렸는데 곧바로 유마 바로 아래까지 왔다. 유마는 꼼짝도 하지 않고 서 있기만 했지만 곧바로 숨을 죽였다.

드르륵……, 드르륵…….

소리가 지나갈 때까지, 온몸을 딱 굳히고 숨을 참고 있었다.

'아, 갔다.' 안도한 것도 잠시, 이내 다시 들려오는 소리에 유마는 움찔했다.

또각, 또각, 또각…….

그것이 건물 서쪽 계단을 올라오기 시작한 것이다. 다음은 여기야. 1층과 2층을 끝마쳤으니, 당연히 이제 3층이다.

또각, 또각, 또각…….

계단을 다 올라온 누군가가 3층 복도 서쪽에 나타날 때까지는 앞으로 수십 초밖에 남지 않았다. 이대로 서 있으면 복도 한가운데에 멍하니 서 있는 유마는 훤히 노출될 수밖에 없다. 도망치자. 반대편 동쪽 계단을 향해 유마는 서둘러 움직였다. 그렇다 해도 달릴 수는 없었다. 발소리가 나기 때문이다. 하지만 달리지 않으면 저것에게 들켜서 붙들리고 말 것이다. 어떡하지? 살금살금 걸어서 최대한 빨리 이동하려고 했지만, 역시 무리였다.

또각, 또각, 또각…….

그러거나 말거나 계단을 올라오는 발소리는 이미 상당히 가까이 올라와 있었다. 조금만 더 있으면…… 앗, 그렇지. 유마는 황급히 실내화를 벗어서 두 손에 한 짝씩 들고 전속력으로 뛰었다. 양말만 신은 상태로 복도를 달리니 발소리는 거의 나지 않았다. 자, 조금만 더. 3층 동쪽 끝의 교실 옆을 지나, 이를테면 골목을 돌아 동쪽 계단에 도달할 즈음이었다.

또각.

누군가 복도를 걷기 시작하는 발소리가 복도 서쪽에서 들려왔다. 들켰나? 모퉁이를 도는 유마의 뒷모습을 포착했을지도 모르는, 아주 아슬아슬한 상황이었다. 유마는 계단 앞에 멈춰 서서 몸을 움직이지 않고 가만히 귀를 쫑긋 세웠다.

또각, 또각, 또각…….

복도를 걷는 발소리가 또렷하게 들려왔다. 지금이라도 교실 문을 여는 소리가 드르륵, 하고 울릴 것만 같았다. 소리가 울리면 계단을 내려가려고 유마는 가만히 준비했다.

또각, 또각, 또각…….

그런데 발소리는 전혀 멈추지 않았다. 아무래도 교실 앞을 그냥 지나치고 있는 듯했다. 왜일까? 갑자기 안 좋은 예감이 들었다.

딱, 딱, 딱…….

발소리가 갑자기 빨라졌다. 교실을 들여다볼 생각은 하지 않고 똑바로 복도를 걸어오고 있었다. 아무래도 방금 뒷모습을 들켰다는 생각밖에 안 들었다. 곧바로 계단을 뛰어 내려가다 보니 발바닥이 아팠다. 평평한 복도와 달리 계단에는 미끄럼 방지 처리가 된 모서리가 있어서 양말만으로는 제대로 충격을 흡수하지 못했다. 서둘러 신발을 신으려고 하다가 유마는 균형을 잃었다. 황급히 난간을 붙잡아 넘어지는 것은 면했지만, 그만 신발을 떨어뜨리고 말았다.

딱, 딱, 딱⋯⋯.

그사이에도 발소리는 다가오고 있었다. 슬슬 마지막 교실 앞을 지나치려 하고 있었다. 허겁지겁 신발을 신고 유마는 두 계단씩 뛰어 내려가기 시작했다. 그리고 층계참을 돌자마자 흘끗 위를 올려다보았다. 때마침 복도 구석에서 어떤 얼굴이 보이는 참이었는데⋯⋯.

윽.

사실, 유마는 그때 자신이 말을 잃었다는 것밖에 기억하지 못한다. 틀림없이 무시무시한 형상을 보았지만 그게 무엇인지 아직도 기억나지 않는다.

뚜벅, 뚜벅, 뚜벅, 뚜벅⋯⋯.

3층의 계단을 단숨에 내려오는 발소리가 유마의 등 뒤로 크게 울렸다. 움직이는 속도가 심상치 않았다. 처음에 저것과 유마 사이에는 내려가는 계단 입구에서 층계참에 이르는 거리가 있었다. 즉, 반 층 분량의 계단이다. 그랬는데도 유마가 2층으로 내려가서 곧바로 1층으로 이어지는 계단에 발을 얹었을 때 놈은 유마의 등 뒤에 바짝 다가설 기세였다. 유마는 2층에서 1층까지 이어지는 계단을 세 단씩 뛰어 내려왔다. 물론 넘어질 우려가 있었지만, 두려움에 압도되어 아무 생각이 없었다. 계단에서 굴러떨어지는 한이 있더라도 어쨌든 거리를 벌려야만 했다. 마지막에는 다섯 단을 한 번에 뛰었다. 최고 기록은 네 단이었지만, 등 뒤에서 다가오는 위협에 견디지 못하고 아무런 망설임 없이 뛰었다.

쿵.

1층 바닥에 뛰어내린 순간, 발바닥에 무시무시한 충격이 전해져서 눈앞이 캄캄해졌다. 착지의 충격도 있었지만, 어디로 도망쳐야 좋을지 전혀 짐작이 가지 않았기 때문이다.

이때야, 어서! 저것과 거리가 벌어져 있는 동안 어디로든 숨어야 한다. 아니, 그래 봐야 안 되나? 숨느니 차라리 도망쳐야 할까. 원래 세계로 도망칠 방법을 당장 생각해내야 하지 않을까. 하지만, 어디로?

망연자실한 유마의 뇌리에 문득 예전 일이 떠올랐다. 이상한 골목길에서 겪었던 소름 끼치는 사건이 생생히 떠오른 것이다. 당시에는 공터가 문제였다. 처음에 들어왔던 공터와 다음에 봤던 공터가 같은 장소인지는 알 수 없지만, 어쨌든 공터로 돌아왔기에 원래 세계로 돌아올 수 있었던 것이다. 그렇다면 이번에는 어딜까? 두 다리의 욱신거리는 통증이 가시기를 기다릴 틈도 없이 유마는 출입구를 향해 뛰기 시작했다. 목적지는 숨바꼭질할 때 숨었던 운동장 가장자리의 덤불이었다. 그런데 유마가 신발장 옆을 지나가고 있을 때 놈은 금세 계단을 내려왔다. 그리고 출입구에서 운동장으로 나가려는 유마를 거의 다 따라잡았다. 눈 깜짝할 사이에 거리를 쓱— 좁혀온 것이다.

아, 따라잡힌다. 유마는 필사적으로 뛰었다. 하지만 달리는 속도를 생각하면 도저히 운동장 구석까지 갈 수 있을 것 같지 않았다. 분명 2미터도 못 가서 따라잡힐 것이다. 유마는 압도적인 절망감에 사로잡혔다. 그래도 계속 달린 이유는 등 뒤에서 전해져오는 흉측한 기척이 정말 심상치 않았기 때문이다. '아, 이젠 틀렸는지도 몰라.' 그런데 아무리 달려도 놈이 쫓아오지 않았다. 오히려 유마가 달릴수록 거리가 점점 벌어지는 느낌이었다. 고개를 돌려 확인하고 싶었지만, 놈을 다시 본다고 생각하니 너무나 끔찍했다.

땅바닥 때문인가? 학교 건물의 복도나 계단은 콘크리트 바닥이지만 운동장에는 올웨더가 깔려 있다. 운동장이 흙바닥이면 비 온 뒤의 물 빠짐이 나쁘고, 강풍이 부는 날에는 흙먼지가 날려 인근 주민들에게 폐를 끼치기 때문이다. 이유는 알 수 없지만, 저놈은 이 고무 같은 지면을 싫어하는지도 모른다. 만일 그렇다면 내가 유리하다. 유마는 운동장 구석에 있는 덤불을 향해 쏜살같이 달렸다. 달리면 달릴수록 둘 사이 거리가 벌어지는 것을 알 수 있었다. 이제 따라잡힐 걱정은 없다. 여유 있게 덤불에 도달할 수 있다. 하지만 속도는 늦추지 않았다. 유마의 두 다리를 계속 움직이게 하는 원동력은 공포심이고, 아무리 등 뒤에 있는 존재와 거리가 벌어지더라도 이를 완전히 떨쳐내기는 불가능했기 때문이다.

그래서 운동장 가장자리에 도달했을 때는 숨이 턱까지 차올라 있었다. 헉헉 소리를 내며 덤불 안으로 들어가서 잠시 웅크린 채로 숨을 고르기로 했다. 간신히 진정되자 쪼그리고 앉았다. 이제는 가만히 기다릴 수밖에 없다. 전에 골목길에서는 종이 연극을 하는 남자의 이야기가 '열쇠'가 되었다. 이번에는 운동장에서 들린 영문 모를 낭독이 계기가 될까. 하지만 계속 기다려도 아무 소리도 들리지 않았다. 이대로 덤불 속에 있어도 괜찮을까, 싶어 불안해지기 시작했을 때 묘한 소리가 들려왔다.

끼익, 끼익, 끼익…….

무슨 소리일까 하고 고개를 갸웃한 것은 단 몇 초였다. 바로 소리의 정체를 깨닫고 얼굴에서 핏기가 가셨다.

놈이 왔다…….

틀림없이 운동장으로 나온 이후에 거리를 벌렸지만, 이 덤불 속에 들어오는 것을 들키고 말았다.

끼익, 끼익, 끼익……

걸음은 느리더라도, 놈은 확실히 여기로 다가오고 있었다. 시간이 얼마나 남았는지는 모르지만, 이 덤불 안을 수색하러 오는 것이 분명했다.

어서, 어서!

전처럼 기묘한 낭독 소리가 들리기를 유마는 간절히 바랐다. 하지만 그런 징조는 조금도 없었다. 들려오는 소리라고는 놈이 운동장을 걷는 듯한 발소리뿐이었다.

끼익, 끼익, 끼익……

심지어 갈수록 커지고 있었다. 점점 더 가까이 다가오고 있었다. 피부로 느낄 수 있었다. 도망칠까? 하지만 대체 어디로 가면 좋단 말인가. 원래 세계로 돌아가려면 여기서 움직이지 말아야 한다. 하지만 놈이 여기로 와버리면 끝장이다. 덤불에 뚫린 구멍은 하나밖에 없다. 놈이 구멍을 통해 들여다보면, 그야말로 독 안에 든 쥐가 된다. 여차하면 반대 방향 덤불을 헤치고 어떻게든 도망칠 수 있을지도 모른다. 운동장에서는 더 빨리 뛸 수 있으니 나름 이점이 있다. 하지만 다음에는 어떻게 할까. 아주 멀리까지 도망친 뒤에 전속력으로 덤불로 돌아와 다시 기다려야 할까. 그 짓을 몇 번이나 반복해야 할까.

끼익, 끼익, 끼익……

놈이 이제 거의 다 왔다. 유마는 덤불 안의 구멍에서 언제라도 도망칠 수 있는 자세를 취했다.

야옹.

그때, 등 뒤에서 흐릿한 울음소리가 들렸다. 자기도 모르게 돌아보자 어디서 나타났는지 갈색 줄무늬 길고양이가 앉아 있었다.

"너, 언제 왔어?"

유마가 고양이를 안아들자마자 술렁거리며 주위가 시끄러워지더니 키잉— 하고 양쪽 귀가 울렸다. 바로 운동장에서 수많은 목소리들이 들리기 시작했다.

혹시? 서둘러 덤불에서 나와 보니, 몇 개 반 학생들이 체육 수업을 하고 있는 광경이 두 눈에 들어왔다. '아— 돌아왔구나.' 유마는 고양이를 안은 채로 비틀거리며 털썩 주저앉았다. 고양이는 야옹거리며 잠시 울다가 이내 어디론가 가버렸다.

이윽고 유마를 발견한 교사가 "왜 그러니? 이런 데서 뭘 하고 있어?"라고 말하며 다가왔다. 하지만 유마는 질문에 제대로 대답하지 못했고, 정신을 차리고 보니 교사에게 안겨서 보건실에 와 있었다. 또다시 몸에서 열이 나고 있었다. 엄마가 학교로 데리러 왔고 유마는 사흘간 학교에 가지 못했다.

이 두 번의 무서운 체험을 떠올린 이유는 물론 삼촌의 고약한 장난 때문이다. 하지만 그게 전부는 아닐 터였다.

커다란 나무의 캄캄한 나무 굴에 삼켜진다……. 이건 세 번째로 이계를 체험할 거라는 예고가 아닌가. 이런 생각을 떨칠 수가 없었다. 또다시 헤매게 될 이상한 세계에서는 어떤 기괴한 형상에 쫓기게 될까, 생각하니 배 속이 마구 뒤틀렸지만 꾹 참고 견딜 수밖에 없었다.

7장 동거인

고속도로 휴게소에서 점심을 먹고 계속 달리다가 하쿠쇼의 인터체인지에서 고속도로를 빠져나왔다. 이제 국도를 따라 달렸는데 주위에 정말 아무것도 없었다. 계속 이어지는 좌우의 옹벽을 보면서 포장도로를 묵묵히 달릴 뿐이었다.

주위의 경치에 유마가 질릴 무렵, 삼촌이 갑자기 생각났다는 듯이 입을 열었다. "맞다. 깜빡했는데, 고무로 저택에서는 사토미라는 사람이 너를 돌봐줄 거야."

유마는 반사적으로 물었다. "가정부야?"

하지만 삼촌은 부루퉁한 얼굴로 대답했다. "지금 나한테 그런 사람을 고용할 여유가 있겠냐?"

삼촌의 수입이 불안정하다는 것은 유마도 눈치채고 있었다. 적어도 회사원이 아니라는 점은 확실하다. 애초에 삼촌 같은 사람이 직장 생활을 할 수 있다는 생각이 들지 않는다. 사실 지금 한다는 사업이나 장사 이야기를 들어도 잘 이해가 안 되는 데다 왠지 수상하기만 하다. 엄마가 삼촌을 좀처럼 신뢰하지 않는 데는 다 이유가 있을 것이다. 그래도 유마는 삼촌의 자유분방함이 좋았다. 어쩌면 새아빠와는 정반대라서 호감을 느꼈는지도 모른다. 반대로 엄마는 같은 이유로 '정말 골치 아픈 사람'이라고 여기고 있을 것이다. 다만 엄마에 따르면, 새아빠는 삼촌이 저질러놓은 일들을 뒤처리하느라 매번 애를 먹었다. 그런 말을 들으면 유마 역시 '어쩔 도리가 없는 사람이구나' 하고 한숨을 내쉬게 된다. 그래도 싫지는 않다. 누구를 만나도 명랑하게 행동하는 삼촌이 나이 차이가 많이 나는 형 같아서 친근함을 느꼈다. 그런데 삼촌이 웬일로 말을 잇지 못하고 있었다.

"사토미 씨란 사람은 누구야?"

"음, 그게, 내 마누라 같은 사람이야."

유마가 놀라서 물었다. "삼촌, 결혼했어?"

삼촌은 몹시 당황하면서 대답했다. "그건 아니고. 얼마 전부터 같이 살게 돼서……. 앞일은 알 수 없는 법이라 말하기가 좀 그런데…… 도호쿠 출신의 예쁜 사람이거든."

"사토미 씨는 고등학교를 졸업하고 바로 도쿄에 올라와서……". 이렇게 이야기를 시작하던 삼촌은 갑자기 당황하더니 다짐을 받으려 했다. "형님이나 형수님한테는 아직 말하지

마라."

유마는 두 손바닥을 들어 보이며 대답했다. "연락할 방법도 없잖아."

"아, 너는 휴대전화가 없지. 별장에도 전화가 없으니 연락할 방법이 없나?"

"언젠가는 소개할 거지?"

"그래, 조만간."

'삼촌 같은 사람은 결혼하기 전에 헤어질지도 몰라.' 나이 차이가 많이 나는 삼촌의 결혼을 걱정하는 초등학생 조카라……, 유마는 피식 웃음이 나왔다.

"아니, 실은 말이지."

삼촌의 말투가 갑자기 어두워지는가 싶더니 뜻밖의 사실을 털어놓았다.

"사토미 씨에게는 자식이 있거든."

"삼촌의 자식?"

"그럴 리가 있겠냐."

그래도 유마의 장난을 잽싸게 받아치는 것을 보면 역시나 삼촌은 삼촌이었다.

"겨우 얼마 전에 같이 살기 시작했다고 얘기했잖아."

"전남편의 자식?"

"그래, 나이 차이는 너하고 별로 안 날 거야."

"그애하고는 같이 안 살아?"

"녀석이 말이지, 진짜배기 악동이거든. 그것도 말썽꾸러기 초등학생 수준이 아니라 중학교 불량학생급이야. 그런데도 사토미 씨는 아주 응석받이로 키우고 있어. '우리 세이는 괜찮다'고 노래를 불러. 나도 녀석을 다루는 데 애를 먹고 있는데 말이야. 다행히도 사토미 씨의 부모님이 조금 떨어진 데 살고 있어. 세이이치도 할아버지와 할머니하고는 사이가 좋은 편이라 그냥 맡겨두고 있지."

삼촌의 의붓아들이 될지도 모르는 소년의 이름은 '세이이치誠一'인 듯했다.

"이름에 담긴 뜻은 좋지만, 성격은 전혀 그렇지 않아." 이렇게 투덜거린 뒤에, 삼촌은 유마를 빤히 바라보면서 말을 이었다. "너 같은 애라면 정말 좋을 텐데 말이야."

유마는 어떻게 대답해야 할지 몰라 창밖으로 눈을 돌렸다가, 문득 조금 전부터 신경 쓰이던 것에 대해 물었다.

"고속도로에서 나온 뒤로는 가게는 고사하고 집도 없네."

"시자쿠 마을은 저쪽이야."

삼촌이 진행 방향의 오른편을 가리키면서 말했다.

"시모하쿠쇼로 가려면 마을 중심을 지나가는 길이 제일 가까워. 하지만 가미하쿠쇼하고 오쿠하쿠쇼는 이대로 쭉 가는 편이 빨라."

말이 끝나기가 무섭게 앞쪽으로 별장지가 보이기 시작했다. 주위에는 키 큰 나무들이 우거져 있고, 깔끔하게 정비된 길 양편에 곰팡이가 낀 중후한 돌담이나 멋지게 장식된 철책으로 둘러싸인 별장 건물이 계속 나타났다.

"집들이 서로 많이 떨어져 있네?"

눈앞의 풍경은 유마가 상상했던 것과는 상당히 달랐다.

"우아하지? 이래 보여도, 시모하쿠쇼의 집들은 좀 더 촘촘해."

부지가 넉넉해서 그런지 부유해 보이지만 한편으론 조금 무섭게 느껴졌다. 날이 저물어 어두워지면 아주 쓸쓸할 것 같았다. 아니, 그것보다…… 여기서 유마는 엄청 무서운 예감에 몸을 떨었다. 지금 가고 있는 오쿠하쿠쇼에는 애초에 별장이 세 채밖에 없다. 모르긴 해도 집들이 서로 가까이 붙어 있지는 않을 것이다. 이 가미하쿠쇼의 별장들보다 더 멀리 떨어져 있지는 않을까? 다른 두 채가 보이지 않을 정도로. 이 예감을 증명이라도 하듯 개성적인 별장 건물들이 서서히 모습을 감추었고, 점차 길이 좁아지기 시작하더니 어느새 키 큰 삼나무들만 보였다. 사방으로 눈길을 돌려도 별장은 한 채도 보이지 않았다.

이윽고 큰길을 벗어나 좁은 길로 진입해서 한동안 달려갈 때 유마는 숲속에서 묘한 것을 보았다. 굵은 나무 뒤편에서 이쪽을 엿보는 검은 얼굴……. 찰나의 일이라 확실하지는 않지만, 사람 얼굴처럼 보였다. 더 정확히 표현하자면 '검은 얼굴' 같은 형상이었다. 어째서 저런 곳에? 삼촌은 전혀 깨닫지 못한 듯했다. 앞만 바라보고 운전을 하는 중이니까. 내가 잘못 본 걸까? 고개를 갸웃하고는 이제 숲에만 눈길을 주었지만, 눈에 들어오는 것은 오직 나무들뿐이었다. 맞은편에서 단 한 대의 자동차도 오지 않는 좁은 길을 계속해서 달려가자 고무로 저택의 외벽으로 보이는 구조물이 흘끗흘끗 나무들 사이로 보이기 시작했다.

저것이 별장인가? 차츰 전체 윤곽이 드러나는 건물을 보며 유마는 깜짝 놀랐다. 별장이란 여름철이나 겨울철 한때 머무르는 집이니까 그렇게 넓지 않을 거라고 생각했다. 가미하쿠쇼에는 아름답고 호화롭지만 크기는 보통 수준인 별장이 많았다. 돌담이나 벽으로 둘러싸인 부지에 여유가 있더라도 단독주택 한 채 정도가 들어서 있었다. 그런데 고무로 저택은 달랐다. 아담한 호텔로 착각할 정도의 규모였다. 별장이라기보다는 세타가야에 있는 세토 저택에 가까운, 그야말로 저택이었다.

차에서 내려서 별장 앞에 선 유마가 건축 지식이 있었다면 분명 다음과 같이 묘사했을 것이다. 우선 고무로 저택에서 시선을 빼앗긴 것은, 지붕의 검은 기와와 외벽의 하얀 슬레이트가 이루는 대비다. 위쪽이 검정이고 아래쪽이 하양인데, 이 대조적인 배색이 숲의 짙은 녹색을 배경으로 또렷하게 부각되고 있다. 이런 풍경이 보는 이의 눈에 갑자기 날아든다. 처음 보았을 때의 흥분이 조금 진정된 상태로 기와와 외벽을 관찰하게 되면 의외의 발견을 하게 된다. 가만히 보면 지붕 정면에는 전통적인 본기와를, 측면에는 본기와보다 가벼운 잔기와를 사용했다. 외벽도 장소에 따라서 덩굴형과 비늘형으로 나뉘어 있다. 다만 기와처럼 명확히 구분해 설치하진 않았는지, 덩굴형과 비늘형이 무작위로 붙어 있다. 고무로 저택은 언뜻 보기에 좌우대칭 같지만 금세 양쪽이 다르다는 사실을 알 수 있다. 현관이 남향인 중앙동의 양쪽으로 동익동과 서익동이 인접해 있는데 이는 확실히 대칭이다. 다만 중앙동의 동쪽으로 돌출된 부속동이 이런 구도를 완전히 망가뜨리고 있다.

이상하네⋯⋯. 유마는 '일그러짐'이라는 말을 아직 돌랐지만, 이때 느낀 감정은 바로 일그러짐이었다. 게다가 이 좌우 비대칭 구도가 흑백의 배색과 묘하게 어우러졌다. 이 경우에 '어우러진다'는 바람직한 조합이란 말이 아니라 오히려 반대라는 뜻이다.

2층 건물로 보이는 중앙동 위쪽에는 커다란 도머 지붕이 있었다. 지붕 쪽에 붙어 있는, 맞배지붕의 다락 창문을 도머 창이라고 부른다. 이 창문이 있어서 저기에 다락방이 있다고 볼 수 있다. 알았으면 뛸 듯이 기뻐할 발견이지만, 유마는 전혀 깨닫지 못했다. 그런 지식이 없기도 한데, 가장 큰 이유는 유마의 시선이 도머 지붕 위에 있는, 새하얗고 키 낮은 철책을 향하고 있었기 때문이다. 옥상이 있나? 철책을 올려다보니 세토 가의 같은 장소가 떠올랐고 심히 기분이 나빠지고 말았다.

"어때, 멋진 곳이지?"

유마가 고무로 저택 앞에 멈춰 서 있자 삼촌은 별장에 매료되었다고 착각한 듯했다. 마치 자신이 세운 집이라도 되는 양 자랑을 늘어놓기 시작했다. 유마가 적당히 흘려듣고 있자, 천천히 현관문이 열리더니 한 여성이 당황한 듯한 발걸음으로 나타났다.

'앗, 사토미 씨다.' 순간 유마는 긴장했지만 이건 상대도 마찬가지인 듯했다. 현관 앞의 지붕이 드리운 그늘에서 전혀 나오려 하지 않았다. 부속동을 제외한 각 동 앞에는 하얀 기둥과 울타리로 둘러싸인 베란다가 있었다. 중앙동 1층의 경우 베란다 앞은 현관 입구이자 차를 세우는 장소인데, 사토미로 보이는 여성은 거기에 멈춰 선 채로 안절부절못하고 있었다. 삼촌은 여전히 별장 자랑을 하고 있었다. 타인에게 받은 주택을 이토록 거리낌 없이 칭찬할 수 있다니, 이것도 재능일까?

어쩔 수 없이 유마가 작은 목소리로 알려주었다. "삼촌, 사토미 씨가 마중 나왔어."

삼촌은 그제야 깨달았는지 이렇게 말했다. "거기서 뭐 해? 이쪽으로 와봐, 유마를 데리고 왔잖아."

사토미 씨는 어색한 걸음걸이로 계단을 내려오더니 딱딱한 얼굴로 억지 미소를 지으며 인사했다.

"처, 처음 뵙겠습니다……. 유마입니다." 자연히 유마의 말투도 어색해져서 아주 부자연스러워졌다.

"뭐야, 둘 다 왜 그리 서먹서먹해."

긴장하지 않는 사람은 삼촌뿐이었다.

"하지만……."

사토미 씨의 말을 받듯이 유마가 말을 이었다. "처음 만나는 거잖아."

그런데도 삼촌은 들은 척도 하지 않았다.

"나와 유마는 만나자마자 사이가 좋아졌다고."

"누구나 당신 같지는 않단 말이야."

사토미 씨의 말에 유마는 하마터면 웃을 뻔했다.

"어머나, 이런 데서 계속 서 있지 말고 어서 들어가자.'

'어서 들어가자'는 말은 유마에게 하는 것이었다.

"네. 한동안 신세 좀 지겠습니다."

유마가 인사하자 사토미 씨도 당황해하며 고개를 숙였다. 하지만 그녀의 몸짓에서는 적잖은 곤혹스러움이 느껴졌다. 혹시 나를 돌봐주기 싫은 건가? 자기도 모르게 불안을 느낄 정도로 사토미 씨의 눈치는 미묘했다. 다만 조금은 이해가 가기도 했다. 사토미 씨의 첫인상이 '술집에서 일하는 여성'이었기 때문이다. 그렇다고 유마에게 차별의식이 있었던 것은 아니다. 애초에 아버지가 돌아가신 뒤에 엄마가 선택했던 직업이기도 하니까. 다만 유마는 그런 세계에서 일하는 여자는 집안일에 서투르지 않을까, 생각하고 있었다. 실제로 엄마는 밤일을 시작한 뒤로 집안일을 거의 하지 않았다. 너무 피곤한 탓이었음을 지금은 물론 이해했다. 재혼한 뒤에는 집안일을 완벽하게 해내고 있으니까. 하지만 사토미 씨는 애초에 집안일에 서툰 사람처럼 보였다. 이 와중에 어린아이 돌보기가 더해졌으니 어쩌면 우울해져버린 게 아닐까?

아무래도 그런 생각이 드러난 모양이었다. 갑자기 사토미 씨가 허둥거리기 시작했다.

"아, 아니, 그렇지 않아."

사토미 씨는 고개와 한쪽 손을 동시에 흔들면서 "그런 게 아니야"라고 말했다. 필사적으로 뭔가 얼버무리려는 느낌이었다.

"뭐야, 왜 그래?"

두 사람 사이의 묘한 분위기를 전혀 알아채지 못한 삼촌이 유마와 사토미 씨를 번갈아 보다가 엉뚱한 소리를 했다. "너희 둘, 죽이 안 맞는 거야?"

"아니, 그게 아니라." 사토미 씨는 황급히 고개를 저었다. "너무 예의가 발라서…… 조금 놀랐을 뿐이야."

유마로서는 낯이 간지러운 말을 진지한 표정으로 해주었다. 덕분에 유마는 짚이는 게 있었다. 여기 오는 차 안에서 삼촌에게 들었던 '세이이치'를 떠올린 것이다. 분명 사토미 씨는 무의식중에 자기 아들과 유마를 비교한 게 아닐까?

삼촌도 같은 생각을 했는지 잘 타이르는 어조로 말했다. "얘는 손이 덜 가는 착한 아이라고. 쓸데없는 걱정은 안 해도 돼. 게다가 돌봐준다고 해도 밥이나 빨래 정도야. 애도 아니니 나머지는 다 알아서 할 거야. 그러는 편이 유마도 마음 편하겠고."

유마는 사토미 씨의 얼굴을 보면서 똑똑히 말했다. "저는 혼자 지내도 괜찮아요."

"좋았어. 짐은 내가 들고 갈 테니까, 사토미 씨는 얼른 유마를 집 안에 들여보내."

삼촌이 말하자 사토미 씨가 먼저 일어나서 유마를 저택으로 불러들였다. 짧은 계단을 오르고 현관 앞 지붕 밑을 지나서 양쪽으로 열리는 큰 현관문을 열자 넓은 홀이 나타났다. 문이 정면 오른편에 두 개, 동쪽 벽 구석에 하나가 보였다. 현관으로 들어가자마자 왼편에 가림벽이 있는데 이걸 지나면 남쪽 벽을 따라 기둥 없는 아치식 계단이 2층으로 뻗어 있었다. 이 광경만으로도 유마는 압도되었다. 처음 세토 가에 들어갔을 때 느낀 충격과 비슷한데 여기서는 또 다른 놀라움에 휩싸였다. 감탄사가 나오는데 고무로 저택의 건축양식이 정교하기 때문일까, 아니면 오쿠하쿠쇼라는 입지 때문일까.

유마는 현관홀 한복판에 멈춰 서 있었고 옆에서는 사토미 씨가 우왕좌왕하고 있었다. 눈치가 이상해서 유마가 미심쩍어하는 참인데 가방을 들고 따라온 삼촌이 깜짝 놀란 듯이 사토미 씨에게 말했다.

"왜 여기 멀거니 서 있어?"

"어, 어느 쪽으로 해야 좋을까 해서……."

"뭘?"

"유마의 주스를 응접실로 내오는 게 좋을지 식당으로 내오는 게 좋을지……."

"이 사람이 참……."

삼촌은 어이가 없는지 천장을 올려다보고는 "이쪽이야"라고 말하듯 유마를 재촉하여 홀의 서쪽으로 걸어가기 시작했다. 계단 앞에서 안쪽으로 복도가 이어지고 막다른 곳에는 정면과 좌우에 각각 방이 있었다.

"이쪽은 고용인의 방이라서 한 번도 쓰지 않았어." 삼촌은 왼쪽 문을 가리킨 뒤에 오른쪽 문을 열면서 말했다. "막다른 곳에 있는 문은 세면실과 화장실, 욕실로 통해. 우선은 이것만 알면 되겠지. 참고로 저기 왼쪽 구석의 문은 부인실이야. 물론 지금은 쓰고 있지 않아."

삼촌이 정면 문을 열자 이번엔 응접실이 나왔다.

"많이 피곤하지? 앉아."

안내받은 대로 1인용 소파에 앉자마자 유마는 안도의 한숨을 내쉬었다. 오랫동안 차를 타고 와서 좀 피곤했지만, 사실 힘든 일은 하지 않았다. 그럼에도 불구하고 피로한 건 환경이 급하게 바뀐 탓일까. 어쩌면 사사 숲을 둘러싼 이야기도 영향을 미쳤는지 모른다.

"이 집에서는 이 방이 가장 편안하단 말씀이야."

갑자기 피로해진 유마와는 달리 삼촌은 여전히 기운이 넘쳤다. 긴 소파에 반쯤 드러누워 느긋하게 실내를 둘러보고 있었다. 응접실에는 커다란 여닫이 창문이 정면에 해당하는 남쪽에 둘, 서쪽에 하나 달려 있었다. 그래서 햇빛이 충분히 들어와서 실내가 밝았다. 창문은 전부 열려 있어 상쾌한 바람이 들어왔다. 창틀 모양대로 가지치기를 해준 나무들의 녹음도 선명해서 아무리 봐도 질리지 않았다. 동쪽 벽에는 아까 들어온 문밖에 없지만, 북쪽 중앙에는 난로가 있었다. 진짜 난로는 처음 봤다. 이 난로 뒤편은 부인실인데, 조금 전에 봤던 화장실과 욕실로 향하는 복도 왼편 구석에 보였던 문을 통해 들어가는 듯했다. 부인실에도 난로가 있는데 응접실 난로와 등을 맞대고 있다는 말을 듣고 유마는 아주 재미있다고 생각했다.

"겨울에는 추워?"

"응. 딱 한 번 와봤는데 정말 치가 떨리게 춥더라. 처음에는 난로가 낯설고 신기해서 좋아라 하며 불을 땠지. 그런데 장작이 엄청나게 들어가는 거야. 그후에는 여름에만 별장을 이용하게 됐어. 여기 살면 좋기ᄋ 하겠지만 겨울에는 돈이 많이 들 뿐만 아니라 가게도 멀어서 생활하기 불편하지."

그때 사토미 씨가 주스가 든 컵과 과자를 담은 접시를 쟁반에 얹어 조금 위태로운 발걸음으로 나타났다.

"오래 기다리셨습니다."

이렇게 말하면서 소파 앞 탁자에 쟁반을 내려놓는 모습을 보고 유마는 납득했다. 아직 이 집에 익숙하지 않은 거구나. 그런데 아이까지 돌보게 됐다. 아무리 삼촌하고 사귀는 여자라고는 해도 세토 가문과는 어떤 인연도 없는데 말이다. 유마 앞에서 사토미 씨가 어색해했던 것도 무리는 아닐지도 모른다. 이해는 가지만 삼촌 말고도 동거인이 있어서 유마는 솔직히 당황스러 웠다. 사토미 씨에게 신경 써야 하는 생활이 조금은 귀찮게 느껴졌다. 하지만 아직 유마는 알지 못했다. 사토미 씨의 존재가 그냥 신경 쓰이는 정도였다면 얼마나 좋았을까. 바로 이날, 일이 벌어질 줄이야…….

8장 한밤중

응접실 소파에 앉은 삼촌은 자기 앞에 주스가 놓여 있어 불만인 걸까? 맥주를 가져오지 않아서 언짢은 모양이었다.

"하지만 또 나가야 할지도 모르니……." 삼촌의 기분을 짐작한 사토미 씨가 넌지시 달랬지만, "오늘은 유마를 데려올 뿐이고, 다시 차를 끌고 나가지는 않을 거라고 말했잖아." 삼촌이 조금 화난 표정을 짓자 사토미 씨는 얼른 응접실에서 나갔다.

"삼촌, 어쩐지 높은 사람 같네."

물론 놀리는 말이었지만 의외로 진지한 대답이 돌아왔다.

"미리 알려줘도 사토미 씨는 자주 잊어버려. 그렇게 복잡한 얘기도 아닌데."

"하지만 조금만 더 부드럽게 말해주지 그랬어."

그러자 삼촌은 갑자기 정신 나간 사람처럼 웃기 시작했다.

"왜 그래?"

"아니, 미안. 설마 조카한테 여자에게 잘 대해주란 충고를 들을 줄이야……. 웃겨서 말이지."

삼촌은 사토미 씨가 가져온 맥주를 마시고, 한 잔 더 마신 뒤에 소파에서 바로 잠들어버렸다.

사토미 씨는 가방을 들더니 작은 목소리로 재촉하듯 말했다. "방으로 안내해줄게." 유마가 가방에 손을 뻗었지만, "괜찮아"라고 말하며 자신이 들었다.

계단을 올라가자마자 나오는 2층 홀 맞은편에 있는 두 개의 방 중 동쪽 방이 유마에게 주어졌다. 창문이 고무로 저택 뒤편에 접해 있고, 옆방과 이어져 있는 커다란 베란다까지 달려 있었다. 서쪽 문은 옆방으로 통하는 문인데, 거기에 삼촌과 사토미 씨의 침실이 있는 듯했다. 두 개의 방에는 벽을 사이에 두고 난로가 설치되어 있었다. 유마의 방도 원래는 침실이었는데 아이 방으로 쓰기로 했다고 사토미 씨는 설명했다.

"아이 방이라고 해도, 책상과 의자를 들여놓은 것뿐이야."

듣고 보니 침대는 크고 화려한데 책상과 의자는 싸구려로 보였다.

"제 공부용 책상인가요?"

일단 유마가 감사의 마음을 담아서 묻자 사토미 씨가 말했다. "여기서 여름방학 내내 지낼지도 모르는데, 좀 이상하지?"

사토미 씨가 초조해하는 모습을 보면, 책상과 의자는 삼촌이 마련한 모양이었다.

"아뇨, 좋아요."

"다행이야."

안도하는 사토미 씨의 얼굴을 보고 유마는 조금 동정의 마음을 느꼈다. 아마도 삼촌이 '잘 좀 돌봐달라'고 간곡히 부탁한 게 아닐까?

"다른 방도 보여줄까?"

고마운 제안이지만, 침대를 앞에 두자 유마는 잠깐 누워 있고 싶어졌다.

"감사합니다. 나중에 보여주세요."

"그래. 나는 응접실이나 식당에 있을 테니까, 어려워하지 말고 모르는 게 있으면 물어봐."

어색한 웃음을 지으며 방을 나가는 사토미 씨를 보고 있자니 조금 우스웠다. 유마는 식당이 어디 있는지도 모르는데 말이다. 탐험할 겸 나중에 찾아보면 되겠지. 침대에 데구르르 구른 뒤에 배에 얇은 이불을 덮고 두서없이 앞일을 생각하다 *꾸*무룩 잠이 들고 말았다. 서늘한 기운에 눈을 떴는데 방 안은 캄캄했다. 창문으로 눈길을 주었지만 바깥도 아주 어두워서 아무것도 보이지 않았다.

통, 통.

그때 갑자기 흐릿한 노크 소리가 들렸다. 아니, 어쩌면 이미 여러 차례 반복되었는지도 모른다.

"네, 들어오세요."

침대에서 상반신을 일으키면서 대답하자, 조심스럽게 문이 열리고 주뼛주뼛 눈치를 보며 사토미 씨가 들어왔다.

"자고 있었니? 어머, 창문이 열려 있었네. 저녁이 되면 공기가 차가워지니까 조심하렴."

"죄송해요. 집 안을 안내해주신다고 했는데."

"아, 그것보다 배고프지 않니? 저녁부터 먹자."

저녁밥이란 말을 듣자마자 유마는 허기를 느꼈다. 도착한 뒤에 계속 잠만 잤는데도 배가 고팠다.

"네, 감사합니다."

예의 바른 대답에 사토미 씨는 감동한 눈치였다. 한동안 찬찬히 유마를 바라보다 아— 하며 정신을 차리고 유마를 1층 식당까지 안내했다.

현관홀에 들어갔을 때 정면 오른편에 문이 두 개 보였는데 그중 우측 문을 여니 식당이 나왔다. 여기에도 난로가 있어서 유마는 놀랐다. 게다가 식당 서쪽의 주인실 난로와 등을 마주하고 있는 듯했다. 요컨대 응접실과 부인실, 2층의 서로 맞붙어 있는 침실, 그리고 식당과 주인실에 총 여섯 개의 난로가 있다는 이야기다. 정말로 겨울에는 춥나 보구나. 이곳의 겨울나기를 상상하면서 식탁에 앉으려 하다가 김이 피어오르는 식기가 두 개밖에 없는 것을 알아차렸다.

"삼촌은요?"

"그게 말이지."

이야기하기 곤란하다는 표정으로 힘없이 사토미 씨가 대답했다.

"진행 중인 사업에 갑자기 문제가 생겼다면서 급히 도쿄로 돌아갔어."

"아, 네."

자연스럽게 대답한 유마는 앗— 하고 당황했다.

"하지만 그렇다면 음주운전이 되잖아요."

"나도 주의를 주었지만, 꼭 가야 한다지 뭐니. 게다가 술을 마신 뒤에 한숨 잤으니까 괜찮다면서…….."

이때 유마는 중요한 것을 깨달았다.

"이번에 하고 있는 사업이라는 게 뭔가요?"

사토미 씨는 곤혹스러운 얼굴로 대답했다. "그게…… 실은 나도 잘 몰라."

역시나 삼촌답다고 생각했지만, 갑자기 사토미 씨와 남겨진 유마는 당황했다. 처음에는 대화가 잘 이어지지 않았다. 공통 화제는 삼촌 이야기뿐이었다. 그렇다고 해도 삼촌의 사생활은 둘 다 잘 모르기 때문에 어쩔 수 없이 대화가 뚝뚝 끊어졌다.

"도모노리 씨는 유마 군을 잠시만이라도 맡을 수 있게 됐다며 아주 기뻐했어."

사토미 씨는 조금 망설이며 이렇게 말했는데, 유마 앞에서는 삼촌을 '도모노리 씨'라고 부르기로 한 듯했다.

"저도 삼촌 쪽 분들하고 지내게 돼서 잘됐다고 생각해요."

'삼촌과'라고 말하려다 곧바로 삼촌 '쪽 분들'이라고 간신히 바꿔 말할 수 있었다. 유마는 가슴을 쓸어내렸다.

"혹시 도모노리 씨의 입버릇을 아니?"

"아뇨, 뭔데요?"

"술에 취하면 '8이 붙은 나이에는 좋은 일이 생긴다'는 말을 꼭 하는 거야. 도모노리 씨가 열여덟 살 때 이 근처 별장지에서 아르바이트를 했는데……."

"아, 저도 들었어요. 아이가 행방불명됐는데 삼촌이 발견해서 이 별장을 받았다면서요?"

"아르바이트생이 이런 멋진 별장의 주인이 되었으니 확실히 굉장한 일이지."

"스물여덟 살 때는요?"

"거의 하지 않던 도박에서 대박이 날 뻔했다고 하던가. 하지만 조금밖에 못 챙겼대."

"그걸 좋은 일이라고 할 수 있나요?"

도박에서 판돈을 날리진 않았지만, 크게 따지도 못한 모양이다.

"그것도 생각하기 나름이래. 아주 적은 돈으로, 운이 좀 따랐으면 큰돈을 벌기 직전까지 땄다. 많지는 않지만 나름대로 이득을 봤다. 이건 틀림없이 8이 붙은 나이 덕분이라고……."

참으로 삼촌다운 사고방식에 유마는 쓴웃음을 지었다.

"그리고 올해는 서른여덟 살이잖니? 틀림없이 뭔가 있을 거라고 계속 이야기해. 이런 상황에서 유마 군을 맡게 됐으니까 도모노리 씨는 이걸 길조라고 믿는 모양이야."

"길조?"

곧바로 한자가 떠오르지 않아서 물어보았다.

"뭐라고 설명해야 할까, 행운의 증표라는 얘기지."

삼촌이 자기를 이렇게 보고 있다는 이야기를 듣자 유마는 얼굴이 붉어지는 것을 느꼈다.

"도모노리 씨는 은근히 감이 좋거든. 무의식중에 작동하는 특별한 감각이 있다고나 할까. 다만 사업에는 잘 연결되지 않아서……. 이번에는 정말 잘 풀렸으면 좋겠는데 말이야."

하지만 사토미 씨의 어조에 그늘이 있음을 느낀 유마는 정색을 하고 물었다. "삼촌에 대해서 무슨 걱정거리라도 있나요?"

그러자 사토미 씨는 의미심장한 시선으로 식당 안을 스윽 둘러보면서 말했다. "이 별장을 받은 게 애초에 행운이었는지 모르겠어."

"네?"

"8이 붙은 나이에 반드시 좋은 일이 있다면, 여덟 살 때는 어땠느냐고 물었어. 그랬더니 딱히 아무 일도 없었대. 행운이 따르기 시작한 것은 열여덟 살에 고무로 저택을 손에 넣었을 때부터라고. 그렇다면 8이 붙은 나이가 어떻다는 이야기는 할 수 없잖아? 스물여덟 살 때도, 도박으로 크게 한몫 잡을 뻔했지만 결국 실패했고. 아무리 조금은 벌었다고 해도 그게 '좋은 일'인가? 이렇게 생각하면 도모노리 씨가 행운의 출발점이라고 믿고 있는 이 별장이…….."

말을 이어가던 사토미 씨가 아차 하는 표정을 지었다.

"미, 미안해. 나도 참, 이상한 소리를 했네. 어제 분위기가 좀 음침한 가미하쿠쇼 별장 관리인에게 이상한 이야기를 들은 탓인가 봐."

"이 집에 무슨 사연이 있나요?"

"아니, 그건 아니야."

사토미 씨는 자신의 실언을 취소하듯이 고개를 휘휘 저으며 부정하려 했지만 가만히 속내를 털어놓았다.

"그런데 혼자 있으면 역시 무서워."

"언제부터 여기에 계셨나요?"

"어젯밤부터. 그런데도 도모노리 씨는 이렇게 넓은 집에 나 혼자 남겨두고…….."

"네에? 삼촌이 사토미 씨를 남겨두고 돌아갔었어요?"

"그래. 할 일이 있다면서."

유마는 고개를 숙이며 말했다. "저 때문에 사토미 씨가……
죄송합니다."

"아, 아니야. 그런 말이 아니야.

또다시 사토미 씨는 고개를 저었다.

유마는 사토미 씨가 가미하쿠쇼의 별장 관리인한테 들었다는
이야기가 몹시 신경 쓰였다. 그렇지만 지금은 물어봐도 알려주
려 하지 않을 것이다. 내일 낮에 넌지시 물어볼 수밖에 없다.

저녁 식사 후에는 응접실에서 아이들 취향의 애니메이션
DVD를 보았다. 사토미 씨에 의하면 텔레비전은 잡히는 방송
이 적은 데다 재미있는 프로그램도 별로 없다. 그렇다고 애니
메이션이 재미있었는가 하면, 사실은 좀 유치했다. 혹시 하고
물어보니, 역시 삼촌이 고른 것들이었다. 평소에는 아주 어른
스럽고 의젓하다고 칭찬했으면서 내 정신연령을 너무 낮춰 보
는 거 아냐? 다음에 만날 때는 한소리 해야겠다고 생각하면서
유마는 목욕을 하고 침실토 올라갔다.

사토미 씨는 응접실에서 혼자 술을 마시고 있었다. 저녁까지
잠들어 있었기 때문에 잠이 안 올까 봐 걱정했지만 침대어 눕자
마자 몇 분 만에 잠이 들었다. 생각보다 지쳐 있었는지 그야말
로 숙면을 했다. 그런데 역시나 저녁에 어중간하게 잠이 들었
던 탓인지 갑자기 밤중에 눈이 떠졌다. 머리맡의 시계를 보니

새벽 2시 14분이었다. 갑자기 소변이 마려웠다. 애니메이션을 보면서 마신 주스 때문일 것이다. 삼촌과 고속도로 휴게소에서 먹었던 점심까지 생각하니 역시나 음료수를 너무 많이 마셨다는 결론이 나왔다. 하지만 자기 전에 이미 화장실에 다녀왔었다. 그런데도 지금 1층까지 내려가야 해서 마음이 무거웠다. 이런 한밤중에 이 넓은 집 안을 나 홀로…… 생각만 해도 침대에서 나오기가 싫어졌다. 그렇다고 화장실에 안 갈 수는 없었다. 점점 참기가 어려워졌다. 참을 수 없게 된 유마는 단단히 결심하고 침대를 나와서 살며시 방문을 열었다.

홀을 걷는 발소리 정도로 옆방의 사토미 씨가 잠을 깨진 않겠지만, 가능한 한 발소리를 내지 않도록 주의하며 계단으로 향했다. 끼익ㅡ. 이따금씩 삐걱거리는 계단이 있어서 흠칫했다. 별장 안은 무서울 정도의 정적에 감싸여 있어서 미세한 소리도 또렷하게 울려 자꾸만 흠칫거렸다. 2층의 홀과 계단에는 비상등이 켜져 있어서 그나마 위안이 되었다. 다만 불빛이 약한 탓에 빛이 닿지 않는 장소는 아주 캄캄했다. 누가 숨어 있다 해도 절대 보이지 않을 것이다. 이렇게 생각하니 정말 버티기가 힘들었다. 계단을 돌아 내려가는 곳에 숨어 있다면, 계단을 다 내려간 복도 가장자리에서 기다리고 있다면……. 그것이 무엇인지도 모르면서 어느새 유마의 두 다리는 부르르 떨리기 시작했다. 자연스럽게 계단을 내려가기가 힘들었다. 이런 상태인데 유마의 용기를 북돋운 것은 얄궂게도 생리 현상이었다. 오줌을 지릴 수는 없다는 의지만으로 어떻게든 화장실에 도달할 수 있었다. 안도한 것도 잠시, 침실까지 돌아갈 일을 생각하니 또다시 무서워졌다. 그렇다고 화장실에 머물러 있기도 무섭다. 사토미 씨가 아닌 뭔가가 다가와서 퉁, 퉁 하고 문을 두드리면 어쩔 것인가. 이 집에는 사토미 씨와 나밖에 없다. 그러니 노크 따위를 할 사람은 없다. 강하게 주장했지만, 일단 한 번 두서운 상상을 하고 나니 도저히 떨칠 수가 없다. 지금이라도 눈앞의 문이 콩, 콩 소리를 내며 울리지 않을까 하여 안절부절못했다. 문을 열기가 무서웠다. 문 너머에 무언가 서 있을지도 모르기 때문이다. 그런 건 없어. 최대한 용기를 긁어모아 유마는 화장실 문을 열었다. 아무것도 없어. 짧은 복도가 보일 뿐이다.

"후우." 자기도 모르게 안도의 한숨이 흘러나왔다.

앞으로 밤중에는 절대 화장실에 가지 않겠다고 결심했다. 생리 현상이라 어쩔 수 없지만 어쨌든 두 번 다시 못할 짓이다. 지금은 한시라도 빨리 침대로 돌아가고 싶었다. 짧은 복도를 재빨리 지나 눈앞에 있는 문을 열려고 하다가, 앗 — 하고 우마는 멈춰 섰다.

어디서 소리가 났다. 무슨 소리인지는 알 수 없었다. 탁한 소리였으니 가까운 데서 나진 않았을 것이다. 느낌으로 봐서는 식당 부근인 듯했지만, 확실치는 않았다. 잠시 기다려보았지만, 더는 소리가 들리지 않았다. 그래서 문에 손을 대고 현관 홀로 통하는 복도로 나가려다가 다시 몸이 굳어버렸다. '났어, 났어, 소리가 났어!' 누군가 걷고 있었다. 문을 아주 약간만 열었기 때문에 또렷하게 듣지는 못했지만, 기척은 명확히 느껴졌다. 사토미 씨? 식당에 술을 가지러 갔다가 응접실로 돌아오는 중인가? 한데 새벽 2시였다. 유마가 있는데 이렇게 늦게까지 술을 마실까? 좀 이상하지 않나? 그렇다면, 누가……. 이렇게 생각하자 팔뚝에 오싹 소름이 돋았다. 돋아난 피부 굴곡을 상세히 식별할 수 있을 정도로 또렷했다. 이런 모양이 너무 징그러워서 울음이 터질 것만 같은데 돌연 스윽 하고 기척이 사라졌다. 정체 모를 발소리가 들릴 때도 무서웠지만, 영문 모르게 갑자기 사라져버리니 더욱 무서웠다. 유마는 문손잡이에 손을 댄 채 필사적으로 귀를 기울였다. 끼이이. 정말 묘한 소리가, 이번엔 계단이 있는 방향에서 들려왔다.

'2층으로 올라갔어?' 그렇다면 역시 사토미 씨가 아닐까. 목이 말라서 식당에 내려왔는지도 모른다. 조금 망설인 뒤에 유마는 복도로 나갔다. 발끝으로 소리를 내지 않도록 주의하며 살금살금 걸었다. 상대가 사토미라면 발견되어도 상관없다. 화장실에 가고 싶어서 일어났다고 말하면 된다. 그래도 가능하면 얼굴을 마주하고 싶지 않았다. 이대로 침실로 돌아가고 싶었다. 유마는 사토미 씨가 침실 문을 닫는 소리가 나면 계단을 올라가자고 생각했다. 그런데 소리가 전혀 들리지 않았다. 이미 2층에 도착했을 무렵이다. 어째서 사토미 씨는 침실에 들어가지 않는 걸까? 내가 잘 자는지 살펴볼 생각이라면, 만약 그렇다면 빈 침대를 보고 분명히 깜짝 놀랄 것이다. 그렇게 되기 전에 일부러 발소리를 내며 계단을 올라가야 하지 않을까.

유마가 고민하고 있는데, 아주 흐릿한 소리가 들렸다.

끼익―.

문을 여닫는 소리가 아니었다. 애초에 2층 홀이 아니라 아예 다른 장소에서 울린 듯했다.

익―.

또다시 소리가 들렸지만 상당히 멀게 느껴졌다.

유마는 최대한 빨리, 되도록 발소리를 내지 않도록 주의하며 계단을 올라갔다. 그리고 2층에 도착해 가만히 귀를 기울였다.

익―.

그러자 동일한 삐걱거림이 좀 더 위쪽에서 들렸다.

3층? 사토미 씨가 자고 있는 침실 문 옆에 위로 올라가는 계단이 있다. 밖에서 보았을 때는 2층 위에 옥상이 있는 듯하지만 실제로는 중앙동만 3층 건물이고 옥상이 있는 것 같았다. 아무래도 3층 쪽에 사토미 씨가 올라간 모양이었다. 하지만 이런 한밤중에, 대체 뭘 하려고? 유마는 3층으로 이어지는 계단 바로 아래에 서서 귀를 기울였다. 하지만 아무 소리도 들리지 않았다. 바로 옆의 문을 보고 유마는 몹시 망설였다. 문을 열어 사토미 씨가 침대에 있는지 확인해야 할까. 이대로는 잠들 수 없다. 유마는 천천히 오른손으로 문손잡이를 돌려서 살짝 문을 열고 방 안을 훔쳐보았다. 자고 있었다. 침대 옆에 백열전구 스탠드가 켜져 있고 확실히 잠든 사토미 씨의 얼굴이 보였다. 그렇다면 지금 3층에는……. 덜덜 떨리기 시작하는 오른팔을 왼팔로 꽉 누르면서 어떻게든 문을 닫고 3층으로 이어지는 계단을 올려다보았다. 물론 올라갈 생각은 전혀 없었다. 하지만 도저히 시선을 뗄 수 없었다. 계단 위의 어둠을 빤히 바라보게 되었다.

아, 삼촌일지도 몰라. 극히 합리적인 해석이 떠오르자 자기도 모르는 새에 힘이 들어가 있던 두 어깨가 풀렸다. 삼촌이라면 밤중에 3층에 올라가도 그리 이상하지 않다. 사업상의 문제가 생각보다 빨리 정리되어 유마가 화장실에 들어가 있는 사이에 돌아왔는지도 모른다.

유마는 2층 홀을 가로질러 남쪽 창문을 열고 베란다로 나가서 고무로 저택의 정면을 내려다보았다. 차가, 없어……. 삼촌의 차가 보이지 않았다. 돌아오지 않은 것이다. 사토미 씨는 침실에서 자고 있다. 그러면 3층에 있는 것은 무엇일까. 서둘러 침대로 돌아온 유마는 이불을 뒤집어쓰고 덜덜 떨며 그저 날이 밝기만을 빌었다.

9장 탐색

　다음 날 아침 눈을 뜬 유마는 언제 자신이 잠들었나 싶어 놀랐다. 너무 무서워서 도저히 잠들 수 없다고 생각했기 때문이다. '다행히 잠들었구나.' 안도하며 일어나려 하는데, 문득 어젯밤의 공포가 되살아났다. 순간, 무시무시한 전율에 사로잡혔다. 용케 이런 집에서 잠들 수 있었구나 싶어서 자기도 모르게 몸을 떨었다. 이 집에는 더 이상 있을 수 없어……. 사토미 씨를 통해 삼촌에게 연락해서 여기 묵고 싶지 않다고 전할 거다. 세타가야에 있는 집으로 돌아갈 수 없다면 삼촌의 아파트라도 괜찮다. 어쨌든 다른 집으로 가고 싶다고 간곡히 호소하는 것이다. 아까 침대에서 일어났을 때는 이렇게 결심했더랬다. 그런데 커튼과 창문을 열고 아침 햇살을 받으면서 서늘하고 기분 좋은 바람을 뺨에 느끼려니 어젯밤의 악몽이 조금씩 사라지는 기분이 들었다. 분명 무서웠지만, 밝고 기분 좋은 아침 햇살에 몸을 맡기자 내가 너무 법석을 떠는 건가 싶었다. 조금 더 알아본 뒤에 판단해도 괜찮지 않을까? 침실을 나올 무렵에는 이렇게 생각할 정도로 차분함을 되찾았다.

1층으로 내려와서 세수와 양치질을 한 뒤에 식당으로 갔다. 사토미 씨가 보이지 않았다. 물론 아침 식사 준비도 되어 있지 않았다. 아직 자고 있을까? 혹시나 하여 동익동의 조리실을 들여다봤지만, 역시 사토미 씨는 없었다. 유마는 조금 망설인 뒤에 2인분 햄에그를 만들기로 했다. 따지고 보면, 유마를 딱히 손님이라고 하기도 그렇다. 새아빠가 삼촌에게, 삼촌은 또 사토미 씨에게 돌봐달라고 부탁했기 때문에 사토미 씨와 이 집에 있는 것뿐이다. 삼촌의 아내도 아닌 사토미 씨가 유마를 돌볼 의무 따윈 사실 전혀 없다. 답례로 아침밥 정도는 해야겠지. 하지만 유마도 요리에 능숙할 리가 없다. 아주 서투른 손놀림으로 프라이팬에 식용유를 뿌렸을 즈음 사토미 씨의 목소리가 들려왔다.

"미안해. 늦잠을 자버렸어."

사토미 씨가 식당에 얼굴을 내밀어서 유마는 가슴을 쓸어내렸다.

"어머나, 뭔가 만들어주려고 했니? 고마워. 지금부터는 내가 할게."

유마는 기꺼이 배턴 터치를 한 뒤에 식탁에 식기를 차리는 등 자기도 할 수 있는 일을 했다. 잠시 후에 아침 식사가 시작되었다. 사토미 씨의 햄에그는 너무 바짝 익혀서 완성도가 높다고는 할 수 없었다. 그래도 유마는 신경 쓰지 않았다. 마음속으로 질문할 순간을 가늠하고 있었기 때문이다.

"제가 오기 전날 이 집에 혼자 묵으셨어요?"

자연스럽게 물으려고 했지만, 말투가 상당히 어색했을 것이다.

"응, 그런데?"

미심쩍어하는 사토미 씨의 표정을 보니 역시나 그랬다. 하지만 사토미 씨는 "도모노리 씨하고 함께 보낼 거라고 생각했는데, 자기는 일이 있다면서 나 혼자 남겨두고…… 너무하지 뭐니" 하고 바로 푸념을 늘어놓았다. 혼자서 고무로 저택에서 잠을 자려면 정말 무서울 것이다.

사토미 씨가 이렇게 반응하자 유마는 입을 열었다. "그때 이상한 일이 일어나지 않았나요?"

"응?"

그런데 예상 밖으로 사토미 씨는 놀란 얼굴로 물었다. "무슨 뜻이니?" 아주 걱정스러운 표정이었다.

"너, 밤새 이상한 일을 겪은 거야?"

유마는 망설였지만, 화장실에 갈 때 일어난 일은 말하지 않고 밤중에 이상한 소리가 들린다는 이야기를 했다.

"어떤 소리였어?"

"잘은 모르겠지만, 계단이 삐걱거리는 것 같은⋯⋯."

갑자기 사토미 씨는 안도하는 표정을 지으며 말했다. "아, 그건 '집울림'이라고 해. 집이 좀 낡았잖니? 그래서 이따금 이쪽저쪽에서 목재가 삐걱거려. 실은 나도 그저께 밤에 그런 소리를 듣고 무서워서 혼났어. 도모노리 씨에게 전화했더니 화를 내더라. 멍청한 소리 좀 하지 말래. 집울림이라면서."

사토미 씨도 비슷한 소리를 들었던 것이다. 그러나 유마처럼 밤에 건물 안을 걸어 다니는 존재의 기척은 느끼지 못했다. 그래서 삼촌의 말에 쉽게 납득했던 게 아닐까.

"혼자라서 무서웠을 거야."

사토미 씨는 이렇게 보충 설명을 한 후에 곤혹스러운 표정으로 물었다. "집에 돌아가고 싶어?"

유마는 황급히 고개를 저으며 말했다. "그렇지는 않아요."

"그럼 다행이지만⋯⋯. 마음에 걸리는 일이 있으면 바로 나한테 말하렴."

유마를 걱정하는 한편, 사토미 씨는 삼촌이 신경 쓰이는 모양이었다. 유마를 제대로 돌보지 못하면 틀림없이 삼촌은 언짢아할 것이다. 어쩌면 화를 낼지도 모른다. 그래서 사토미 씨는 허둥거리는 것이리라.

"밤에는 아주 조용하니까 좀 예민해져서 그랬나 봐요." 사토미 씨에게 민폐를 끼치고 싶지 않아서, 유마는 적당히 둘러 댔다. 그런데 의외로 이런 설명이 통했나 보다.

"알 것 같아. 나도 혼자 있었을 때는 좀처럼 잠이 안 오더라."

아침 식사를 마치고 유마는 혼자서 고무로 저택 안을 둘러보고 다녔다. 사토미 씨가 안내해주겠다고 했지만, 유마의 행위는 '본다'가 아니라 '찾는다'에 방점이 찍혀 있었다. 어쩌면 '조사한다'에도 찍혀 있는지 모른다. 즉, '수수께끼의 동거인 찾기'다. 평소 같으면 무서워서 할 수 없겠지만 한낮이라면 괜찮을 것 같았다. 게다가 확인해두지 않으면 오늘 밤도 무서워서 잠을 이룰 수 없다. 집 어딘가에 사토미 씨가 있다는 사실도 든든하게 느껴졌다. 그렇다고는 해도 사토미 씨가 따라오지는 않았으면 좋겠다.

"혼자서 돌아다니면 탐험하는 기분이 드니까요."

적당한 이유를 붙여 완곡하게 거절했다. 실제로 실내를 '탐색'하겠다는 생각이 가득했으니, 새빨간 거짓말은 아니었다.

"역시 남자애구나." 사토미 씨는 선선히 인정해주었다. 멋대로 밖에 나가면 안 된다고 주의를 주었을 뿐, 실내는 자유롭게 둘러보아도 좋다고 말했다.

1층 중앙동과 서익동에서 아직 보지 못했던 곳이 있었다. 중앙동에는 현관홀에 부속된 창고, 식당과 등을 마주하고 있는 주인실, 창고와 주인실에서 나갈 수 있는 후면 테라스가 있고 서익동에는 부인실이 있다. 참고로 중앙동 동쪽에 튀어나온 부속동은 텅 빈 공간이 있을 뿐이라 살짝 김이 샜다. 고무로 도쿠야가 주인이었던 시절에는 분명 뭔가로 썼을 것이다. 처음 가 본 동익동에는 조리실, 작은 식당, 창고, 준비실 외에도 작은 창고실이 굽이굽이 복도에 연결되어 있어서 생각보다 짜릿한 탐험 기분을 맛볼 수 있었다. 중앙동이나 서익동과는 확연히 분위기가 다르다는 점도 매력적이었다. 특히 창고실 바닥에서 위로 열리는 바닥문을 발견했을 때 유마는 흥분했다. 낙하문으로도 불리는 바닥의 문은, 존재만으로도 비밀스런 냄새를 풍겼다. 자연스럽게 모험심이 부풀어올랐다. 하지만 이 문은 유감스럽게도 잠겨 있었다. 나중에 사토미 씨에게 물어보았지만, 전혀 사용하지 않아서 한 번도 연 적이 없다는 답을 들었다. 유마는 삼촌이 돌아오면 맨 먼저 열쇠가 있는지 물어봐야겠다고 마음먹었다.

동익동 2층에는 손님방 네 개가 있을 뿐이었다. 고무로 저택에서 가장 재미없는 구역인지도 모른다. 그런데 반대쪽인 서익동은 달랐다. 문을 열고 발을 들이자마자 유마는 눈을 휘둥그레 떴다. 2층임에도 불구하고 다락방이었기 때문이다. 3층이 있을 텐데. 자기도 모르게 고개를 갸웃했지만, 이건 유마의 착각이었다. 3층은 중앙동에만 있고, 다른 데는 2층까지밖에 없다. 게다가 유마는 못 보고 지나쳤지만, 중앙동과 마찬가지로 서익동에도 도머 지붕이 구비되어 있었던 것이다.

다락방에는 수많은 골판지 상자가 이쪽저쪽에 쌓여 있었다. 가만히 보면 쌓여 있는 장소별로 상자의 크기나 인쇄된 글자가 달랐다. 같은 장소에 있는 상자에는 아무래도 같은 물건이 들어 있는 듯했다. 다만 어려운 한자나 영어가 많아서 유마는 읽을 수 없었다. 그래도 내용물이 대충 짐작 갔다. 삼촌이 손댄 사업이 실패하면서 떠안게 된 재고품들⋯⋯. 틀림없을 것이다. 지금까지 삼촌 본인에게 "이번에 이런 상품을 매입했는데 완전 대박이야"라는 말을 몇 번이나 들었다. 분명히 눈앞의 상자 속에는 팔리지 않은 상품이 잠들어 있을 것이다

아무렇게나 쌓여 있는 골판지 상자들이 창문을 막고 있어서 다락방은 상당히 어두웠다. 상자와 상자 사이를 걷자니 마치 미로를 나아가는 기분이 들었다. 처음에는 재미있었지만, 이내 조금 무서워지기 시작했다. 생각 이상으로 방이 커서 좀처럼 반대편에 도달하지 못하는 점도 묘하게 불안을 부채질했다. 하지만 무엇보다 신경 쓰인 것은, 앞길에 차례차례 나타나는 산더미 같은 골판지 상자들이었다. 앞에 쌓여 있는 상자 뒤편에서 어젯밤에 집 안을 어슬렁거렸던 자가 불쑥 얼굴을 내밀 것 같아서 정말 오싹했다. 지금은 아침이니까 괜찮다고 생각해보지만, 다락방은 어두워서 안심이 안 됐다.

그것은 조금이라도 어두우면 튀어나올 것이다. 유마는 자기

도 모르게 무서운 상상에 사로잡히고 말았다. 놈에게는 이 방만큼 어울리는 장소가 없을 것 같다. 정말 아무런 근거도 없는데 이런 확신이 들었다. 심지어 어젯밤에 들었던 소리의 정체도 아직 알지 못하고 있다. 그렇다고 이대로 발길을 돌리면, 고무로 저택 구석구석까지 탐색한다는 당초의 목적을 포기하는 꼴이 된다. 한심한 일이다. 무엇보다 이대로 탐색을 중단해버리면, 서익동 2층 다락방이 어정쩡하게 수수께끼의 장소로 남게 된다.

이왕 여기까지 왔으니까 일단 이 방의 서쪽 끝까지 가보기로 했다. 여기서부터는 의외로 빠르게 진행했다. 골판지 상자의 미로에서 세 번 정도 방향을 꺾자 금세 다락방 서쪽 벽에 도달했다. 재미있게도 도중에 갑자기 네모난 벽돌 기둥이 나타났다. 이건 대체 뭘까? 주위를 둘러보았지만 전혀 짐작이 가지 않았다. 바닥에서 천장까지, 기둥은 다락방을 꿰뚫듯이 서 있었다. 이 아래는…… 순간, 머릿속에 답이 퍼뜩 떠올랐다. 난로다! 기둥으로 보였던 것은 서익동 1층 응접실과 부인실 경계에 세워져 있던 커다란 난로의 굴뚝이었던 것이다.

다락방에서 아래층으로 돌아가기로 했다. 여전히 골판지 상자가 드리운 그늘 때문에 조금 겁이 났지만, 다락방 안쪽으로 나아갈 때보다는 덜했다. 익숙해지기도 했지만, 이제 남은 곳은 중앙동 3층과 옥상이라고 생각하니 부담이 덜했기 때문일 것이다.

2층 홀로 돌아와 사토미 씨의 침실 앞에 있는 계단을 신중하게 올라가기 시작했다. 어젯밤에 여기를 누군가 올라갔다고 생각하자 자연스럽게 발걸음이 무거워졌다. 놈이 지금도 3층에 있다는 생각은 하지 않는데도 어쩔 수 없이 망설이게 됐다. '만약 위에서 나를 기다리고 있다면…….' 유마는 저쪽의 존재를 깨닫고 있지만, 이런 사실을 상대는 알 리가 없었다. 그러니까 괜찮다고 되뇌어보지만 별 효과는 없었다. 밀려오는 두려움을 도저히 떨쳐버릴 수가 없었다.

계단은 도중에 한 번, 반대 방향으로 돌게 되어 있었다. 여기서 갑자기 어두워지기 때문에 마치 서익동 2층 다락방에 다시 들어가는 기분이었다. 이 예감은 옳았다. 한데 유마가 서익동 2층 같은 공간이 나타나리라 예상했다면, 크게 잘못 짚은 것이었다. 계단을 돌아서 올려다보자, 3층에 가득한 어둠이 머리 위로 쏟아지는 기분이었다. 자기도 모르게 발이 멎었다. 여기는 다락방인가? 아래쪽에서 바라보았을 때 다른 방과 달리 햇살이 거의 느껴지지 않았기 때문이다. 어젯밤에 나타난 놈은 다락방에서 지내고 있다. 이런 생각이 들어서 실제로 확인해보고 싶기도 했지만 또 한편 들어가고 싶기도 했다. 호기심과 불안감이 교대로 유마를 흔들었다. 어떡하지? 자문한 끝에 결단을 내렸다. 이대로 방치해두었다간 도저히 잠들 수 없을 것이기 때문이다. 남은 계단을 한 걸음씩 천천히 올라간다. 계속 올려다보고 있어서 목이 아파왔다. 통증을 잊을 만한 광경이 서서히 눈앞에 나타나기 시작했다. 중앙동 3층 다락방 천장에는 마치 거미집을 방불케 할 정도로 수많은 수평재와 비스듬히 맞물린 목재들이 이리저리 뻗어 있었다. 목재 사이로 도머 창문이 엿보이는데 햇살이 비쳐 들어서 단순한 다락방이 아닌 불가사의한 공간을 만들어내고 있었다.

비밀기지. 유마의 뇌리에 이 장소에 딱 어울리는 말이 떠올랐다. 그래서 계단을 올라가 3층에 섰을 때는 다행히도 공포심이 옅어져 있었다. 다음에 유마의 눈을 사로잡은 것은 낡은 가구들이었다. 삼촌 물건이 아니라, 예전 주인인 고무로 도쿠야가 남겨두고 간 가구가 틀림없었다. 생각해보니 아래층 방에도 낡았지만 비싸 보이는 가구가 여기저기 보였다. 그것들도 원래 고무로 저택에 있던 물건일 것이다. 이것도 비싼 가구들인가? 물론 유마는 아무리 들여다봐도 알 턱이 없다. 다만 조금이라도 가치가 있었으면 이미 삼촌이 팔아치웠을 것이란 생각이 들었다. 이런 생각을 하다 보니 문득 웃음이 나왔는데, 눈앞에 침대가 나타났다. 이불은 없었지만, 충분히 사람이 잘 수 있을 것 같았다. 근처 서랍에는 어쩌면 담요가 들어 있을지도 모른다.

놈이 여기서 자고 있나? 이런 생각이 들자마자 갑자기 무서워졌다. 지금이라도 가구가 드리운 그늘 뒤편에서 수수께끼의 동거인이 쑤욱— 모습을 드러낼 것 같아서 곧바로 주위를 두리

번거렸다. 그때 방 가장자리에 있는 나무 사다리를 발견했다. 낮은 울타리에 둘러싸인 옥상으로 올라가려면 저걸 이용하면 되는 모양이다. 수많은 수평 목재와 비스듬히 맞물린 목재들이 교차하고 있어서 왠지 모르게 환상적인 다락방에서 하늘을 향해 솟아오른 사다리는 아주 현실적인 사물로 보였다. 이것만이 진짜인 것처럼 느껴졌다. 하지만 유마는 갑자기 세토 가의 옥상이 떠올라 곧바로 눈을 돌렸다. 하지만 이미 늦었다. 가장 잊고 싶은 새아빠와의 대화가 곧바로 뇌리에 떠오르고 말았다. 도쿄로 이사한 뒤에 오사키와 전화 통화를 하던 유마는 새아빠의 일에 대해서 '중개라고 하나? A국에서 생산된 물건을 B국에 파는 일 말이야'라고 말한 적이 있다. 삼촌도 비슷한 표현을 했기 때문에 유마도 이해할 수 있었다. 어느 날 밤, 새아빠가 불러서 옥상에 나갔을 때 평소처럼 일방적인 설교를 들었다. 처음에는 묵묵히 듣고 있다가 울분이 차올라 유마는 자기도 모르게 돌아가신 아버지 이야기를 했다. 도세 다이마라는 작가로서 얼마나 창조적인 일을 하고 있었는가. 유마는 조용하지만 열띤 어조로 이야기했다. 새아빠와는 달리, 작고한 아버지는 예술을 빚어내고 있었던 것이다. 유마는 나름대로 힘주어 주장했다. 새아빠를 비판할 생각은 없었지만 그런 감정까지 감출 수는 없었는지 모른다.

　의외로 새아빠는 중간에 말을 끊지 않았다. 그래서 유마는 새아빠도 순문학 작가인 도세 다이마를 인정한 거라고 생각했다.

"순문학이 무엇인지 나는 잘 모르겠구나. 하지만 소설 집필이 상당히 창조적인 일이라는 것은 알고 있다."

새아빠가 이렇게 말하자 유마는 기뻤다.

"하지만 어떤 일에나 창조성은 요구되지. 이쪽 상품을 저쪽에 팔 때도 창의적인 연구를 해야 돼. 알겠니? 세상에 창조적이지 않은 일은 거의 없어."

유마는 새아빠의 말에 납득하면서도 이렇게 말을 이었다. "하지만 아버지의 소설은 아무것도 없는 데서 생겨나요. 모든 것을 처음부터 만들어낸다구요. 영향을 받은 작가나 소설은 있겠지만 아버지의 작품은 아버지만 쓸 수 있어요. 정말 굉장한 일 아닌가요?"

"그렇구나. 그런 일로 생활을 꾸려나갈 수 있다면 그렇지."

곧바로 유마는 얼어붙었다.

"소설을 써서 아내와 자식을 먹여 살릴 수 있다면 훌륭한 직업이라 할 수 있지. 반대로 그렇지 못하면 아무리 창조적인 일이라 해도 직업이라 할 수 없어."

그렇지 않아! 라고 유마는 외치고 싶었다. 순문학이란, 소설이란, 창작이란 숭고한 거라고 역설하고 싶었다. 하지만 어린 유마가 그런 어휘와 표현을 익혔을 리가 없다. 부정하고 싶지만 할 수 없었다. 답답함이 밀려와 절로 짜증이 났다.

새아빠는 연타를 날리는 복서처럼 말을 이었다. "네 아버지가 순문학 작가로는 어땠을지 몰라도 다른 필명으로는 확실히 인정받지 않았을까?"

유마의 얼굴에서 핏기가 싹 가셨다. 알고 있구나. 여기 새아빠는 순문학 작가 도세 다이마뿐만 아니라, 관능소설가 세이토바 츠이도 알고 있는 것이다. 틀림없이 엄마가 알려주었을 것이다. 엄마가 먼저 나서서 이야기했다기보다는, 분명 새아빠가 물어봤을 터였다. 언젠가 유마와 이런 이야기를 할 때를 대비해서.

너 같은 건 죽어버려! 순간 유마는 새아빠가 죽어버리기를 바랐다. 일시적인 분노에 휩쓸리긴 했지만 이 바람은 진심이었다. 다만 이렇게 소망하기도 했다. 이 사람 대신 아버지가 돌아오면 좋을 텐데……. 절대 있을 수 없는 일임을 알면서도 새아빠의 죽음과 진짜 아버지의 부활을, 머리 위로 펼쳐진 밤하늘에 대고 간곡히 빌었다. 유마는 평소처럼 새아빠의 일방적인 설교를 들어야 했다. 그때 보였던 새아빠의 의기양양한 얼굴은 지금도 잊혀지지 않는다.

머지않아 옥상에 올라간다고 해도 오늘은 안 되겠다. 유마는 포기했다. 결국 수수께끼의 동거인이 있는지 어떤지는 전혀 알 수 없었다. 그래도 어젯밤의 공포는 옅어졌으니 이건 집 안을 둘러보고 다닌 덕분이다. 이번 탐색이 유마에게 나름 자신감을 주었음이 틀림없었다.

고무로 저택의 조사를 끝내자 마침 점심시간이었다. 그때 사토미 씨가 상당히 당황스런 소식을 전했다.

"도모노리 씨가 그러는데, 사업 문제를 해결하는 데 오래 걸린대. 어쩌면 일주일 정도 돌아올 수 없을지도 모른다네."

"아, 이런……."

어쩔 수 없는 일이지만, 사실은 뭔가 큰일이 났나 싶어서 유마는 불안해졌다.

"아, 음식이라면 걱정 마. 많이 사뒀거든."

유마의 반응을 본 사토미 씨가 미소 지었다.

다만 아침 식사인 빵과 햄에그, 과일 이외에는 어젯밤 저녁 식사도 눈앞의 점심 식사도 하나같이 냉동식품이었다. 안 봐도 뻔했다. 그래서 식사에 대해서는 별로 기대하지 않았다. 다만 삼촌의 차가 없으면 여러모로 불편할 것이다.

그런 마음이 사토미 씨에게도 전해졌는지 이렇게 말했다. "하지만 생활용품처럼, 차를 타고 나가서 사와야 하는 물건이 있는데……."

"삼촌은 뭐래요?"

"내가 조금 불평을 했더니 '이쪽은 그런 걸 생각할 여유가 없어!'라며 마구 화를 냈어."

삼촌 입장에서는 당연한 반응일지도 모른다. 그렇다 해도 마을에서 멀리 떨어진 별장에 차도 없이 남겨졌으니 여기 있는 사람에게는 큰 문제였다.

"여차하면 가미하쿠쇼 쪽 별장 관리인에게 부탁해서 마을까지 데려다 달라고 할 수 있겠지만."

사토미 씨는 이렇게 말하면서도 조금 떨떠름한 표정이었다.

"사실 난 그 사람이 좀 부담스럽거든."

그러고 보니 사토미 씨는 어젯밤에 관리인에게 뭔가 이상한 소리를 들었다고 했었다. 무슨 이야기인지 궁금했지만, 대낮부터 입에 올릴 만한 화제는 아닐 것이다.

"별장 주위에서는 놀면 안 되나요?"

유마가 물어보자 사토미 씨는 조금 난처한 표정으로 말했다.

"숲속에만 들어가지 않으면 문제 없을 거야. 하지만 도모노리 씨는 너를 돌볼 책임이 있으니까 되도록이면 집 안에만 있기를 바라는 눈치였어."

분명 과거의 행방불명 사건이 삼촌의 머릿속에 남아 있음이 틀림없었다.

"삼촌이야 당연히 걱정되겠지만, 나는 집 안 탐험도 다 끝냈고……. 이럴 줄 알았다면 책을 많이 가져올걸."

"아, 맞다! 미안해." 갑자기 사토미 씨가 엉뚱한 소리를 했다. "유마 군이 지루해하지 않도록, 도모노리 씨가 시자쿠 마을에서 사온 책이 많아." 이렇게 말하기가 무섭게 사토미 씨는 식당에서 황급히 나갔다.

과연 우리 삼촌! 유마는 기분이 좋아졌다. 이런 면을 보면 정말 꼼꼼하다. 이렇게 섬세한 사람이 어째서 사업은 영 신통찮은 걸까. 신기할 정도다. 사토미 씨는 금방 돌아와서 묵직한 서점 비닐봉투를 건네주었다. 두근거리는 마음으로 책을 꺼낸 유마는 자기도 모르게 "우왓!" 하고 환호를 내질렀다. 제프리 토리즈의 《이 호수에서는 보트 운행 금지》, 필리퍼 피어스의 《한밤중 톰의 정원에서》, 이안 로렌스의 《저주받은 항해》, 마빈 피크의 《행방불명된 이상한 삼촌한테 받은 편지》, 크리스 프리스틀리의 《몬테규 아저씨의 무서운 이야기》 등 유마가 좋아할 만한 책들이 잔뜩 들어 있었다. 대상 연령이 좀 높은 작품도 있지만 아무 문제 없었다. 이 정도는 어렵지 않게 읽을 수 있기 때문이다. 분명 삼촌도 그걸 알고서 구입했을 것이다.

기뻐하는 유마를 본 사토미 씨는 안도한 듯이 말했다. "더 필요한 게 있으면 바로 말해. 내가 어떻게든 구해볼 테니까."

새로운 책을 손에 넣어 설레는 마음으로 유마가 대답했다. "네, 감사합니다."

어디서 읽을까, 응접실이 좋을까 하고 생각하다가, 모처럼 별장에 왔으니 실외 공간인 서익동의 베란다로 결정했다. 무엇보다 거기에는 등나무 덩굴로 만든 의자가 있으니 안성맞춤이었다. 한 권씩 바라보면서 뭐부터 읽을까 고민하다 《저주받은 항해》를 골랐다. 자신도 모르게, 유마가 지금 처한 상황과 전혀 다른 세계를 그린 소설을 선택했던 것이다.

오후 3시경에 사토미 씨가 "간식 먹자"라고 말할 때까지 유마는 독서에 푹 빠져 있었다. 간식을 먹으면서도 대화는 하는 둥 마는 둥이었고 어서 다음 내용을 읽고 싶어 좀이 쑤셨다. 소설 내용만 생각했다. 그래서 고무로 저택 앞을 차가 지나가는 기척이 났을 때도 책에 고개를 처박고 있었다. 삼촌의 차라면 문을 통해 들어왔을 것이다. 애초에 이렇게 빨리 돌아올 리가 없다. 그런 생각도 한몫했을 터다. 다만 그 차가 별장 문 앞에서 한 번 멈춘 듯해서 묘하게 신경이 쓰였다. 그래서 십 분 정도 지나서 차가 다시 달리는 소리가 들리다가 별장 앞에서 멈췄을 때는 역시나 유마도 고개를 들었다. 고무로 저택의 부지와 별장 앞을 지나는 좁은 길의 경계에는 어른 가슴 높이의 생울타리가 있었다. 그곳에서 한 남자가 이쪽을 빤히 바라보고 있었다. 나이는 육십 대 후반일까. 작업복 같은 옷을 입고 있는 걸로 보아 별장에 와 있는 사람은 아닌 듯하다. 마을 사람일까 하고 생각했지만, 계속 유마를 바라보는 시선이 아무래도 심상치 않았다. 어쩐지 오싹해진 유마가 집 안으로 들어가려고 했을 때, 남자가 오른손을 높이 들더니 까딱, 까딱…… 네 손가락을 모아서 움직였다. 이런 행동을 몇 번인가 반복했다. 어쩐지 음침한 느낌을 풍기는 남자가 유마를 부르고 있었다. "이쪽으로 나와라."

10장 과거

물론 유마는 수수께끼 남자의 부름을 무시하려고 했다. 하지만 유마가 등나무 의자에서 일어나서 집 안으로 들어가려는 기색을 보이자 남자의 손짓이 격해졌다. 광적이랄까, 너무나 필사적인 몸짓이라 더 겁이 났지만, 유마는 결국 발걸음을 멈췄다. 나에게 하고 싶은 말이라도 있는 걸까? 듣지 않으면 나중에 후회할지도 모른다. 문득 유마는 그런 기분에 사로잡혔다. 그렇다고 무섭지 않은 것은 아니었다. 결국 이러지도 저러지도 못하는 상태로 얼어붙고 말았다.

우선 유마가 집 안에 들어가지 않는다는 사실을 안 남자는 눈에 띄게 안도하는 기색을 보였다. 일단 오른손의 움직임을 멈춘 데서도 상대의 안도감이 전해졌다. 남자는 다시 오른손을 들어 손짓을 하며 응, 응, 하고 고개를 연신 끄덕이기 시작했다. 천천히 부드럽게, 뭔가를 호소하려는 듯이 팔랑팔랑 손바닥을 흔들고 고개를 위아래로 끄덕끄덕 움직였다. 그의 완만한 움직임을 보는 동안, 마치 최면술에 걸린 것처럼 유마는 남자가 부르는 대로 정원을 가로지르기 시작했다. 다가가서는 안 된다고 마음이 경고를 보내는데도 의지와는 반대로 발이 먼저 움직였다.

무슨 일이 있으면 사토미 씨를 부르면 돼. 이렇게 생각했지만 여차할 때 과연 큰 소리를 지를 수 있을까? 아니, 전혀 자신이 없다. 그런데도 왜 발이 멈추지 않는 걸까. 저 사람 말을 들어야 해, 이런 생각이 마음속 어딘가에 숨어 있는 걸까. 혹은 유마의 무의식이 계속 충고하고 있는 걸까. 개운치 않은 마음으로 정신을 차리고 보니 어느새 남자 앞에 서 있었다. 생울타리 틈새로는 길가에 세워진 경트럭이 보였다. 상대와 유마의 거리는 1미터도 안 됐다. 그래도 두 사람 사이에 생울타리가 있어서 덜 불안했다. 그렇지만 유마는 당장에라도 뒤돌아서 도망치고 싶었다. 실제로 발길을 돌리려던 참이었다.

"네가 세토 군의 아들이냐?"

이 한마디가 유마를 멈춰 세웠다.

"아, 아뇨, 아니에요. 조카예요."

잠시 망설였지만, 이렇게 대답해주면 문제는 안 될 것이다.

"조카구나. 여름방학이라서 놀러 온 거니?"

"네."

사실은 그렇지 않지만, 집안일까지 시시콜콜 설명할 필요는 없었다. 상대가 누군지도 모르는 상황이 아닌가.

"우리 삼촌을 아시나요?"

큰맘 먹고 유마가 질문하자 남자는 놀란 얼굴로 말했다.

"너 아주 야무지구나. 초등학교⋯⋯5학년 정도 됐니?"

"6학년이에요."

"아이고, 미안하구나. 하지만 너라면 내 이야기를 진지하게 들어줄지도 모르겠다."

남자는 조금 전부터 상당히 작은 목소리로 말했다. 주위에 아무도 없는데도 마치 누가 엿들을까 두려워하는 것처럼.

"저기, 삼촌하고는 어떤⋯⋯."

"벌써 20년도 더 되었지. 네 삼촌이 가미하쿠쇼 별장지에서 아르바이트를 했는데, 그때 일을 소개해준 사람이 나야."

"아, 가미하쿠쇼 별장 관리인이셨다는 요시마타 씨인가요?"

"그래, 맞아. 역시 세토 군이 얘길 해주었구나."

곧바로 요시마타는 미소를 지었다. 유마도 상대가 누군지 알고는 저도 모르게 안도했다.

"네. 조금은 들었어요."

그러자 요시마타가 갑자기 진지한 얼굴을 하고 이렇게 물었다. "네 삼촌이 이 별장에 대해서 어떤 이야기를 했니?"

"여기로 오는 차 안에서······."

유마는 들은 대로 솔직하게 말했다. 그런데 이야기를 듣는 요시마타의 표정이 썩 좋지 않아서 딴에는 삼촌을 감싸듯이 덧붙였다. "제가 조금 무서워해서 삼촌은 다음 이야기를 하지 않은 것 같아요."

"그 친구는 예전 이야기를 해주고 싶었구나."

차 안에서 그런 기미가 보였기에 유마는 고개를 끄덕였다.

"그렇다면 내가 알려줘도 별문제는 없겠지. 아니, 너 같은 아이에게는 꼭 들려줘야 할 이야기야."

자기 자신을 납득시키려는 듯이 이렇게 중얼거린 요시마타는 주위를 둘러보았다. "저쪽에서 이야기하자꾸나." 유마를 생울타리 서쪽 가장자리로 이끌었다. 혹시 사토미 씨에게 들킬까 봐 걱정스러웠는지도 모른다.

"네 삼촌이 이 숲에 들어가지 말라고 한 것은 옳은 판단이야."

고무로 저택 뒤편에 펼쳐진 숲을 바라보면서 요시마타는 작은 목소리로 말했다.

"하지만 숲에 도사린 무서움을 충분히 전하지는 못했을 거라 생각한다."

"······."

"딱히 너를 겁주고 싶어서 이러는 게 아니야. 다만 그런 아이를······."

여기까지 말하다가 요사타마는 문득 숲으로 눈길을 주었다. 반사적으로 유마도 고개를 돌렸지만 특별히 신경 쓰이는 것은 보이지 않았다. 키 큰 나무들과 우거진 덤불이 무한대로 펼쳐져 있을 뿐, 어떻게 보아도 평범한 숲이었다. 그런데도 요시마타는 더욱 소리를 죽였다. 거의 속삭임에 가까워서 너무 답답했지만 유마는 필사적으로 귀를 기울였다.

"어린아이의 가미카쿠시, 행방불명 사건은 옛날부터 있었어. 여기서만 일어난 일이 아니고, 물론 시골에서만 일어난 일도 아니야. 도회지에서도 간혹 일어나는 일이지. 대부분 아이가 길을 잃는 정도지만 개중에는 사고나 납치도 있었지. 아이가 돌아오건 돌아오지 않건, 나중에 원인이 명확히 밝혀지면 뭐, 문제가 없지. 애초에 '가미카쿠시'라는 현상이 아니니까. 아이 본인이나 부모 입장에서는 물론 다르겠지만. 결국 지역사회에서 제대로 대응할 수 있느냐 없느냐, 이게 문제가 되거든."

유마가 생각하는 기색을 보이자 요시마타가 천천히 말했다.

"조금 어려운가? 이해가 안 되면 주저 없이 물어보려무나."

"음, 저기요, 없어진 아이가 돌아오지 않았을 경우에는 실제로 무슨 일이 있었는지 아무도 알 수 없잖아요."

"호오. 너 꽤나 머리가 좋구나."

요시마타의 말투에는 '세토 군의 조카라고는 생각되지 않는다'라는 속내가 담긴 듯해서 유마는 하마터면 웃어버릴 뻔했다.

"어린아이가 발견되지 않더라도 당시 상황을 종합해서 원인을 추측하기가 어렵지 않은 경우가 있지. 예를 들면 큰비가 와서 강물이 넘쳤는데 근처에서 마지막으로 아이가 목격됐다면 실수로 강물에 빠졌을 가능성이 있고. 또 아이가 발견되지 않더라도 강물에 휩쓸려 갔다고 쉽게 추론할 수 있거든."

유마가 고개를 끄덕이자, 요시마타는 만족스러운 표정을 보이면서 말을 이었다.

"하지만 아이가 발견되지 않아서 왜 사라졌는지 전혀 알 수 없는 경우가 있어. 옛날 사람들은 그걸 신이 감추었다고 생각해서 '가미카쿠시'라고 한 거야. 아이가 없어졌다, 이런 무시무시한 사태가 발생했는데 상황이 전혀 설명되지 않아. 인간은 영문을 알 수 없는 것과 마주치면 어떻게든 이유를 붙이려고 해. 하지만 어찌할 방법이 없을 경우에는 인간의 지혜를 초월한 힘이 작용했다고 생각하지. 그게 다가 아니야. 사람은 안심하고 살고 싶거든. 수수께끼인 상태로 방치된다? 세상에 이보다 무서운 일은 없으니까. 물론 가미카쿠시임을 인정한다고 문제가 해결되는 것은 아니야. 그래도 '가미카쿠시였다'라고 납득할 필요가 있어. 이해가 되니?"

"네, 대강은요."

그러자 요시마타는 갑자기 얼굴을 가까이 들이대면서 말했다. "그런데 아이가 발견되지 않아서 무슨 일이 일어났는지 전혀 알 수 없는 것보다 더 무서운 일을 당하는 경우가 있어."

"누, 누가 말인가요?"

"아이의 부모나 지역 사람들이. 무슨 일인지 알겠니?"

겁을 주려는 것은 아니라고 말해놓고도 요시마타는 지금 유마를 겁주고 있었다.

"아, 아뇨. 모르겠어요."

"그건 아이가 발견되었는데도 무슨 일이 있었는지 여전히 알 수 없는 경우야."

유마는 '왜요?'라고 물으려다가 "앗!" 하고 소리쳤다.

"전혀 기억하지 못하기 때문이군요. 예전 고무로 히사시처럼……."

"역시 너는 똑똑하구나."

요시마타는 만족스러운 표정으로 이야기를 이어나갔다.

"아이가 발견되면 부모님도 동네 사람들도 당연히 기뻐하지. 하지만 상황이 조금 진정되고 나면 왜 사라졌나, 어디에 갔었나, 누구와 함께 있었나, 행방불명된 동안에 대체 무엇을 하고 있었나…… 같은 의문이 떠오르게 마련이야. 당연히 당사자가 대답해줄 거라고 모두 생각하지. 하지만 아이는 아무것도 기억하지 못해. 없어지기 직전과 발견되기 직전의 기억은 있지만, 중요한 기억은 쏙 빠져 있어."

분명 아이 본인도 몹시 오싹할 것이다.

"부모로서는 아이가 무사히 돌아와서 어쨌든 다행이라그 생각하지. 하지만 아무것도 기억하지 못하는 아이를 보면 어떤 일이 있었기에 이러나 싶어서 신경이 쓰여. 예를 들어 충격적인 경험이 아이의 장래에 악영향을 미칠지도 모르잖아."

"모처럼 아이를 찾았는데 말이죠."

"아이가 돌아옴으로써 얄궂게도 다른 불안이 생겨난 거야."

"그럴 경우에는 역시 '가미카쿠시'로 판단하나요?"

"그래. 아이는 무사히 발견되었지만 가미카쿠시를 겪었다, 이렇게밖에 설명이 안 되니까."

이렇게 대답하고 나서 요시마타는 얼굴을 더욱 바짝 들이대면서 말했다. "하지만 말이야, 실은 훨씬 더 무서운 일을 당하는 경우가 있어." 그는 더욱 목소리를 낮추어 유마에게 속삭였다. "뭔지 알겠니?"

유마는 고개를 저었다.

"그건 말이야. 아이는 무사히 돌아왔다, 하지만 기억이 전혀 없다, 그러니까 무슨 일이 일어났는지 모른다, 여기까지는 같은데 다음이 달라."

듣고 싶지 않다고 생각하면서도 유마는 물었다. "어떤 식으로 말인가요?"

그러자 요시마타가 묘한 소리를 시작했다. "고무로 도쿠야 씨는 이 집에 머무는 동안 자주 가미하쿠쇼의 별장지 근처를 산책했어."

이 집이란 물론 고무로 저택을 말한다.

"그러다 나하고 마주치면 자주 이야기를 나누었지. 그래 봤자 별장지나 마을 이야기이고 아니면 날씨 이야기 정도였을까."

요시마타는 일단 말을 끊고서 어인 일인지 의미심장하게 숲 쪽을 보면서 입을 열었다. "행방불명된 히사시가 발견된 뒤에 내 기억으로는 두 번인가 고무로 도쿠야 씨와 만났어. 이 집을 세토 군에게 넘긴다는 얘기도 그때 들었지. 다만 만날 때마다 고무로 씨는 이상한 이야기를 했어."

"무슨 얘기를요?"

"'숲에서 세토 군이 발견한 아이는 히사시가 아니라는 기분이 든다'고 하더구나."

"네?"

무슨 뜻인지 이해할 수 없어서 유마는 당황했다.

"네 삼촌이 숲에서 찾아내서 데려온 아이는 확실히 고무로 히사시였어. 비슷하게 생긴 다른 애도 아니고. 아이 부모가 '우리 히사시가 틀림없습니다'라고 했으니 말 다한 거지."

"그, 그렇겠죠."

"그럼에도 불구하고 고무로 씨는 히사시가 아니라는 기분이 든다고 얘기한 거야."

"아이가 하나도 기억하지 못해서 그랬을까요?"

"처음에는 고무로 씨도 그렇게 생각했던 모양이야. 어쨌든 큰일을 겪었으니 조금 이상한 느낌이 들만도 하다고 생각했겠지. 그런데 사소한 몸짓이나 사용하는 단어를 보니 이질감을 떨칠 수가 없는 거야. 하나씩 떼어놓고 보면 사소하지만, 나중에 문득 돌아보면 심상치 않다고나 할까."

"히사시의 아버지하고 어머니는 어땠어요?"

"고무로 도쿠야 씨 말로는, 아이 아버지는 행방불명 후유증이라고 생각하고 있지만 어머니는 애가 이상해졌다는 사실을 알아차린 것 같다고 하더구나. 다만 시아버지 앞에서는 이런 말을 하지 않았어. 어쨌거나 아이가 진짜 히사시라고 믿으려 했지. 고무로 도쿠야 씨에게는 그렇게 비쳤던 모양이야."

"결국 어떻게 되었나요?"

다음 이야기를 알고 싶어서 유마는 견딜 수 없었다.

"어떻게 되긴, 아무 일도 일어나지 않았어."

요시마타의 대답은 참으로 어이없었다.

"하지만……."

"다른 사람이라는 증거가 전혀 없었어. 오히려 지문 같은 것을 조사하면, 지금이라면 DNA 조사겠지, 틀림없이 본인이라는 판정이 나왔겠지. 하지만 고무로 도쿠야 씨도 히사시 군의 어머니도, 돌아온 아이에게 뭔가 이질감을 느꼈어. 왠지 본인이 아니라는 기분이 계속 드는 거야."

당연히 유마는 의문에 휩싸였다.

"히사시는 그후 어떻게 됐나요?"

"가족과 함께 돌아갔어. 나도 배웅했으니까 틀림없어. 하지만 나중 일은 역시나 알 수 없었어. 다만 이따금씩 고무로 재벌에 관한 소식은 최대한 수집하려고 했지. 고무로 히사시의 이름이 보이지 않을까 해서 말이야. 그렇지만 아이 이름이 나온 적은 없었어. 다만 아직은 어리니까 기업과 관련해 이름이 거론된다고 해도 한참 나중 일이겠지."

"'체인질링' 같네."

가만히 유마가 중얼거리자 요시마타는 몹시 예민한 반응을 보였다.

"무슨 소리지?"

"유럽의 옛날이야기 중에 요정이 인간 아이를 납치하는 얘기가 있어요. 납치한 아이 대신 아이와 쏙 빼닮은 요정의 아이를 놓고 간대요."

"호오."

"하지만 요정 아이는 인간 아이보다 머리가 좋아서 곧 들키게 돼요."

"아주 비슷하구나."

요시마타는 갑자기 뭔가 떠올랐다는 얼굴로 말했다. "그러고 보니 고무로 도쿠야 씨가 이런 말도 했지. '돌아온 히사시가 이상하게 총명해진 기분이 든다'라고 말이야."

"총명?"

"똑똑하다는 뜻이야. 다만 고무로 도쿠야 씨는 좋은 듯으로 쓰진 않았어. 요컨대 히사시의 머리가 갑자기 좋아져서 다행이라고 생각하진 않은 거지. 왜냐하면 어떤 교활함을 느꼈기 때문이야."

"나쁜 꾀가 생겼다는 말인가요?"

"그래. 하지만 확실한 증거는 없지 않았나 싶어. 애초에 히사시가 아주 미묘하게 바뀐 모양이니까."

"하지만 히사시를 잘 아는 할아버지나 어머니는 어딘가 이상하다는 사실을 깨달았다 …….'"

"그래서 나는 오싹했던 거야."

체인질링에 관한 이야기를 읽었을 때 유마는 상당히 무서웠다. 이 사건에서도 비슷한 두려움을 느꼈다.

"저는 저 숲에 절대 안 들어갈 거예요."

"그래, 잘 생각했다."

요시마타가 진지한 눈빛을 보이며 대답했을 무렵, 이야기는 이제 끝났다고 유마는 생각했다. 하지만 아무래도 할 얘기가 더 있는 모양이었다.

"고이즈미 마사토에 대한 이야기는 들었니?"

새로운 아이의 이름이 갑자기 요시마타의 입에서 튀어나왔다.

"아뇨, 모르는데요."

"고무로 히사시의 경우에는 네 삼촌의 무용담이겠지만, 고이즈미 마사토는 경우가 다르니까."

"설마……."

"그래. 히사시 사건이 일어나고 10년이 지났을 때인데, 여름에 시모하쿠쇼의 별장에 놀러왔던 고이즈미 마사토란 애가 행방불명됐어."

"가미하쿠쇼가 아니라, 이번에는 시모하쿠쇼의……."

"그래. 다만 고이즈미 가는 시모하쿠쇼에서도, 굳이 말하자면 가미하쿠쇼에 별장을 가진 사람들 쪽에 가까웠다고 할 수 있지."

"아주 부자였군요."

유마의 입장에서 말하자면 가미하쿠쇼든 시모하쿠쇼든 별장을 가지고 있을 정도면 유복한 집안이었다.

"고이즈미 마사토는 고무로 히사시 또래였지. 할아버지에게 '잠깐 숲속을 산책하고 올게요'라고 말하고 외출했어. 집안 사람들은 당연히 별장에서 가까운 시모하쿠쇼의 숲에 간다고 생각했지. 하지만 마사토가 없어지자 경찰과 소방서, 마을 청년단이 일대를 샅샅이 수색하기 시작했는데도 발견되지 않았어. 누가 먼저랄 것도 없이 혹시 오쿠하쿠쇼의 숲에 간 게 아닐까 생각했고 모두 불안해했어. 나중에 알았지만, 마사토의 자전거도 없어져서 그럴 가능성이 더욱 높아졌지."

"그 집 사람들은……."

"사사 숲의 소문을 전혀 듣지 못했어."

가미카쿠시에 대한 이야기를 들었을 때 가족들은 어떤 기분이 들었을까.

"하지만 마사토는 얼핏 듣기는 했을 거야. 호기심이 왕성한데다 지기 싫어하는 성격이었거든. 그러니까 어른들에게 '저 숲은 무서운 곳이니 애들이 가면 안 된다'라는 말을 들으면, 오히려 반발심이 생겨서 어떤 덴지 한번 보고 오자고 생각할 만한 아이였다더구나."

"그때 우리 삼촌은 아직 별장에서 일하고 있었나요?"

"아니, 아르타이트는 학생 때만 했어. 다만, 한동안 여름이 되면 이 집에 왔었지. 그래서 나도 얼굴을 보면 자주 이야기를 나눴어. 하지만 요즘에는 통 보질 못해서 결국 그 친구도 여긴 포기했구나 싶었는데……."

어쩐지 의미심장한 말투가 유마의 마음에 걸렸지만, 요시마타는 하던 이야기로 돌아갔다.

"고이즈미 마사토가 없어진 지 이틀째 되는 날, 네 삼촌이 찾아왔어. 아이가 행방불명된 사건은 뉴스에 나왔는데, 네 삼촌은 몰랐는지 상당히 놀라더구나. 수색에 협조하고 싶다고 이야기했었지. 실은 고이즈미 마사토의 할아버지가 세토 군의 힘을 꼭 좀 빌리고 싶다고 나에게 부탁했거든."

"예전에 히사시를 발견했기 때문인가요?"

"그래, 맞아. 아마도 마을 사람이 삼촌 이야기를 했겠지. 그래서 연락하려고 했지만 예전에 적어둔 전화번호는 연결되지 않았지. 함께 아르바이트를 했던 선배와 달리 네 삼촌은 붙임성이 좋아서 무슨 일이든 잘하는데, 글쎄 쉽게 질린다고 할지, 한 곳에 머물러 있기를 싫어한다고 할지."

"저도 알 것 같아요."

유마가 맞장구치자 요시마타는 살짝 미소 지으면서 말했다.

"그런데 아주 난처해졌을 무렵에 홀연히 나타나더라고. 할아버지의 마음을 전하겠다고, 네 삼촌은 아주 열심히 찾아다녔어. 히사시도 행방불명된 다음 날 찾았기 때문에 이번에도 분명히 찾을 수 있다고 생각했던 모양이지."

"하지만……."

"그래. 고이즈미 마사토는 끝내 발견되지 않았어."

"삼촌도 충격이 컸겠네요."

"그래서 아마 이 집에 발걸음하지 않게 됐는지도 몰라."

"그애는 지금도……."

"여전히 행방불명 상태야."

이렇게 대답한 요시마타는 다시 유마를 바라보면서 말했다. "벌써 10년의 세월이 흘렀구나 싶어서 간베키 장에 가던 도중에 이 집을 슬쩍 봤는데, 네가 있어서 가슴이 철렁했지."

"간베키 장이라면 오쿠하쿠쇼에 있는 별장 중 한 곳이군요."

"그래. 이 별장 얘기는 들었니?"

"삼촌에게는 시자쿠 신사의 신관이 세웠다는 얘기 정도만 들었어요."

요시마타는 조금 망설이는 기색을 보인 뒤에 입을 열었다. "아이에게 할 만한 이야기는 아니다만 절대 간베키 장에 가까이 가서는 안 된다는 경고로 들어줬으면 한다."

"네."

"이것도 벌써 30년 정도 지난 일인데 고등학생들이 몰살당하는 사건이 있었어."

"몰살?"

"전부 죽었다는 뜻이야."

"……."

엄청난 대답에 차마 입을 뗄 수가 없었다.

"별장 주인인 신관의 딸과 친구들이 머물렀는데, 전부 죽었어."

"버, 범인은……."

"지금도 수수께끼야. 사실은 몰래 붙잡혀서 정신병원에 입원했다는 소문도 있지만, 진실은 알 수 없지."

요시마타는 또다시 의미심장한 눈길로 고무로 저택을 바라보면서 말했다. "네 삼촌에게는 미안한 얘기지만, 오쿠하쿠쇼

에 있는 세 별장은 불길한 사연이 있는 물건이라고 나는 생각한
단다. 셋 다 요시카와 키요시라는 아이가……."

요시마타는 여기까지 말하다가 입을 다물었다. 쓸데없는 소
리를 너무 많이 했다고 생각했기 때문일까.

"그래서 나는 세토 군이 어서 이 집을 팔아버리든가, 아니면
그냥 방치하는 편이 낫다고 이야기한 적이 있어."

유마의 머릿속에, 어젯밤 사토미 씨가 했던 말이 되살아났
다. "이 별장을 받은 게 정말 행운이었는지……." 사토미 씨
는 요시마타를 음침하고 기분 나쁜 사람으로 보는 눈치였는데,
실은 두 사람 다 이 집에 두려움을 느끼는 듯했다.

"이 집에 있으면 안 되는 건가요?"

오쿠하쿠쇼에 있는 다른 별장에도 큰 흥미를 느꼈지만, 입에
서는 고무로 저택에 대한 물음이 튀어나왔다.

"특히나 너 같은 아이는 말이야."

"하지만 고이즈미 마사토가 행방불명된 장소는 이쪽이 아니
잖아요."

"그거야 그렇지만, 틀림없이 고무로 저택 뒤편에 펼쳐진 숲
속에 들어갔다고들 생각했어. 이 사사 숲은 가미카쿠시의 숲이
라고도 불리잖니."

숲을 바라보는 요시마타의 시선에는 공포와 경외의 마음이
담겨 있었다.

"숲에서 없어진 아이들이 더 있나요?"

"옛날에는. 그나마 시자쿠 지방의 아이는 찾아내기라도 했지. 다른 지역에서 온 아이의 경우에는 절망적이었어. 그런 의미에서도 고무로 히사시 건은 상당히 드문 사례라고 할 수 있을까."

거기서 요시마타는 돌연 뭔가 떠올랐다는 듯한 몸짓을 했다.

"잠깐. 그러고 보니 고이즈미 마사토가 없어지기 1년 전이었던가. 마을 아이 한 명이 행방불명됐었지."

"에? 그럼, 그애는요?"

"금방 발견됐어. 그런데 평소 태연하게 거짓말을 하는 아이였거든. '나는 유괴당했어요'라고 말해서 대소동이 벌어졌지만, 어떻게 납치됐는지 전혀 설명하지 못해서 부모에게 따끔하게 혼나고 그걸로 끝이었지."

요시마타는 실소를 흘리면서도 진지하게 말했다. "다만, 나는 아이가 죄다 거짓말을 했다고 단정하는 것은 위험하다고 생각했어."

"어째서요?"

"사사 숲이 정말로 아이를 납치하려고 했을지도 모른다. 하지만 어떠한 이유로 실패했다. 그래도 아이는 숲의 영향을 어느 정도 받고 말았다. 그래서 기억의 일부가 사라져서 정작 중요한 설명을 할 수 없다. 이런 식으로 추론했거든."

요시마타는 다시 숲을 바라보며 유마에게 고개를 돌리더니 말했다. "사사 숲이라는 명칭의 유래는 삼촌에게 들었겠지? 왜 이런 이름이 붙었는지."

"가가구시라는 마을에서 왔다고 들었어요."

"자주 가미카쿠시가 일어나는 마을이라 옛날 사람들은 가가구시 마을이 아니라 가미카쿠시 마을이라고 불렀지. 한낱 말장난이지만, 이렇게 통하는 이름은 결코 우습게 볼 수 없어. '이름은 몸을 나타낸다'는 말 들어봤니?"

"네. 무슨 말인지 알아요."

"그렇다면 이해할 수 있을지도."

이렇게 말하면서 요시마타는 바로 부정하듯이 중얼거렸다. "아니, 아무래도 억지 같아서 내가 비웃음을 살지도 모르겠군."

미심쩍다는 말투로 유마가 물었다. "무슨 말씀인가요?"

"고무로小室 저택의 '고'는 '소小', '무로'는 '실室'이란 한자를 쓰지. 이때 한자 '소小'를 사라진다는 뜻의 '소消'로 바꾸고, 한자 '실室'을 없어진다는 뜻의 '실失'로 바꾸면……."

요시마타는 한자를 전체적으로 설명하고서 기묘한 논리를 펼쳤다. "고무로 저택은 '소실消失 저택'이 되지 않을까?"

11장 이튿째 밤

"유마 군―."

집 안에 울려 퍼지는 사토기 씨의 목소리가 흐릿하게 들려왔다. 그러자 요시마타는 황급히 경트럭으로 돌아가 버렸다. 사토미 씨가 관리인을 좋게 보지 않듯이 요시마타도 사토미 씨를 꺼리는지 모른다.

요시마타는 차에 바로 올라타지 않고 슬쩍 뒤를 돌아보면서 말했다. "최대한 빨리 이 집에서 떠나는 게 좋아. 삼촌은 분명 이해해줄 거야. 만약에 안 된다고 하면 내가 충고했다고 그 친구에게 얘기하고."

여전히 목소리를 낮추고 있었지만, 유마가 명확히 들을 수 있도록 힘주어 말했다.

"그리고 내가 잘못 봤는지도 모르지만, 조심하는 편이……."

이렇게 몇 마디를 덧붙이려고 하는데, 갑자기 사토미 씨의 목소리가 응접실 쪽에서 들려왔다. "유마 군?"

그러자 요시마타는 급히 생울타리 뒤편에 숨었다.

"네ㅡ." 유마는 반사적으로 대답하고 집 쪽을 바라보았다. 마침 사토미 씨가 이쪽을 보며 베란다로 나오는 참이었다.

"거기 있었구나."

"아, 네. 잠깐 정원을 돌아다니고 있었어요."

사토미 씨를 집 안에 들이지 않으면 요시마타는 차를 출발시킬 수 없을 것이다. 이렇게 생각한 유마는 곧바로 베란다로 돌아가 사토미 씨와 응접실로 들어갔다.

"혹시 숲에 들어간 게 아닐까 하고 걱정했었어."

"죄송해요."

"아니, 정원에 있었다면 괜찮아. 집 안에만 있으면 답답할 테니까."

"사사 숲에만 들어가지 않으면 밖에 나가도 되나요?"

마지막으로 요시마타가 무슨 말을 하려고 했는지가 신경 쓰였다. 확인하기 위해 그 사람과 좀 더 이야기를 하고 싶었다. 그러기 위해서는 가미하쿠쇼의 별장지까지 갈 필요가 있다.

사토미 씨는 난처하다는 표정을 지으면서 말했다. "뭐라고 해야 하나. 미안하지만 내가 멋대로 허락할 수는 없어. 도모노리 씨에게 물어봐야 해. 게다가 밖에 나간다고 해도, 오쿠하쿠쇼를 제외한 다른 별장들에는 사람이 아무도 없는 모양이야. 그렇다고 가미하쿠쇼까지 걸어가기도 너한테는 아주 힘든 일이고."

확실히 맞는 말이었다. 가미하쿠쇼의 별장지에서 고무로 저택까지는 삼촌의 차로도 한참 달려야 했다. 사실 걸어가기는 무리였다.

"오늘 밤에라도 도모노리 씨에게 물어볼게."

이렇게 대답하는 사토미 씨의 표정은 그리 밝지 않았다. 삼촌이 지금 사업 문제로 곤란한 상황에 처해 있기 때문일 것이다. "유마는 네가 알아서 돌보고 있어"라고 하지 않을까. 사토미 씨도 이렇게 짐작하고 있을 것이다.

"부탁드릴게요."

고개를 꾸벅 숙이긴 했지만 유마가 전혀 기대하지 않는다고 느꼈는지 사토미 씨는 속죄라도 하듯 밝은 어조로 말했다. "조금 있다가 저녁밥 먹자." 그러고는 응접실을 나갔다.

배가 고프기는 한데…… 오늘 밤도 냉동식품을 먹는다고 생각하니, 벌써부터 엄마가 만든 요리가 그리웠다.

"아, 맞다, 요시마타 씨!"

유마가 혹시나 하고 베란다로 나가서 경트럭이 세워져 있던 쪽을 유심히 보자, 생울타리 너머로 빼꼼히 차체가 보였다. 아직 저기에 있는 모양이었다. 나머지 이야기를 듣고 싶다는 의미로 유마가 오른손을 들자 갑자기 차의 엔진 소리가 들려왔다. 사토미 씨가 다른 데로 갔다는 신호라고 요시마타는 착각했는지 이내 문 앞을 달려가는 경트럭이 눈에 들어왔다. 사토미 씨는 식당에 있을 테니 이 엔진 소리는 들리지 않을 것이다.

가버렸어……. 유마는 마치 무인도에 남겨진 기분이었다. 나중에 또 여기를 지나가려나? 아마 간베키 장을 둘러볼 때나 지나갈 것이다. 매일은 아닐 테고 일주일에 한 번은 너무 많을까. 2주일에 한 번? 혹시 한 달에 한 번이라면 어떡하지. 사토미 씨에게 솔직히 얘기하고 요시마타를 불러달라고 할까. 하지만 사토미 씨는 요시타마를 '어쩐지 기분 나쁜 사람'이라고 말했다. 결코 좋은 인상을 받지는 못한 듯했다. 그러니 조금 전에 들은 이야기를 했다가는 "진짜 이상한 사람이야"라고 하지 않을까. 오히려 "그런 사람하고 이야기하면 안 돼"라고 야단을 칠지도 모른다. 삼촌에게 부탁하면 어떨까. 두 사람 사이는 나쁘지 않은 것 같은데. 그렇다고는 해도 사실 조금 불안했다. 요시마타에게 "고무로 저택은 쓰지 않는 편이 좋다"라는 충고를 받았는데도 삼촌이 무시하고 있었기 때문이다. 어쩌면 쓸데없는 참견이라고 생각해 떨떠름하게 여기는지도 몰랐다. 요시마타는 삼촌을 높이 평가하지만, 삼촌은 요시마타를 좋아하지 않을 수도 있다. 자전거가 있다면 가미하쿠쇼까지 왕복할 수 있을 텐데. 새아빠가 사준 몇 안 되는 물건들 중에 유마가 진심으로 반긴 것은 새하얀 자전거였다. 내 자전거가 생겼다고 생각하니 기뻐서 견딜 수가 없었다.

부모님과 연립주택에서 살던 시절, 친구들이 '자전차'라고 부르던 자전거를 유마만 가지고 있지 않았다. 그래서 "어디에 몇 시까지 자전차로 집합"이라고 누가 말해도 유마는 참가할 수 없어서 분하고 쓸쓸했다. 딱 한 번은 열심히 뛰어서 친구들의 자전거와 함께 달린 적이 있었다. 하지만 다들 유마를 배려하느라 자전거를 천천히 몰았기 때문에 흥이 깨져서 그만두고 말았다. 자전거가 있다면……. 베란다에서 가미하쿠쇼 방향을 바라보면서 계속 그렇게 생각하는데 날씨가 조금 쌀쌀해졌다. 한여름의 도쿄에서는 생각할 수 없는 날씨 변화였다.

응접실로 돌아가려고 하는데 유마의 시야 가장자리에 문득 고무로 저택의 서쪽 숲이 들어왔다. 순간, 유마는 또다시 믿기지 않는 광경을 보았다. 겹쳐진 나무 뒤편에서 이쪽을 엿보는 얼굴처럼 보이는 검은 형체. 앗— 하고 다시 눈길을 돌렸지만 이미 사라져버렸다. 다시 한 번 장소를 확인했는데, 관리인인 요시마타와 비밀 이야기를 했던 정원 가장자리에 가까운 지점임을 깨달았다. 엿듣고 있었어? 하지만 대체 누가? 방금 전에 본 검은 얼굴은, 어제 여기 오다가 숲속에서 목격했던 그림자 같은 얼굴과 같은 존재일까.

사사 숲에 사는 괴물인가? 설마 하면서도 완전히 부정하기 어려운 뭔가가 있었다. 일부라고는 해도 어린아이의 기억을 없애거나, 다른 사람으로 바꾸거나, 완전히 사라지게 만들어버리는 숲. 마물이나 괴물이 있어도 전혀 이상할 것이 없었다. 이미 어두워지기 시작하는 숲을 바라보면서 유마는 목덜미에 싸늘한 공기가 달라붙는 듯해 온몸이 오싹했다.

응접실에서 다시 책을 읽었지만 좀처럼 집중이 되지 않았다. 눈은 글자를 좇고 있는데도 머릿속에는 요시마타에게 들었던 이야기가 빙글빙글 돌고 있었다. 어쩔 수 없이 책 읽기를 포기할 즈음에 사토미 씨가 저녁 먹으라며 불렀다. 두 사람은 식당에서 어젯밤에 이어 삼촌 이야기를 했다. 두 사람 다 상대방이 삼촌의 일이나 사생활에 정통하다고 생각했지만 그렇지 않다는 사실을 어젯밤 대화로 알게 된 터였다.

"도모노리 씨는 자기에게 불리한 이야기는 안 하거든."

"사업에서 성공한 이야기는 해주지만, 실패한 이야기는 거의 들은 적이 없어요."

"아마 그럴 거야."

두 사람은 공범 같은 미소를 나눈 뒤 나름 의견 일치에 이르렀다.

"하지만 실패에 주눅들지 않는다는 게 삼촌의 좋은 점이지."

"삼촌이라면 어떻게든 해낼 거라고 저도 생각해요."

다만 그런 삼촌이 아무래도 악전고투하는 듯해서 몹시 신경이 쓰였다. 이렇게 말하자 사토미 씨도 어두운 표정을 지으면서 털어놓았다.

"뭔가 일이 커졌다는 걸 나도 알겠어. 하지만 어떡해야 좋을지 전혀 알 수가 없어. 도모노리 씨가 어떻게든 극복할 거라고 믿을 수밖에."

사토미 씨가 다시 유마를 바라보면서 이야기했다. "사실 유마 군은 삼촌하고 같이 지냈어야 했는데 말이야. 그랬다면 숲속을 탐험할 수도 있었을 티고."

"어, 정말로요?"

깜짝 놀라는 유마에게, 사토미 씨가 아주 당황하는 어조로 말했다. "도모노리 씨가 함께 있다면 그렇단 이야기야. 유마 군 혼자서는 절대 안 돼."

"네. 하지만 삼촌이 그런 말을 했나요?"

"너에게 숲속을 보여주고 싶다고 했었어. 행방불명된 아이들을 발견한 무용담을 현장에서 늘어놓고 싶은 거겠지."

참으로 삼촌답다 싶어 유마는 쓴웃음을 지었다. 자기가 함께 있으면 전혀 위험하지 않다고 생각하는 거겠지. 하지만 요시마타 씨라면 그래도 들어가지 말라고 했을 것이다. 유마는 사사 숲에 대해 물어보았지만, 숲에 대해서라면 오히려 유마가 더 많이 알고 있음을 깨달았을 뿐이다. 다만 삼촌이 고무로 히사시를 발견한 나무의 나무 굴에 대해 사토미 씨가 참으로 묘한 소리를 했다.

"도모노리 씨 말로는 굴 속의 공기가 좀 달랐대."

"굴 안이니까?"

"환기가 안 된다든가 공기가 정체돼 있다는 이야기가 아니라…… 오래 있으면 이상한 영향을 받을 것 같은 기분이 들었대."

유마가 입을 다물고 있자 사토미 씨는 "정말 오싹한 얘기지?" 하며 배려하는 기색을 보였지만, 사실 유마는 다른 생각을 하고 있었다. 고무로 히사시가 다른 사람처럼 변한 것은, 이상한 영향을 받았기 때문이다. 하지만 이게 사실이라면 고이즈미 마사토는 어떻게 된 걸까. 문제의 나무 굴에 들어가지 않은 걸까. 아니면 나무 굴 안에서 다른 영향을 받은 걸까. 그래서 돌아오지 못한 걸까. 두 사람의 운명은 거기서 갈린 걸까. 그렇다면 고이즈미 마사토는 대체 어디로 사라진 걸까.

유마가 생각에 잠겨 있자 갑자기 사토미 씨가 책 이야기를 시작했다. 관심을 딴 데로 돌릴 심산인지 유마가 응접실에서 읽고 있던 책에 대한 감상을 물었다.

"읽고 있는데, 꽤 재미있어요."

유마는 대답하면서도 좀 더 숲 이야기를 하고 싶었다. 자기가 모르는 숲의 비밀이 더 있으리란 생각을 떨칠 수 없었다. 하지만 이 집이 더 문제인가. 발등에 떨어진 불이라더니. 어젯밤 기억을 잊지는 않았지만, 그래도 낮에 탐색을 하고 났더니 신경이 덜 쓰였다. 삼촌이 지적한 '집울림'이나 사토미 씨가 말한 '기분 탓'인지도 모른다. 밝은 햇살 아래 있으면 역시 현실적인 사고를 하게 되는 모양이다.

그런데 요시마타와 이야기한 이후 고무로 저택을 둘러싼 새로운 공포가 싹트고 있었다. 처음에는 아무 느낌도 없었지만, 날이 저물기 시작하자 자신이 이 집에 겁을 먹고 있음을 깨달았다. 요시마타에게 어젯밤 일을 이야기하고 어떻게 해야 할지 물어볼 걸 그랬다. 엄청나게 후회했지만 이미 늦었다. 그렇다고 사토미 씨에게 고백해봤자 '집울림과 기분 탓'이라는 말이나 듣겠지. 혹여 사토미 씨가 믿어준다 해도 같이 무서워나 할 뿐, 무슨 도움이 될까 싶다.

어쨌든 침실에 들어가면 아침까지 나오지 말자. 유마는 굳게 결심했다. 그래서 수분은 되도록 섭취하지 않았다. 저녁 식사 때도, 응접실로 이동해 삼촌이 골라준 어린이용 영화 DVD를 보고 있을 때도, 아무리 사토미 씨가 권해도 주스든 음료든 마시지 않았다. 목욕을 하고 나왔을 때도 역시나 찬물을 마시고 싶었지만 어떻게든 참았다.

"안녕히 주무세요."

자기 전에 즐겨 한잔하는 사토미 씨에게 인사를 하고, 유마는 어젯밤보다 일찍 침실로 올라가 이불 속에서 마저 책을 읽었다. 세토 가로 이사 와서 좋아진 점이 있다면 침대에서 자는 것이었다. 일일이 이부자리를 깔 필요가 없어 편하기도 했지만, 무엇보다 자기 전에 독서를 할 수 있어서 기뻤다. 침대 머리맡에 베개를 세워 머리를 얹은 자세로 책을 읽는다. 이 얼마나 사치스러운 행위인가. 어제는 피곤한 데다 책도 없었다. 오늘 밤은 달랐다. 유마는 도쿄로 이사 간 뒤에 생긴 습관을 되살렸다. 조금이라도 평소와 같은 시간을 보내서 스멀스멀 기어나올 것 같은 공포심을 어떻게든 억제하려고 했다. 덕분에 유마는 아주 자연스럽게 잠들 수 있었다. 책이 어중간하게 펼쳐진 채로 머리맡에 굴러다니는 상태로 봐도 유마가 자연스럽게 잠들었음을 알 수 있었다. 다만 아침에 일어났을 때 틀림없이 후회할 것이다. 잠들기 전에 제대로 책을 덮어둘걸 하고 말이다. 하지만 그렇게 되지는 않았다. 또다시 한밤중에 깨어났기 때문이다. 이유를 생각하기도 전에 유마는 강렬한 갈증을 느꼈다. 수분 섭취를 지나치게 억제한 걸까. 그래도 아침까지 참고 싶었지만 시간이 지날수록 도저히 견딜 수 없었다. 시원한 것을 마시고 싶다는 바람이 머릿속을 가득 채워 다른 생각은 모두 몰아내버렸다.

'도저히 안 되겠어.' 유마는 침대에서 일어나 살며시 침실을 나왔다. 조금만 더 자랐더라면 공포심을 이기는 것 중 하나가 생리적 욕구라는 진리를 배웠을지도 모른다. 그런데 2층의 어두운 홀을 가로지르는 동안에도, 어두운 계단을 내려갈 때도,

어젯밤처럼 무섭지는 않아서 신기했다. 익숙해진 걸까, 하고 생각했지만 아무리 그래도 단 하루 만에 이렇게 변하지는 않을 것이다. 그러면 왜? 의문이 일었지만 어쨌든 시원한 것을 마시고 싶다는 바람이 너무 강해서 머리가 제대로 돌아가지 않았다.

곧장 동익동의 조리실로 향했다. 계단을 내려가서 1층 현관 홀 오른편으로 나아갔다. 2층보다 서늘하고 어두웠다. 홀의 동쪽에 도달하자 눈앞의 문을 열었다. 좌우로 복도가 뻗어 있을 테지만, 캄캄해서 아무것도 보이지 않았다. 손으로 더듬어서 벽의 스위치를 누르려 하다가, 왼편 구석의 복도 바닥에 흐릿한 빛줄기가 있음을 알아차렸다. 뭐지, 저건? 징그러운 연체동물 같은 것이 질질 기어가는 형상이 바로 떠올랐지만 이내 실내의 불빛임을 깨닫고는 무서워졌다. 누가 있나? 좌우로 뻗어나간 복도의 오른쪽으로 나아가서 중앙동의 동쪽으로 튀어나온 부속동의 문에 이르렀다. 복도 왼쪽은 상당히 멀리 이어져 있었다. 복도 왼쪽으로 나아가면 중간쯤 오른편에 조리실 문이, 비스듬히 맞은편에 식당 문이 있고, 막다른 곳에는 작은 식당이 있었다. 참고로 동익동으로 들어가는 문의 오른편 앞에는 2층으로 통하는 계단이 있었다. 이러한 구조는 어제 오전에 탐색을 통해 전부 확인했다. 그래서 실내에서 빛이 흘러나오는 곳은 조리실이라고 짐작할 수 있었다.

사토미 씨? 순간, 어젯밤의 체험이 생생히 되살아나서 더욱 무서워졌다. 그것이 조리실에 있다. 반사적으로 도망칠 뻔했지만, 놈의 정체를 확인할 기회인지도 모른다는 생각이 뇌리를 스쳤다. 말도 안 돼. 자기도 모르게 딴죽을 걸었다. 이렇게 무서운 짓을 한밤중에 어린애 혼자 할 수 있을 리가 없다. 그럼에도 불구하고 곧바로 발길을 돌리지 않은 이유는 무서운 것을 보고 싶기 때문일까.

　푸훅.

　그때 조리실 안에서 흐릿한 소리가 들렸다. 익숙한 듯도 한데 무슨 소리인지 알 수가 없었다. 문에 귀를 대고 들으면 실내 상황을 좀 더 확실히 알 수 있을까. 하지만 캄캄한 복도를 걸어서 조리실 앞까지 간다고 생각하니 암담했다. 도저히 불가능했다. 그렇다고 복도의 불을 켰다가는 저쪽이 알아차릴지도 모른다. 조리실 불빛이 꺼지자마자 이번에는 문을 사이에 두고 반대 현상이 일어나기 때문이다.

　'역시나 안 되겠다. 도망치자.' 유마는 동익동 문을 살며시 닫고 발소리를 죽이며 현관홀을 절반 정도 돌아갔다. 오른편 문이 눈에 들어왔을 때 한 가지 아이디어가 떠올랐다. 가만 있어봐. 혹시 식당에서 엿보면 어떨까? 동익동 복도를 사이에 두고 조리실과 식당은 마주 보고 있었다. 두 문은 비스듬히 마주 보고 있고, 마침 동익동에 가까운 쪽에 조리실 문이 있었다. 안성맞춤이었다. 저것이 조리실에서 나와 어젯밤처럼 3층으로 올라가려고 한다면, 복도 구석으로 가지 않고 분명히 동익동 문 쪽으로 갈 것이다. 그렇다면 조리실에서 나오는 순간, 놈의 모습을 식당 문 뒤편에서 엿볼 수 있을지도 모른다. 이 아이디어에 유마는 매료되었다. 여전히 엄청 두려웠지만, 안전하게 놈의 정체를 확인할 절호의 기회였다. 이걸 놓칠 수는 없지 않은가.

　시도해볼까? 사실 지금 읽고 있는 책의 주인공도 가혹한 운명에 홀로 맞서고 있는 참이었다. 요컨대 본인은 깨닫고 있지 못하지만, 지금 유마는 책의 영향을 적잖이 받고 있었던 것이다. 유마는 현관홀에서 식당으로 들어가서 조명을 켰다. 그런 뒤에 동쪽 벽으로 가서 문을 살짝 열고 동익동 복도를 엿보았다. 그러자 예상했던 것처럼 조리실 문 아래에서 흘러나오는 빛이 눈에 들어오기 전에, 식당에서 복도로 뻗어나가는 가느다란 빛줄기가 보여서 몹시 당황했다. 지금 저것이 조리실에서 나오면 내가 식당에서 엿보는 것을 간단히 들키고 만다. 유마는 황급히 식당의 불을 껐다. 순간 아주 캄캄해졌다. 뒤뜰에 접한 창문에서는 흐릿하게 달빛이 비쳐들고 있었다. 그러나 일단 인공의 빛에 노출된 눈에는 식당 안이 아주 캄캄해 보였다.

　'무서워, 무서워, 무서워⋯⋯.' 압도적인 전율에 휩싸여 유마는 딱 굳어버렸다. 도망치고 싶은데도 조금도 발이 움직이지 않았다. 어쩔 수 없이 한쪽 손을 뻗어서 우선 식당 불을 켜려고 했다.

찰칵.

그때 소리가 나면서 조리실 문이 갑자기 열렸다. 문 여는 소리가, 눈앞의 흐릿한 틈새를 통해 또렷하게 들려왔다. 저것이 나온다. 이렇게 생각하자마자 유마는 문 틈새로 밖을 엿보았다. 거의 동시에 조리실 불이 꺼지고 그것이 복도로 나왔다. 그래서 유마에게는 형체만 보일 뿐이었다. 틀림없이 한 인간의 형체였다. 다만 유마가 예상하지 못했던 것은 어린아이의 형체라는 점이었다.

척, 척, 척.

그것이 캄캄한 복도를 걷기 시작했다. 아무것도 보이지 않지만, 유마의 추측대로 틀림없이 현관홀로 통하는 동익동 문으로 향하고 있을 터였다. '저 홀이라면, 흐릿하게나마 불빛이 비치니까 지금보다 또렷하게 형체를 볼 수 있지 않을까.' 이렇게 생각한 유마는 살며시 문을 닫으려고 했다.

끼이―.

갑자기 문이 삐걱거렸다. 아주 작은 소리였지만, 쥐 죽은 듯이 고요한 동익동 복도에서는 천둥소리 같았다. 동시에, 그것의 발소리가 들리지 않았다. 복도에는 어둠이 짙게 깔려 있어 아무것도 보이지 않지만 형체가 움직임을 멈추었음은 확실히 알 수 있었다.

암흑 속에서 공기가 흔들렸다. 그것이 뒤를 돌아보았기 때문일까. 형체는 지금, 살짝 열린 식당 문을 빤히 바라보고 있는 게 아닐까. 아니, 그럴 리가 없다. 유마는 필사적으로 부정했다. 복도도 식당 안도 캄캄한 암흑에 잠겨 있었다. 이런 상태에서는 무엇이든 눈에 비칠 리 없다. 이대로 움직이지 않고 저것이 떠나가기를 기다린다. 그러면 분명 무사히 넘어갈 수 있다. 그런데 아무것도 보이지 않는 어둠 속에서, 그것이 두 눈을 크게 뜨고 이쪽을 응시하는 모습이 머릿속에 떠올라 견딜 수가 없었다. 빤히 유마를 바라본다. 그저 바라본다. 조금도 눈을 깜빡이지 않고 주야장천 바라보고 있다. 이윽고 형체가 천천히 발소리를 내지 않고 이쪽으로 다가오리라 생각하니 유마는 몹시 겁이 났다. 재빨리 문을 닫고 도망쳐야 한다고 생각했지만, 또다시 두 다리가 꿈쩍도 하지 않았다. 얼마나 시간이 흘렀을까. 실제로는 몇 초 정도였겠지만 유마에게는 수십 분처럼 느껴졌다.

척, 척, 척.

다시 형체가 걷기 시작하는 기척이 나서 하마터면 소리를 지를 뻔했다. 다행히 발소리는 멀어져갔다. 이윽고 문이 열리는 소리가 들리고, 그것이 완전히 복도에서 떠나갔음을 또렷이 느낄 수 있었다.

하아. 유마는 마음속으로 크게 한숨을 내쉬었다. 자리에 주저앉고 싶었지만, 어떻게든 버텼다. 그리고 세심하게 주의를 기울이며 살며시 문을 닫았다. 더 이상 소리가 들릴 염려는 없었지만, 소리를 내지 않도록 조심하며 닫았다. 불을 켜려고 하다가 간신히 멈췄다. 그것이 현관홀을 지나다가 식당 문 아래에서 흘러나온 불빛을 발견할지도 모른다. 그런 위험을 감수할 수는 없었다. 의자에 앉고 싶었지만 도무지 움직일 수가 없었다. 너무나 강한 공포에 사지가 마비돼버렸다. 게다가 어둠 속에서 이동하기도 싫었다. 지금까지 참고 있었지만, 이게 한계인지도 모른다.

식당의 불을 켜자니 망설여졌다. 놈은 이미 3층으로 올라가버렸을 것이다. 그러니까 불을 켜도 상관없음을 머리로는 알고 있으나 도무지 벽의 스위치를 누를 수 없었다. 불을 못 켜고 의자에도 앉지 못하고 그저 어둠 속에 멍하니 서 있는 자신의 모습에 유마는 울고 싶어졌다.

'목말라—.' 오랫동안 잊고 있던 갈증이 갑자기 되살아났다. '목이 말라서 침도 안 나와—.' 한 번 의식했더니, 더 이상 참을 수가 없었다. 어떻게든 시원한 음료를 마시고 싶었다. 그것밖에 생각할 수 없었다.

조금 전까지 닫혀 있던 눈앞의 문을 살며시 열었다. 동익동의 복도가 나타났지만, 물론 너무 어두워서 아무것도 보이지 않았다. 눈 깜짝할 사이에 공포가 되살아났다. 복도의 조명 스위치가 이 부근에 있었는지 어떤지 모르겠다. 그렇다면 식당의 불을 켤 수밖에 없지만, 이 역시 망설여졌다. 유마는 용기를 짜내서 두 눈을 질끈 감고 과감하게 복도를 비스듬히 가로질렀다. 그리고 조리실 문손잡이를 더듬어서 필사적으로 찾았다. 없어? 공황 상태에 빠져서 비명을 지르기 일보 직전에야 왼손이 문손잡이에 닿았다. 서둘러 두 손으로 문을 열고, 곧바로 조리실 벽을 더듬어서 스위치를 찾아 눌렀다.

번쩍하고 불이 들어온 순간, 얼마나 기뻤는지 모른다. 조금 전과는 다른 의미에서 눈물이 나올 것만 같았다. 냉장고에서 탄산음료 캔을 꺼내서 단숨에 절반 정도 비웠다. 목구멍이 타들어가듯이 찌르르한 것이 아주 기분이 좋았다. 간신히 갈증이 해소되자 이번에는 자리에 앉고 싶었지만 아무리 둘러봐도 의자가 없다. 어쩔 수 없이 눈에 띄는 접사다리에 앉았다. 불편하긴 했지만 지금의 유마에게는 이걸로 충분했다.

아까 본 어린아이의 형체는 대체 뭐냐. 조금 마음이 진정되자 어쩔 수 없이 아이의 형체를 떠올리게 되었다. 가능하면 아침까지 떠올리고 싶지 않았는데. 키는 나와 비슷한 것 같아……. 이때 맨 먼저 떠오른 이름이 있었다. 있을 수 없는 일이라고 생각하면서도 다른 이름은 떠오르지 않았다.

고이즈미 마사토.

하지만 고이즈미라는 아이는 사사 숲에서 행방불명되었다. 이 집에 머물렀던 고무로 히사시라면 몰라도, 가미하쿠쇼의 별장에 있던 고이즈미 마사토와 고무로 저택은 아무런 관계도 없다. 게다가 히사시는 이미 성인이 되었을 나이다. 하지만 아까 본 형체는 분명 유마 또래로 보였다. 거기까지 생각하자, 오싹한 상상이 유마를 휘감았다. 고이즈미 마사토의 유령? 그래서 죽었을 때의 모습 그대로 나타난 게 아닐까. 이 저택에 나타난 이유는 사사 숲에서 가장 가까운 집이기 때문이 아닐까.

등줄기가 얼어붙는 듯한 공포가 유마를 덮쳤다. 지금까지 '유령'이라는 존재를 떠올려본 적이 없진 않았지만, 새삼스레 생생한 가능성이 눈앞에 닥치자 역시나 두려웠다. 이제 생각은 그만두자. 이대로 있다간 공포에 짓눌릴 뿐이라서 2층 침실로 돌아갈 수도 없게 된다. 그러면 최악이다. 남은 탄산음료를 마저 마시고 조리실 문 앞으로 돌아왔다. 불을 끄지 않은 채로 문을 열었다. 우선 식당에 들어가서 불을 켠 뒤에 조리실로 돌아와서 불을 끌 생각이었다. 이렇게 하면 어두운 복도를 가로지르지 않아도 된다. 유마는 조리실에서 새어나오는 빛에 의지해 식당 문까지 나아가려고 하다가 문득 걸음을 멈췄다. 문이 아주 조금 열려 있었다. 조금 전에 복도로 나왔을 때 완전히 닫지 않았던가? 이렇게 생각했지만 곧바로 고개를 저었다. 동익동의 복도를 사이에 둔 식당과 조리실 문은, 열더라도 가만히 내버려두면 자연스레 닫히게 되어 있다. 양쪽 방으로 요리를 운반하거나 식기를 치우기 위해 그렇게 만들었을 것이다. 그렇다면 왜? 고개를 갸웃하다가 무슨 일이 일어나고 있는지를 순식간에 깨달은 유마는 목덜미에 소름이 쫙 돋았다. 그것이 식당 문 틈새로 이쪽을 엿보고 있었던 것이다.

12장 다른 사람

유마는 조리실로 돌아가서 서둘러 문을 닫았다. 자물쇠를 채우고 싶었지만 이 문에는 없었다. 안쪽으로 열리기 때문에 바리케이드가 될 만한 물건을 필사적으로 찾아봤다. 하지만 서둘러 실내를 둘러봐도 아무것도 보이지 않았다. 어쩔 수 없이 문손잡이를 쥔 채로 문이 열리지 않게 힘주어 밀었다. 너무 무서워서 도저히 문 앞을 벗어날 수가 없었다. 지금 당장에라도 저것이 식당에서 나와서 조리실 문을 열지 모른다. 그럴 우려가 있는 이상 여기서 한 발짝도 움직일 수 없다. 문손잡이에서 손을 떼는 것은 상상도 할 수 없었다. 그렇지만 오랫동안 긴장과 피로가 쌓였는지, 어느새 문에 등을 기댄 채로 주저앉아 잠들고 말았다.

몇 시간이나 흘렀을까. 잠에서 깨어나 멍한 상태인데 몸 여기저기가 쑤셔서 유마는 얼굴을 찡그렸다. 이번에는 자신이 처했던 상황을 문득 떠올리고 황급히 일어났다. '문은 열리지 않았어.' 벽시계를 보니 오전 6시가 지나 있었다. 이미 날이 밝은 모양이었다. 가슴을 쓸어내렸지만, 그래도 문을 여는 데는 상당한 용기가 필요했다. 조심조심 복도로 나가자, 닫혀 있는 식당 문이 눈에 들어왔다. 이번에도 용기를 쥐어짜내서 어떻게든 문을 열자 눈부신 아침 햇살이 비치는, 아무도 없는 식당이 나타났다.

살았다! 간신히 마음 깊이 안도할 수 있었지만 다리가 후들거렸다. 아직 사토미 씨가 일어날 시간은 아니지만, 사토미 씨에게 들키기 전에 어서 침실로 돌아가고 싶었다. 식당을 빠져나와 현관홀을 가로질러 계단을 올라가는데도 엄청나게 멀게 느껴졌다. 몇 번이나 도중에 주저앉고 싶다는 유혹에 휩싸인다. 하지만 필사적으로 참으며 어떻게든 2층의 침실까지 도달했다. 유마는 침대에 눕자마자 깊은 잠에 빠져들었다.

사토미 씨가 깨워서 눈을 뜬 시각은 오전 9시였다. 그래도 졸려서 견딜 수 없어서 조금만 더 자기로 했다. 그런데 눈을 떠보니 정오가 지나 있어서 유마는 깜짝 놀랐다. 지금은 여름방학이고, 머무르고 있는 곳은 삼촌의 별장이다. 게다가 딱히 할 일도 없으니 아무런 문제가 없다고 생각하면서도 왠지 모르게 켕기는 기분이 들었다. 함께 지내는 사토미 씨와 그리 친하지 않기 때문일까. 조금 머리가 멍해진 상태로 천천히 침대에서 일어났다. 침실을 나가려 할 때, 커튼을 걷지 않았음을 깨달았다. 삼촌이라면 내버려두겠지만, 유마는 그럴 수 없었다. 창가까지 돌아와서 천천히 커튼을 걷었다. 눈부신 햇살에 한순간 어질해졌다. 절반 정도 창을 열자 불어 들어온 시원한 바람에 잠에서 완전히 깨어났다. 고무로 저택은 오늘도 눈부신 햇살과 맑은 공기에 감싸여 있었다. 하지만 배후에는 어둡고 오싹한 숲이 끝없이 펼쳐져 있었다.

사사 숲. 지역 주민들이 붙인 이름에서 풍기는 사악한 느낌에 새삼스레 오싹함을 느끼고 있는데 숲에서 묘한 소리가 났다. 뭐지? 산새 소리이겠거니 하면서도 조금 신경이 쓰여서 가만히 응시하니 숲속에서 사람의 형체가 나타났다.

엥? 서둘러 레이스 커튼 뒤에 숨어서 틈새로 엿봤다. 그러자 사람의 형체가 나무문을 지나 고무로 저택 뒤뜰로 들어오는 것이 아닌가. 누구지? 수상하게 여기는 것도 잠시, 상대가 누구인지 알아차린 유마는 깜짝 놀랐다. 삼촌! 아무래도 유마가 자는 사이에 고무로 저택에 돌아온 모양이었다. 마중도 못 나가고 잠이나 자고 있었다니, 유마는 자신이 부끄러웠다. 낮까지 자는 조카를 본 삼촌도 어이가 없지 않았을까. 하지만 왜 숲에서 나오는 거지? 이유는 바로 알 수 있었다. 사토미 씨의 말을 떠올렸기 때문이다. '너에게 숲속을 보여주고 싶대.' 아마도 삼촌은 숲속을 안내할 준비를 하고 있었을 것이다. 만일 사라진 고이즈미 마사로를 수색한 이래로 숲에 들어간 적이 없다면 분명히 숲속의 지리에 어두워져 있을 것이다. 그런 모습을 유마에게는 보이고 싶지 않다고 생각한 것이다.

삼촌이 집 쪽을 바라보고 있어서 유마는 고개를 내밀었다. 그리고 손을 흔들려고 하다가 그대로 굳어버렸다. 섬뜩한 표정으로 삼촌이 이쪽을 올려다보고 있다. 마치 대낮에 유령이라도 본 것처럼. 하지만 그것도 잠시, 바로 유마를 인식했는지 손을 흔들었다. 황급히 유마도 응했지만 머릿속이 몹시 혼란스러웠다. 어째서 삼촌은 그런 얼굴로 올려다본 걸까. 나를 발견했기 때문은 아니겠지. 아직 유마가 자고 있다는 얘기는 분명 사토미 씨를 통해 들었을 것이다. 그러니까 2층 침실에 유마의 모습이 보여도 놀랄 이유가 전혀 없다. 그렇다면 어째서…… 여기까지 생각하다가 흠칫했다. 한 가지 무서운 가능성이 떠올랐기 때문이다. 삼촌은 나를, 검은 형체의 아이라고 착각했다. 어쩌면 이 집에 아이가 나온다는 사실을 알고 있는 걸까. 아니, 하지만 유마가 있다는 것을 뻔히 아는 침실 창문을 보면서 착각을 할까? 가령 얼굴이 확실히 보이지 않아서 어린아이 형체로밖에 보이지 않았다 해도 당연히 유마라고 생각해야지.

이때 유마는 더욱 무서운 가능성에 생각이 미쳤다. 삼촌이 올려다보고 있었던 것은 이 방이 아니라 3층 다락방이었을까?

놈이 바깥을 엿보고 있었다면, 삼촌이 섬뜩한 표정을 지은 것도 무리는 아니었다. 그전에 2층 침실 창가에 있는 유마를 조금이라도 인식했다면 더욱 놀랐을 것이다. 결국 삼촌은 놈의 존재를 아는 걸까, 모르는 걸까. 지금으로선 알 수 없었다. 이를 확인하기 위해서 유마는 1층으로 내려갔다.

"어머, 일어났니? 지금 막 아침 식사를 준비한 참이야." 현관홀을 걷기 시작하자마자 식당에서 사토미 씨가 나타났다.

"죄송해요, 늦잠을 자버렸어요. 삼촌이 돌아오셨나 보네요?"

"응, 그래."

사토미 씨는 기쁜 목소리로 말하면서도, 동시에 석연치 않은 얼굴을 했다.

"하지만 내일 아침 일찍 또 가야 한다나 봐. 아무래도 일이 잘 풀리지 않는 모양이야."

"삼촌이 많이 힘든가 보네요."

이런 상황에서 사사 숲을 안내해주려나. 이 집에 뭔가 나오지 않느냐고 물어보려나. 유마는 몹시 심란했다.

그런 유마의 생각을 알 리도 없지만 "그렇다고 해서 유마 군이 사양할 필요는 없어"라고 사토미 씨가 갑자기 말해서 가슴이 철렁했다.

"도모노리 씨는 분명 지쳤지만, 너와 함께 있으면 기운을 되찾을 거야. 그러니까 너는 삼촌에게 평소처럼 어리광을 부려도 돼. 알겠지?”

“네.”

납득하진 못했지만, 우선 이렇게 대답을 해두었다. 실제로는 삼촌 눈치를 보면서 화제로 삼아도 괜찮은지를 판단한 다음에야 꺼낼 만한 이야기라고 유마는 생각했다.

식당에 들어가자 이미 점심을 먹고 있던 삼촌이 명랑한 목소리로 말을 걸었다. “잘 잤냐? 해가 중천에 떠야 일어나다니, 아주 팔자가 좋구나?”

“이불 속에서 삼촌이 사준 책을 밤늦게까지 읽었거든.”

현관홀에서 식당으로 이동하는 동안 재빨리 생각해둔 핑계를 늘어놓았다. 하지만 말투가 아주 어색해졌다. 왜냐하면 삼촌의 얼굴에서 피로가 짙게 묻어났기 때문이다.

“괜찮아, 삼촌?”

그래서 반사적으로 물었는데 이 말에는 걱정이 담겨 있었다.

“응. 운전하느라 피곤해서 그래.”

확실히 도쿄에서 여기까지 차로 이동하는 일만으로도 피곤할 만은 했다.

“아침은 안 먹었지? 자, 얼른 앉아서 먹어.”

시키는 대로 유마는 식탁에 앉아서 삼촌과 사토미 씨와 함께 점심을 먹기 시작했다.

“오늘은 쉬는 거야?”

"내가 저쪽에 있어봤자 소용없으니까."

자조적인 말이 아니라 실제로 그런 듯했다.

"가령 업무 책임자라고 해도 자리에 있어야 할 때가 있지만, 있어봤자 아무 도움이 안 될 때가 있어. 그런 상황을 파악하는 것도 중요한 능력이야. 알겠냐?"

"쉴 때는 제대로 쉬라는 얘기야?"

"봐, 이 녀석 굉장하지?"

삼촌이 기쁜 듯 웃으며 사토미 씨를 보았다.

"아직 초등학교 6학년인데, 말귀를 금방 알아먹는다니까."

"내가 어릴 적하고는 정말 많이 다르네."

"나도 그래. 내가 유마 나이였을 때는 그냥 덜떨어진 어린애였는데 말이야."

두 사람은 어릴 적에 얼마나 바보 같은 짓을 했는지 떠올리며 자랑하듯이 이야기하기 시작했다. 그런 에피소드가 하나같이 재미있어서 유마는 몇 번이나 웃었다.

점심 식사를 마치고 삼촌은 기억났다는 듯이 말했다.

"맞다. 형님에게 한 번쯤 전화를 해두는 편이 좋을 거야."

유마를 보면서 이야기해서 오히려 유마가 되물었다.

"왜?"

"무사히 잘 지내고 있다고 알려드려야지."

당연하다는 얼굴로 삼촌은 말했지만 금방 눈치챘다는 듯이 덧붙였다. "뭐, 엄마한테 전화해도 상관없어."

삼촌은 휴대전화를 귀에 대고 엄마를 바꿔달라고 부탁했다. 집 전화로 걸었는데 가사도우미가 받은 모양이었다.

엄마가 전화를 받으러 오는 사이 삼촌은 작은 목소리로 충고를 했다. "엄마에게 건강히 잘 있다고 이야기해서 안심시키기만 하면 돼."

"앗, 형수님이신가요? 지금 유마를 바꾸겠습니다."

삼촌에게 휴대전화를 건네받은 유마가 어물거리고 있는데, 걱정스러워하는 엄마의 독소리가 들려왔다.

"여보세요, 유마? 잘 있니?"

"네. 잘 있어요."

"괜히 혼자서 밖에 나다니지 마."

한순간 가슴이 철렁했다. 엄마도 사사 숲에 대해 알고 있나? 하지만 금세 착각임을 깨달았다.

"삼촌이 없을 때는 집 안에서 놀도록 하렴."

그냥 여느 어머니들처럼 노파심에 주의를 준 듯했다.

"네. 삼촌이 책을 많이 사다 줘서 그걸 읽고 있어요."

"텔레비전은?"

"안 봐요."

DVD는 감상하고 있지만 텔레비전을 보는 것은 아니므로 거짓말은 아니었다.

"밥은 잘 챙겨먹고?"

"네. 집에 있을 때하고 똑같이요."

사실은 냉동식품이나 먹을 뿐이지만 그렇게 말할 수는 없었다. 엄마가 걱정할 뿐 아니라 옆에는 사토미 씨가 있으니까.

"그리고……."

이러다간 엄마의 질문 공세가 끊길 것 같지 않아서 유마는 눈빛으로 삼촌에게 도움을 청했다.

"전화 바꿨습니다, 도모노리입니다. 형수님, 유마는 걱정하지 마세요."

삼촌은 눈짓을 하더니 휴대전화로 엄마와 이야기하면서 뒤뜰로 나갔다.

"엄마가 많이 걱정하셔?"

사토미 씨가 물어보자 유마는 부끄러운지 고개를 끄덕였다.

"잔소리가 심하다고 생각할지도 모르지만, 엄마란 다 그런 법이란다."

어쩌면 사토미 씨는 지금 떨어져 사는 아들 세이이치를 생각하고 있었는지도 모른다. 하지만 물어볼 수는 없었다.

뒤뜰에서 돌아온 삼촌은 왠지 모르게 어두운 표정이었다. 응접실로 자리를 옮겨서 다시 사토미 씨와 대화를 나누었지만, 좀처럼 흥이 나지 않았다. 엄마와 전화 통화를 한 탓일까. 삼촌의 멘탈이야 튼튼하기 이를 데 없지만, 지금은 사업 문제로 골

머리를 앓고 있기 때문에 유마는 조금 걱정되었다. 엄마에게 무슨 말을 들었나? 넌지시 떠볼까, 생각하고 있는데 삼촌이 맥주를 마시기 시작했다. 어릴 적 추억 이야기를 하다가 어느새 허풍 같은 소리를 늘어놓기 시작했다. 유마와 사토미 씨는 이야기를 듣다가 이상한 대목에 몇 번이나 딴죽을 걸었고 계속 웃음을 터뜨렸다.

그러다 삼촌이 소파에 누워 곯아떨어지자 사토미 씨는 그릇을 치우기 시작했고 유마는 책을 펼쳤다. 삼촌이 깨어날 때까지 책을 읽을 생각이었다. 삼촌이 일어나기를 기다리다가 사토미 씨가 없으면 엄마와 무슨 얘기를 했는지 물어보고 그것과 숲에 대해서도 알아보자. 삼촌의 눈치를 봐서 후자에 집중할지도 모른다. 지금 유마에게는 엄마에게 들은 말보다 그것과 숲의 정체가 중요했기 때문이다. 그런데 유마는 독서에 푹 빠져버렸다. 정신이 들고 보니 이미 저녁이 되어서 깜짝 놀랐다. 이제 얼마 안 있으면 저녁 식사 시간이 될 것이다. 그리고 식후에도 세 명이 응접실에서 시간을 보낸다면, 삼촌과 단둘이 대화를 나눌 기회가 없을지도 모른다. 곧바로 소파의 삼촌을 바라보다가 유마는 흠칫했다. 믿기지 않는 광경에 하마터면 공황 상태에 빠질 뻔했다. 삼촌은 여전히 소파에 누운 상태로 두 눈을 뜨고 있었다. 게다가 지금까지 한 번도 본 적이 없는, 참으로 차갑고 기분 나쁜 시선으로 빤히 유마를 바라보고 있었다.

왜, 왜 그래⋯⋯? 이렇게 유마가 묻기 전에 삼촌의 눈꺼풀은 닫혔다. 이, 이건⋯⋯ 뭐지? 전혀 이해할 수 없는 상황이라 아주 무서웠다. 그런 시선을 받은 기억은 단 한 번도 없었다. 정말로 처음 겪는 일이었다. 흘끗 유마를 바라보았던 삼촌의 두 눈동자는, 마치 다른 사람의 눈동자처럼 비쳤다. 결코 본인이 아니지만 겉으로 보기에는 똑같은, 완전히 다른 존재가, 눈앞의 소파에 드러누워 있었다. 유마는 온몸이 떨려왔다.

13장 변화

아니, 그게 있을 수 없는 일인가. 그래도 조금 시간이 지나자 삼촌을 다른 사람이라고 느낀 자신이 우스꽝스러워졌다. 아까 차가운 시선을 내보인 이유는 엄마 전화 때문일까, 기분 상하는 말이라도 들은 걸까? 이런 생각이 들어 고민하긴 했지만, 아무래도 그건 아니라는 기분이 들었다. 분명 엄마는 삼촌을 좋게 보진 않지만 유마가 신세를 지고 있는데 대놓고 불평을 할 사람도 아니다. 불만이 있다 해도 에둘러 말할 것이다. 삼촌이 충격을 받을 정도로 가시 돋친 말을 하지는 않을 것이다. 무엇보다 삼촌은 엄마에게 한 소리 들었다고 심각한 상처를 입을 사람도 아니다.

그렇다면 나를 돌보기가 싫어진 걸까? 하지만 삼촌은 여러 차례 귀가하는 유마를 차어 태우고 자기 아파트로 데려가 주었다. 두 번은 삼촌 아파트에서 자고 오기도 했다. 엄마는 그런 일을 싫어했지만 유마는 좋아했다. 그렇게 조카를 아끼는 삼촌이 별장에 사흘 머물렀다고 성가셔 할까. 애초에 유마를 돌보는 사람은 삼촌이 아니라 사토미 씨다. 오히려 삼촌은 유마를 고무로 저택에 데려왔을 뿐 뭘 하지도 않았다.

어떻게 된 거지? 머릿속은 뒤죽박죽이고 가슴은 바짝바짝 타들어갔다. 이대로 응접실에 있어서는 안 된다고 느끼면서도 소파에서 일어날 수가 없었다. 다시 삼촌이 눈을 뜨고 무서운 시선으로 나를 바라볼지도 모른다…… 상상만 해도 엄청 기분이 나빠졌다. 여기에는 정체 모를 존재에 대한 두려움뿐만 아니라 생리적인 혐오감과 공포도 한몫하고 있었다.

유마가 절망에 빠져 멍하니 앉아 있는데 사토미 씨가 응접실에 들어왔다.

"슬슬 저녁 식사 해야지."

"어이구, 벌써 시간이 이렇게 됐나."

삼촌이 천천히 소파에서 일어나서 크게 기지개를 켰다.

사토미 씨가 어이없다는 듯이 말했다. "뭐야. 지금까지 계속 자고 있었어?"

"말 그대로 숙면했네."

삼촌이 웃으면서 이쪽을 봤다.

"거들게요."

유마는 알아차리지 못한 척하며 사토미 쪽을 보았다.

"좋아, 나도 해볼까."

"도모노리 씨는 별 도움이 안 되잖아."

"뭐라고오?"

사토미와 주거니 받거니 하는 삼촌의 모습은 지극히 자연스러웠다. 수상쩍은 구석은 어디에도 없었다. 유마를 의식하고 있는 것으로도 보이지 않았다. 그럼 조금 전에 내가 잘못 본 걸까. 독서에 열중한 나머지 백일몽이라도 꾼 걸까. 아니, 그럴 리가 없다. 자고 있던 사람이 유마라면 잠이 덜 깼다고 생각할 수도 있겠지만, 유마는 깨어 있었다. 잠들어 있었을 텐데도 두 눈을 뜨고 있던 쪽은 삼촌이다. 삼촌은 나와 눈이 맞은 것을 분명히 기억하고 있을 거야. 그랬는데 없었던 일로 치부하고 넘어가려 하는 걸까. 켕기기 대문일까. 애초에 삼촌은 어째서 그런 시선으로 유마를 본 걸까.

셋이 함께 식당으로 이동하는 동안에도 유마는 여전히 혼란스러웠다. 그래서 사토미 씨를 거들어줄 생각이었는데, 오히려 방해만 되었다. 삼촌이 놀려서 얼굴이 굳을 뻔했지만, 자연스럽게 웃는 표정을 지으며 받아쳤다. 삼촌에게 들키지 말아야 한다. 논리가 아니라 본능이 경고하고 있었다. 삼촌을 방심하게 만들어놓고 어딘가 이상한 구석이 없는가를 살펴야 한다. 방법은 이것뿐이다.

저녁 식탁에서도 삼촌의 웃기는 이야기는 이어졌다. 사토미 씨는 정말로 우스운 듯했지만, 유마는 달랐다. 평소라면 배꼽을 잡았겠지만 지금은 굳이 말하자면 머리가 아팠다. 점심 식사 때처럼 정신없이 웃을 수 있는 이야기인데도 말이다. 자신의 반응이 너무나 달라서 유마는 당황했다. 인간의 감정이 주관에 달려 있다는 사실을 이때 배웠는지도 모른다.

낮잠 덕분에 삼촌은 기운을 되찾았다. 평소 같으면 기운찬 모습에 정말 다행이라며 안심했을 터였다. 하지만 지금 삼촌은 왠지 달랐다. 무엇이 어떻게 다른지는 알 수 없었다. 뭔가 무리를 하고 있다는 기분, 필사적으로 수습하고 있다는 느낌이 들었다. 물론 겉모습은 아주 멀쩡했다. 사토미 씨도 조금 전부터 자연스러운 웃음을 보이고 있지 않은가. 아무런 의심도 품고 있지 않기 때문일 것이다. 하지만 삼촌은 달랐다, 달랐다…….

유마가 느낀 이질감은 저녁 식사를 마치고 응접실로 이동한 뒤에도 조금도 옅어지지 않았다. 오히려 점차 강해져갔다.

"이제 그만 잘게요."

아직 자기에는 이른 시간이지만 유마는 묘하게 피곤했다.

삼촌은 어이없다는 표정으로 말했다. "야, 넌 해가 중천에 뜰 때까지 잤잖아."

"응. 그러는 편이 좋겠어. 가만 보니 좀 피곤해 보이네."

사토미 씨가 걱정하자 삼촌도 이내 납득한 모양이다.

"하긴 환경이 크게 변하긴 했지. 놀다가 지친 탓도 있겠고. 뭐, 여름방학이니 마음껏 자도 괜찮아."

이렇게 말한 삼촌은 정말로 평소의 삼촌처럼 보였다. 원래대로 돌아간 건가? 유마는 희망을 품었지만, 확신할 정도는 아니었다. 조금 전까지 흑색이었던 것이 회색에 가까워진 느낌이랄까.

"안녕히 주무세요."

"응, 잘 자."

"자기 전에 화장실에 가서 양치질 꼭 해라."

유마는 응접실을 나섰다. 삼촌에게 들은 대로 우선 화장실에서 볼일을 보고 양치질을 했다. 거기서 잠시 망설였지만, 동익동의 조리실까지 가서 냉장고 안을 들여다보았다. 1리터 페트병밖에 없는 것처럼 보였지만, 구석에 딱 하나 500밀리리터 생수가 있어서 꺼내들었다. 밤중에 목이 마를 때를 대비한 것이다. 만일 화장실에 가고 싶어지더라도 이 페트병에 볼일을 볼 수 있을지도 모른다. 이런 걸 일석이조라고 하던가? 엄마가 알면 야단맞을 거라는 생각이 들었지만, 유마는 자신의 아이디어가 마음에 들었다. 조금 의기양양해지기까지 했다.

페트병을 손에 들고 2층 침실로 향하면서 문득 유마는 생각했다. 왜 이렇게 갑자기 피곤한 걸까. 돌아보면, 저녁 식사가 끝나고 응접실로 이동한 뒤부터인 듯했다. 이미 식당에서부터 지치기 시작했던 듯도 했다. 하지만 곧바로 깨달았다. 계속 무리해서 웃고 있었기 때문이야. 그나마 식사 도중에는 어떻게든 얼버무릴 수 있었다. 입에 음식이 들어 있어서 웃을 수 없는 척을 할 수 있기 때문이다. 하지만 응접실에서는 삼촌 이야기에 맞춰서, 사토미 씨가 폭소를 터뜨릴 때 함께 웃어야 했다. 계속 그러고 있었으니 당연히 피곤할 수밖에 없었다.

침실에 들어가서 잠옷으로 갈아입고 침대에 눕자마자 유마는 잠들어버렸다. 정신적으로 몹시 지쳐 있었기 때문이다. 다만 숙면할 수 있었던 것은 세 시간 정도였다. 옆방의 문이 닫히는 소리에 퍼뜩 눈을 뜨고 말았다. 하지만 그것뿐이었다면 다시 잠들 수 있었을 것이다. 한 번 닫힌 문이 다시 열리고 누군가 1층으로 내려간 뒤, 금방 다시 올라와서 문을 여닫는 소리가 났다. 이번엔 완전히 깨고 말았다.

사토미 씨인가? 기척으로 미루어 두 사람이 아니라 한 사람처럼 느껴졌다. 그렇다고 삼촌만 먼저, 혼자서 잠자리에 드는 걸까? 내일은 아침 일찍 출발한다던데, 그런 사람을 내버려두고 사토미 씨 혼자 응접실에 남는다? 이건 부자연스럽다. 두 사람은 함께 침실로 올라올 것이다. 설마 사토미 씨 혼자서 술을 마시고 있을까? 그럴 리도 없다. 침실에 있는 사람이 사토미 씨라면, 삼촌은 무엇을 하고 있을까. 업무일까? 아무리 그래도 자기 전에 부랴부랴 일을 할까. 그전에 시간이 얼마든지 있었을 텐데. 한번 신경이 쓰이기 시작하니 참을 수 없었다. 물론 아까 삼촌이 그런 시선으로 바라보지 않았더라면 이렇게까지 깊이 생각하지 않았을 것이다. 하지만 지금은 삼촌에게 조금이라도 이상한 기색이 보이면 그냥 지나칠 수 없었다.

하지만 좀처럼 침대에서 나갈 수가 없었다. 첫째 날은 배뇨, 둘째 날에는 갈증이라는 생리적 욕구 때문이었지만 오늘 밤은 달랐다. 무슨 일이 있더라도 침실을 나가 1층까지 내려가야만 할 일은 아니었다. 하지만 이 일이 아주 중요한 사건처럼 생각되었다. 여기서 확인해두지 않으면 언젠가 크게 후회할 것 같은 기분이 들어 견딜 수 없었다.

"후우." 유마는 크게 심호흡을 하고 살며시 침대에서 나왔다. 까치발로 살금살금 문 앞까지 가서 조용히 문손잡이를 돌렸다. 조심스럽게 문을 열고 살며시 닫았다. 옆 침실을 조심조심 지났다. 계단은 삐걱거리는 곳을 피해서 천천히 내려갔다. 덕분에 1층에 도착했을 때는 식은땀에 젖어 있었다. 현관홀에서 뻗어 있는 복도를 지나 응접실 앞에 섰다. 순조롭게 여기까지 왔지만 문을 앞에 두고는 크게 당황했다. 이대로 열면 들키잖아. 하지만 문 너머에서 삼촌이 무엇을 하고 있는지 전혀 알 수 없었다. 어떻게 할까 하고 고민하고 있는데, 실내에서 대화하는 소리가 들려와서 가슴이 철렁했다. 누군가와 이야기하고 있어……. 하지만 손님은 한 명도 없다. 아니면 유마가 침실에 올라간 뒤에 누가 찾아온 걸까. 그래서 삼촌 혼자 응접실에 남은 걸까. 어쩐지 이상해.

문에 귀를 대고 실내의 분위기를 살피던 유마는 묘한 것을 깨달았다. 혼자야? 대화를 하고 있는 느낌이 아니었다. 누군가 한 사람이 중얼중얼 같은 리듬으로 이야기하고 있었다. 한 사람의 목소리밖에 들리지 않았다. 게다가 삼촌이 아닌 듯했다. 왜냐하면 완벽한 표준어 억양으로 이야기하고 있었기 때문이다. 대체 누가……. 또 삼촌은 어디에 간 거지? 전혀 영문을 알 수 없어서 유마는 몹시 혼란스러웠다. 하지만 문 너머 실내의 상황을 엿보는 동안 한 가지 사실이 점차 뚜렷해지기 시작해 유마를 궁지로 몰아넣었다.

어? 저 사람은 설마…… 사, 삼촌인가? 정체불명의 인물이 내는 목소리라고 생각했는데, 가만히 귀를 기울여 자세히 들어 보니 삼촌의 목소리 같다. 하지만 어째서 표준어로 이야기하는 걸까. 게다가 마치 연극 대본을 읽는 것처럼 참으로 부자연스러운 어조다. 한동안 귀를 기울이고 있자 작은 벌레들이 우글거리며 귓구멍을 침범하는 듯한 기분이 들기 시작했다. 마치 인간의 말을 연습하고 있는 것 같아. 목소리는 삼촌인데 아무래도 본인이 아닌 것 같다. 이렇게 생각하자마자 앗 하고 유마는 소리를 지를 뻔했다. 다른 사람? 낮에 유마가 2층 창문에서 뒤뜰을 바라보았을 때 삼촌은 숲에서 나타났다. 그때까지 삼촌은 사사 숲 속에 있었던 것이다.

행방불명됐던 고무로 히사시는 무사히 돌아왔다. 그동안 겪은 일은 하나도 기억하지 못했지만 심신이 다 온전해 보였다. 다만 할아버지인 고무로 도쿠야는 가미하쿠쇼의 별장 관리인인 요시마타에게 이렇게 말했다고 한다. 숲에서 세토 군이 발견한 것은 히사시가 아니라는 느낌이 든다고. 히사시의 어머니도 같은 의심을 품었다고 들었다. 하지만 어쩌겠는가. 할아버지도 어머니도, 돌아온 아이를 고무로 히사시로 받아들일 수밖에 없었다.

이 이야기를 들었을 때 유마는 유럽의 '체인질링' 이야기를 연상했다. 나라와 시대는 달라도 어린아이가 겪게 되는 괴이쩍은 현상이라는 데 생각이 미쳐 몸서리를 쳤다. 한데 그것이 어른에게도 일어나는 현상이라면? 사사 숲에 삼촌이 들어갔는데 나와 보니 다른 사람이 되어 있었다? 응접실 소파에서 자는 척하면서 몰래 유마를 바라본 삼촌은 자신의 정체가 탄로났는지를 가늠해본 게 아닐까. 정말?

유마는 이런 사실을 납득할 수도 인정할 수도 없었다. 하지만 응접실에서 들려오는 오싹한 혼잣말에 귀를 기울일수록 저 사람은 삼촌과는 비슷하면서도 다른 존재라는 생각이 들었다. 이런 가설을 결정적으로 믿게 된 것은 삼촌의 혼잣말 중에서 새 아빠나 엄마, 유마 자신의 이름이 또렷하게 나오는 것을 들었기 때문이다. 저것은 우리의 이름을 부르는 연습을 하고 있어.

달리 생각할 수가 없었다. 혹시 다른 이유가 있다면, 틀림없이 유마의 상상을 불허할 정도로 무서운 것이리라.

도망쳐야 해. 이 자리에서, 아니면 이 집에서? 실은 유마도 알 수 없었다. 다만 그냥 여기에 있으면 목숨이 위태로워질지도 모른다고, 본능이 필사적으로 경고하고 있었다. 응접실 문 앞에서 살며시 벗어났다. 우선 지금은 침실로 돌아갈 수밖에 없다. 계단까지 가서 첫째 단에 발을 얹으려고 하는데 몸이 굳었다. 2층에서 문을 여는 소리가 났다. 누군가 계단을 내려왔다. 사토미 씨가 틀림없을 것이다. 화장실에 가려는 걸까? 아니면 삼촌에게 볼 일이 있는 걸까. 사실 어느 쪽이라 해도 사토미 씨에게는 들켜도 상관없었다. 화장실에 가려고 일어났다고 말하면 되니까. 유마는 계단을 올라가려고 하다가 딱 발을 멈췄다. 사토미 씨가 이미 저것의 동료라면⋯⋯. 말도 안 되는 상상이 떠올랐다. 아무런 근거도 없는데 사토미 씨를 의심하는 거냐며 자신을 다그쳤지만, 곧바로 안 좋은 사실에 생각이 미쳤다. 내가 침실에 올라온 뒤에 사토미 씨는 저것과 응접실에 단둘이 있었다. 그때 무슨 일이 일어나지는 않았을까. 사토미 씨가 이상한 느낌이 들어 저것에게 질문을 했다. 그리하여 저것에 의해 비슷하면서도 다른 존재로 변해버렸다.

이런 생각에 빠졌지만 유마가 오래 멈춰 서 있었던 것은 아니다. 한순간, 숨는 편이 좋겠다고 판단하여 계단에서 벗어났다.

유마는 잠시 망설였다. 처음에는 화장실로 통하는 문으로 도망치려고 했지만 사토미 씨가 따라올 가능성이 있었다. 그렇다고 현관홀의 북쪽에 접한 주인실이나 식당으로 향할 경우, 도중에 계단을 내려온 사토미 씨의 눈에 띌 우려가 있었다. 유마가 선택한 것은 현관 왼편에 설치된 가림벽 뒤편이었다. 방문자의 시선에서 계단을 가리기 의해 세운 벽이다. 지금의 유마에게 딱 맞는 은신처라고 할 수 있었다. 유마가 발소리를 내지 않고 이동해서 가림벽 뒤편으로 들어간 직후 사토미 씨가 계단 층계참까지 내려오는 기척이 났다. 그야말로 종이 한 장 차이였다. 사토미 씨가 계단을 다 내려오기를 기다렸다가 살며시 엿보자 사토미 씨는 화장실에는 가지 않고 응접실 문을 노크하고 나서 들어갔다.

지금이야. 계단을 올라가려고 하다가 잠깐— 하고 발을 멈췄다. 사토미 씨가 곧바로 응접실에서 나오면 들켜버린다. 어쩌면 그것과 함께 나올지도 모른다. 두 사람 모두 2층으로 올라갈 때까지 여기에 숨어 있을 수밖에 없나? 이렇게 생각하고 있는데 문이 열리는 소리가 났다. 발소리는 하나뿐. 그것이 계단을 올라가기를 기다렸다가 살며시 엿봤다. 사토미 씨뿐이었다. 바로 나가지 않기를 잘했다 싶어 안도했지만, 저것이 응접실에 남아 있어서 몹시 신경 쓰였다. 아직도 기분 나쁜 혼잣말을 계속하고 있는 걸까. 사토미 씨는 저것의 정체를 아는 걸까, 아니면 여전히 모르는 걸까. 유마는 다시 한 번 응접실 문에 귀를 대고 실내의 눈치를 살피고 싶었다. 하지만 또 거기까지 갈 기력은 이미 바닥났다. 게다가 유마가 이동하는 동안 저것이 문을 열고 나오면 어쩔 것인가.

긴 시간이 흘렀다. 실제로는 10분 정도였을 테지만, 몇 시간은 흐른 듯했다. 삼촌의 모습을 한 저것이 응접실을 나와서 계단을 올라가는 모습을 유마는 지켜보았다. 그리하여 겨우 자신도 침실로 돌아갈 수 있게 됐지만, 저 두 사람이 잠자리에 들 때까지 기다릴 필요가 있음을 깨닫고 낙담했다. 이 집에 온 뒤로 매일 밤 이러고 있지 않은가? 지금까지 벌어진 일들을 전부 오사키와 상의하고 싶었다. 이때만큼 간절히 오사키와 이야기를 나누고 싶은 적은 없었던 듯하다. 그애라면 틀림없이 적절한 조언을 해주었을 텐데.

어느새 가림벽에 기대듯이 유마는 주저앉아 있었고 꾸벅꾸벅 졸기 시작했다. 앗 하고 눈을 떴을 때, 재채기가 나올 것 같아서 황급히 입을 막았다. 그래도 작지 않은 소리를 내버려서 등골이 오싹해졌다. 곧바로 귀를 기울였지만, 쥐 죽은 듯 고요해서 아무 소리도 들리지 않았다. 이 집에서 깨어 있는 사람은 아무래도 유마 혼자뿐인 것 같았다. 천천히 일어나서 가림벽 뒤편에서 나와 똑바로 계단을 올라가려고 하는데 짤깍, 등 뒤에서 흐릿한 소리가 났다. 유마가 조심조심 뒤를 돌아보니 동익동으로 통하는 문이 천천히 열리기 시작했다. 이윽고 문 저편 어둠 속에서 시커먼 형체가 스윽 하고 나왔다. 어젯밤, 유마가 동익동 복도에서 목격했던 어린아이 형체였다.

14장 검은 형체

유마가 반사적으로 뒷걸음질 치자 그림자가 스슥 하고 앞으로 나왔다. '어디로 도망치지?' 곧바로 떠오른 곳은 2층에 있는 삼촌과 사토미 씨의 침실뿐이었다. 이 검은 형체로부터 무사히 도망칠 수만 있다면 그것이 있는 곳이라도 상관없었다. 그도 그럴 것이 그것은 아직 인간이니까.

상대를 자극하지 않도록 천천히 뒤로 물러섰다. 하지만 다음 순간 스스슥― 그림자도 앞으로 나왔다. 유마가 뒤로 물러섰다. 그림자는 앞으로 나왔다. 이런 행위를 반복하는 동안, 어느새 그림자는 현관홀의 어둠 속에서 모습을 드러냈다. 역시 어린애구나. 상당히 눈매가 날카로워서 유마보다 연상으로 보였지만, 실은 또래인지도 모른다. 이쪽을 노려보는 시선에 겁을 먹은 듯한 느낌이 어려 있기 때문일까. 유마의 발이 자연스럽게 멈추자 그림자도 딱 멈췄다. 어두운 현관홀에서 유마와 그림자는 말없이 마주 보았다.

"너, 그 두 사람하고 살고 있냐?"

갑자기 말을 걸어와서 유마는 가슴이 철렁했다. 한편, 상대가 사람의 말을 할 수 있어서 조금 안심이 되기도 했다.

유마도 더듬거리며 대답했다. "사, 살고 있다고 할지, 여름방학 동안만, 여, 여기에서 신세를 지고 있어."

"무슨 관계야?"

"어?"

"그러니까 너하고 저 두 사람하고."

"삼촌하고…… 여자 친구……였을걸?"

유마의 머릿속에는 곧바로 '애인'이라든가 '동거'라는 단어가 떠올랐다. 하지만 그게 무슨 뜻인지는 몰랐다. 그래서 무난하게 '여자 친구'라고 표현했는데, 그림자의 반응이 조금 놀라웠다. 풋, 하고 웃은 것이다. 마치 두 사람의 관계 따윈 훤히 들여다보고 있다는 듯이, 어른이 지을 법한 기분 나쁜 미소를 내비쳤다.

순간, 상대의 정체를 안 것 같아서 유마는 갑자기 흥분했다.

"호, 혹시…… 네가 '세이'야?"

사토미 씨의 아들인 세이이치가 아닐까 하는 생각이 머리를 스쳤다.

"오호, 용케 알았네."

상대는 곧바로 아주 애교 있는 미소를 보였다. 싸움을 걸 듯한 눈매나 어린애 같지 않은 미소에서는 상상이 안 갈 정도로 반짝이는 미소였다.

"삼촌한테 조금 들었거든."

이렇게 유마가 대답하자, 아이의 눈빛이 스윽 날카로워졌다.

"그렇구나. 도모노리가 나에 대해서 너한테 알려줬구나."

게다가 갑자기 삼촌을 이름으로 불러서 유마는 흠칫했다. 아니, 그뿐만이 아니었다.

"뭐, 사토미보다는 도모노리 편이 낫겠지만."

아니, 자기 엄마 이름을……. 유마는 깜짝 놀랐다. "녀석이 말이지, 진짜배기 악동이거든. 그것도 말썽꾸러기 초등학생 수준이 아니라 중학교 불량학생급이야." 삼촌이 세이이치에 대해 했던 말이 바로 떠올랐다. 그런 녀석하고는 만나고 싶지 않다고 진지하게 생각했더랬다. 가령 삼촌의 이야기를 듣지 않았더라도 평소의 유마라면 친엄마 이름을 막 부르는 상대에게는 결코 좋은 감정을 품지 못했을 것이다. 그럼에도 불구하고 유마는 세이이치에게 왠지 모르게 매료되었다. 눈앞의 소년은 아주 신비한 매력을 뿜어내고 있었다.

"이런 데서 마냥 서서 얘기하기도 그러네." 이렇게 말하며 유마가 식당으로 가자고 말했다.

"나는 그냥 세이라고 불러줘." 상대도 당연하다는 듯이 대꾸해서 유마도 편하게 이야기할 수 있었다.

"나는 유마라고 해. 편하게 '유'라고 불러."

"영어의 you 같아서 영 아닌걸. 그냥 유마라고 부를래."

만난 지 몇 분 안 돼서 상대를 제대로 알지도 못하지만, 각자의 호칭이 확정돼버렸다. 우마는 이런 사실이 좀처럼 믿기지 않았다.

"뭘 좀 마실까."

세이의 제안에 식당어서 조리실로 향했다. 유마가 두 개의 컵에 주스를 따르고 있는데, 세이는 냉장고 안을 뒤지기 시작했다.

"너도 좀 먹을래?"

"아니, 난 괜찮아." 의문의 검은 형체가 세이임을 알고 나서 유마는 계속 신경 쓰이던 것을 물었다. "어젯밤하고 그저께 밤에도 먹을거리를 찾으러 여기 왔었어?"

"응. 숨어 있는 것은 별로 힘들지 않지만, 배는 고프니까 말이야."

"3층 다락방에 있는 침대에서 잤어?"

"너 꽤 똑똑하구나?"

세이에게 똑똑하다는 말을 듣자 유마는 괜히 으쓱해졌다.

"다만 숨을 데가 다락방뿐만은 아니야."

이 대목에서 세이는 씩 하고 웃었다.

"숨을 곳이 더 있어?"

"그래, 있지. 너도 알고 있을걸?"

"쓰이지 않아서 비어 있는 수납공간 같은?"

"미안하지만, 그건 누가 열면 끝장이잖아. 일단, 3층의 다락방은 두 사람 다 올라오지 않으니 안전해. 그런 장소가 아직 더 있잖아."

유마는 머리를 쥐어짰지만, 도무지 어딘지 알 수 없었다.

"모르겠어. 어디야?"

세이가 오른손 집게손가락으로 조리실 바닥을 가리키자 비로소 유마도 깨달았다.

"그렇구나. 창고실 아래구나. 바닥문을 열고 내려가면 있는 지하 공간."

삼촌이 돌아오면 열쇠에 대해서 물어보자고 생각했으면서도 까맣게 잊고 있었다.

"아래에 정말 지하 공간이 있어?"

고개를 끄덕이는 세이를 보면서 유마가 물었다. "하지만 열쇠는? 문이 잠겨 있을 거 아냐."

"도모노리의 방에서 열쇠를 발견했어."

"열쇠가 없어졌다는 걸 삼촌이 알면……."

유마가 걱정하자 세이는 아무 일도 아니라는 듯이 말했다.

"일단 열어둔 뒤에 바로 열쇠를 원래 자리에 갖다놨으니 괜찮아. 두 사람은 지하실은 고사하고 창고실도 사용하지 않으니까 절대 안 들켜."

유마는 두 개의 컵을 들고, 세이는 자기가 먹을 음식을 안고서 함께 식당으로 돌아갔다. 의자에 앉아 상대를 마주 보자마자 소박한 의문이 하나씩 떠올랐다.

"여기에 온 걸, 어머…… 사토미 씨는 물론 모르지?"

'어머니'라고 말하려다 바로 멈췄다. 본인이 이름으로 부르는데, 유마가 그렇게 부르면 이상할 것이다.

"당연하지. 일부러 양해를 얻으려 했다간 일이 커진다고."

세이이치는 할아버지 할머니와 살고 있다고, 삼촌이 말했었다.

"할아버지하고 할머니는?"

그러자 세이가 갑자기 얌전한 표정을 지었다.

"나도 할아버지한테만은 걱정을 끼치고 싶지 않아서 말이야."

"그래서 절반 정도는 거짓말을 했구나."

세이가 고개를 끄덕이는 모습에 유마는 자신의 추리가 맞았음을 확신했다. 요컨대 세이는 할아버지와 할머니에게 여름방학 동안만 사토미 씨와 함께 지내겠다고 말한 것이다. 절반은 사실이지만 절반은 거짓말이었다. 당사자인 사토미 씨가 그런 사실을 모르고 있기 때문이다. 사토미 씨는 지금도 세이가 할

아버지 할머니와 지내고 있다고 철석같이 믿고 있을 것이다. 유마는 그렇게 생각했지만 꼬치꼬치 캐묻자니 왠지 망설여졌다. 그래서 화제를 바꿔서 다른 질문을 했다.

"여기까지 어떻게 왔어?"

"자전거."

"엑, 도쿄에서?"

유마가 깜짝 놀라자 세이는 어이없다는 얼굴로 말했다. "말이 되는 소릴 좀 해. 당연히 하쿠쇼까지는 차를 타고 왔지."

"누구 차를?"

"히치하이크."

세이는 농담하듯이 대답했지만, 세이라면 못 할 것도 없겠다고 유마는 생각했다.

"그럼 자전거는?"

"요 근처에서 대여했어."

그런 방법이 있었구나, 유마는 반색했지만 고무로 저택에 있는 동안에는 자전거도 빌릴 수 없는 노릇이라 금방 실망했다.

"나만 말 시키지 말고, 네 이야기도 좀 해."

이렇게 재촉을 받아서 돌아가신 아버지, 엄마의 재혼, 이사, 새아빠에 대해서까지, 정신을 차리고 보니 상당히 자세한 이야기를 해버렸다. 의외로 세이는 이야기를 잘 들어주는 아이였다. 이 흐름을 따라 이번엔 세이의 개인적인 이야기를 들을 수 있기를 바랐다. 하지만 벽시계를 보고 몹시 당황했다.

"벌써 시간이 이렇게 됐네."

세이는 뭐가 대수냐는 표정으로 말했다. "여름방학이잖아. 밤을 새더라도 아무 문제 없잖아."

"삼촌이 내일…… 아니, 벌써 오늘인가. 아침 일찍 여기를 떠난대. 가능하면 떠나기 전에 얘기를 좀 하고 싶거든."

"배웅하겠다고?"

왠지 바보 취급 하는 말투였다. "아니야. 목적은 따로 있어"라고 유마는 설명하고 싶었지만, 그래 봤자 시간낭비였다.

"자세한 이야기는 다음 기회에……."

해주겠다고 말하려다 유마는 다시 세이하고 만날 수 있을까 싶어 갑자기 불안해졌다.

"뭔가 사정이 있는 모양이구나."

유마의 눈치를 보더니 세이도 뭔가 눈치를 챈 모양이었다.

"응. 설명하고 싶지만 한두 마디로는 설명이 안 돼서……."

"알았어. 그렇다면 내일, 아니 벌써 오늘인가." 세이는 웃으면서 유마에게 물었다. "자유롭게 움직일 수 있는 시간은 언제쯤이야?"

"아침 식사와 점심 식사 시간을 빼면, 나머지는 괜찮을 거야."

"아침에는 늦잠을 잘지도 모르니까 오전은 별로 여유가 없네. 점심 먹고 창고실에서 보는 게 제일 좋겠군."

"그때 먹을거리를 가지고 갈게."

유마가 싱긋 붙임성 있는 미소를 짓자 세이는 고개를 저었다.

"그런 건 신경 쓰지 마. 그럼 나중에 보자."

한 손을 들어 보이며 동익동 복도 쪽에 난 문으로 향하는 세이에게, 유마는 말을 걸었다. "다락방에서 자는 거 아니었어?"

"낮에 창고에서 만날 거라면 지하실이 편하잖아."

과연 그렇다 납득하면서 유마도 한 손을 들어 인사를 하고 조용히 식당을 나왔다. 이미 삼촌도 사토미 씨도 깊이 잠들어 있을 것이다. 현관홀로 나가기 전부터 최대한 소리를 내지 않도록 주의했다. 계단은 말할 것도 없고 2층 홀을 가로지를 때는 특히 주의해서 발소리를 죽였다. 침실로 돌아와서 이불 속으로 막 들어갔을 때는 아직 흥분이 남아 있어서 좀처럼 잠이 오지 않았다. 하지만 시간이 흐르자 어느새 유마는 잠들어 있었다. 사흘 동안 여러 가지 일이 일어났는데, 가장 마음 편히 잠든 순간이었다. 세이와의 뜻밖의 만남이 아무래도 좋은 영향을 미친 듯했다.

아침 이른 시간에 유마는 자명종 소리에 깨어났다. 직접 알람을 설정해놓고도 시끄럽게 울리는 벨 소리에 화가 났지만, 그것도 잠시뿐이었다. 삼촌은 아직 출발하지 않았겠지? 서둘러 옷을 갈아입고 식당으로 내려가자 마침 삼촌이 아침 식사를 하고 있었다.

"어이쿠, 일찍도 일어났네."

"어머, 잘 잤니?"

삼촌과 사토미 씨는 유마의 등장에 놀라는 눈치였다.

"배웅할까 해서⋯⋯."

유마는 자연스럽게 대답했다고 생각했지만, 목소리가 조금 어색해져서 가슴이 철렁했다.

"괜찮냐? 어쩐지 졸려 보이는데."

다행히도 삼촌은 유마가 아직 잠이 덜 깼기 때문이라고 생각한 모양이었다.

"응, 조금 졸리긴 해."

"세수를 하면 괜찮아질 거야."

유마는 세면실로 향하면서 '식당에 있던 사람은 확실히 삼촌이다'라고 판단했다. 그것이 아닌 것 같다. 오늘 아침에 보니 어제의 삼촌과 비슷하면서도 다른 존재라고 생각했던 일 자체가 어쩐지 바보처럼 느껴지기 시작했다. 단 한 번 느낀 이상한 시선 때문에 삼촌이 다른 사람으로 변했다고 인식하다니, 사실은 유마 자신이 이상해진 게 아닐까? 집 바로 뒤에 있는 사사 숲의 영향으로? 아무리 그래도 믿기 어려운 이야기였다. 숲에는 한 발짝도 들어가지 않았다. 어쨌거나 고무로 저택에 온 뒤로 기묘한 일들만 일어나고 있었다. 이건 사실이었다.

유마는 식당으로 돌아와 아침 식사를 하면서 삼촌을 면밀히

관찰했다. 평소의 삼촌과 다른 언동이 조금이라도 보이는지 알아내고 싶었다. 하지만 딱히 이상한 구석은 없었다. 정말로 평소에 보던 삼촌이었다.

현관에 세워둔 차에 올라타기 전에 삼촌이 말했다. "아무리 빨라도 내일모레나 돌아올 것 같아."

"하지만 왔다가 또 금방 갈 거지?"

불안해 보이는 사토미 씨를 삼촌은 날카로운 눈으로 노려보며 말했다. "내일모레 돌아오더라도 다음 날에는 또 가봐야 할지 몰라. 하지만 모르긴 해도 그때까지는 정리가 될 거야."

정리가 된다는 말은 유마를 바라보며 하는 말이라서 유마는 바로 고개를 끄덕였다. 삼촌은 만족스러운 표정을 지었다.

"또 연락할게. 유마, 사토미 말 잘 듣고 재미나게 놀고 있어."

두 사람에게 이렇게 말한 뒤, 삼촌은 차를 몰아 저택 문을 통과해 밖으로 나가더니 눈 깜짝할 사이에 멀어져갔다.

"정말 바쁜 사람이라니까."

사토미 씨가 집 안에 들어간 뒤에도 한동안 유마는 현관 앞에 서 있었다. 평소의 삼촌 …… 맞지? 삼촌한테서 바뀐 점을 찾아볼 수 없었는데 이건 과연 좋은 일일까 나쁜 일일까. 유마로서는 이조차도 알 수 없는 상황이었다.

15장 친구

유마는 서둘러 식당으로 돌아갔다. 삼촌의 변화를 판단할 수 없다면, 아침 식사 준비를 하는 사토미 씨를 거들면서 관찰해 보자고 생각했다. 좀처럼 친해지지 못하고 있는 상황이라 사토미 씨라면 작은 차이라도 알아차리기 쉬울지 모른다고 봤기 때문이다. 하지만 사토미 씨는 전혀 변하지 않았다는 느낌을 받았다. 처음 만났을 때보다 유마에게 익숙해진 느낌이지만 딱히 달라진 면은 없었다. 그렇다고 삼촌에 대한 의혹이 모두 걷힌 것은 아니었다. 그것이 사토미 씨를 아직 동료로 삼지 않았을 뿐이라는 가설도 남아 있었다. 아니면 이미 사토미 씨도…… 비슷하면서도 다른 존재로 변해버린 걸까. 그것을 교묘하게 감추고 있는 걸까. 유마가 머릿속이 혼란스러워 이상한 눈으로 사토미 씨를 바라보고 있었던 모양이다. 갑자기 사토디 씨가

미심쩍은 표정을 하더니 빤히 유마를 보기 시작했다.

"왜 그러니?"

아무것도 아니라며 유마는 고개를 저었지만, 사토미 씨는 납득하지 않았다.

"뭔가 좀 이상한걸?"

그러고는 유마를 빤히 바라보기 시작했다.

"아, 그게요……."

필사적으로 유마가 변명거리를 생각하고 있자 사토미 씨는 엉뚱한 착각을 해주었다.

"역시 졸린 거 아니야?"

덕분에 유마는 빠져나갈 수 있었다.

"어젯밤에 또 침대에서 늦게까지 책을 읽다 보니…… 하지만 삼촌을 꼭 배웅하고 싶었거든요."

"그랬구나. 그러면 좀 더 잘래? 하지만 여름방학이 끝나기 전에는 올빼미 생활을 고쳐야 해."

"네. 지금은 잘 거지만, 곧 원래 생활로 돌아올 거예요."

실제로도 그럴 생각이었지만 지금은 한숨 자두고 싶었다. 오후에 세이와 만나야 하기 때문이다. 둘이서 무엇을 할지는 알수 없지만, 잠이 부족하면 곤란할 것이다. 20~30분만 잘 생각이었는데 눈을 떠보니 정오가 가까웠다. 사토미 씨가 깨우기 전에 알아서 눈을 뜬 것이 그나마 다행이었다. 식당으로 내려가자 이미 사토미 씨가 식기를 늘어놓고 있었다.

"잘 잤니?"

고개를 끄덕이는 유마에게 사토미 씨는 빙그레 미소를 지으면서 물었다.

"배는 고프고?"

"네."

아침 식사를 마치고 바로 잤는데 벌써 배가 고팠다. 민망해서 시선을 들지 못하고 있는데 사토미 씨가 재미있다는 듯이 한마디 거들었다.

"열심히 먹고, 열심히 놀그, 열심히 자는 게 아이가 할 일이야."

"열심히 공부할 필요는 없는 건가요?"

"역시 유마 군은 우등생이구나."

빈정거리는 게 아니라, 사토미 씨는 진심으로 감탄한 듯했다.

"세이도 말이지, 조금 더……."

갑자기 사토미 씨가 아들인 세이이치 이야기를 꺼내 유마는 몹시 당황했다. 지금 이 집에 당사자가 숨어 있고, 점심을 먹고 만나기로 했으니 말이다.

자기도 모르게 그런 감정이 얼굴에 드러났는지 사토미 씨가 이상하다는 눈으로 물었다. "왜 그래?"

"아, 그게 저기……."

유마는 곧바로 머리를 굴렸다. 이 상황을 자연스럽게 수습하려면 어떻게 해야 할까.

"세, 세이라뇨?"

자기도 모르게 얼빠진 소리를 했다. 삼촌이 사토미 씨의 아들 이야기를 한 것을 혹시 사토미 씨가 알고 있다면 아무 소용이 없겠지만.

"어머, 도모노리 씨가 아직 말 안 했니?"

걱정한 대로 사토미 씨는 의아하다는 표정이었다.

"저기……."

다시 유마의 머리가 정신없이 회전했다.

"혹시 세이라면, 세이이치 군을 말하는 건가요?"

"응, 맞아. 아, 내가 '세이'라고 부른다는 걸 도모노리 씨가 말하지 않았나 보구나."

"들은 것 같기도 하고."

사토미 씨가 삼촌에게 확인하면 바로 들킨다. 하지만 그럴 가능성은 많지 않았다.

"엄마인 나에게는 오랫동안 반항하고 있지만……."

사토미 씨는 금세 아들 생각에 빠져들고 있었다.

"다행히 할아버지 할머니는 아주 잘 따르는 아이거든. 지금도 두 분이 돌봐주고 계셔."

"여기에 놀러 온 적은요?"

사토미 씨는 고개를 휘휘 저으면서 말했다. "없어. 도모노리 씨하고 사이가 좀 안 좋아. 그래서 별장 이야기도 안 해주고 있어."

그런데도 당사자에게는 이미 별장의 존재를 들키고 말았다. 우스워진 유마는 이번엔 감정이 얼굴에 드러나지 않도록 일부러 무뚝뚝한 얼굴을 했다.

이를 본 사토미 씨는 뭔가 착각을 했는지 이렇게 말했다. "어린애는 엄마하고 같이 사는 게 가장 좋다고 생각해. 하지만 어른에게는 아이가 이해하기 어려운 이런저런 사정들이 있거든."

무슨 소리야. 사토미 씨에게 품고 있던 호감이 급격히 사라지는 느낌이었다. 자신이 '어린아이'라는 사실은 제쳐두더라도 너무 이기적인 생각이 아닌가 하여 화가 치밀었던 것이다.

어라, 아버지는? 그러고 보니 삼촌도 세이의 아버지 이야기는 해주지 않았다. 정말로 어쩔 수 없는 사정이 사토미 도자 사이에 있는지도 몰랐다. 이런 식으로 생각을 고쳐먹으려 했지만 아무리 애를 써도 마음에 걸렸다. 유마 자신이 당사자나 다름없기 때문일 것이다.

점심 식사를 하는 동안 사토미 씨는 아들 이야기를 되도록 피했다. 물론 유마도 굳이 물어보지 않았다.

"오후에는 뭘 할 거니?"

사토미 씨의 질문에 책이나 읽을 거라고 대답하려다 문득 유마는 고민했다. 세이와 둘이 뭔가를 한다고 해도 사토미 씨에게 들키지 않도록 주의해야 한다. 책을 읽을 거라면 당연히 응접실에 있어야 하는데 자리를 비우면 들통난다. 게다가 고무로 저택 탐험은 그저께 이미 끝낸 참이었다. 한순간 머리를 굴린 유마는 모 아니면 도 식으로 던져보았다.

"계속 집에만 있었으니까 오늘은 산책을 좀 해볼까 해요."

예상대로 사토미 씨의 안색이 변했다.

"아, 하지만 사사 숲에는 들어가지 않을 거예요. 가미하쿠쇼 쪽으로 조금 걸어가 보려고요."

처음에는 오쿠하쿠쇼의 다른 별장 쪽으로 가보겠다고 말하려 했다. 사사 숲에도 가까운 곳이다. 만일 그쪽에서 돌아오는 모습을 들키더라도 나름대로 둘러댈 수 있다. 하지만 가미하쿠쇼의 별장 관리인인 요시마타가 간베키 장 사건 이야기를 사토미 씨에게 이미 했다면, 긁어 부스럼이 된다. 그래서 가미하쿠쇼 쪽이라고 이야기하기로 했다.

그래도 사토미 씨는 걱정되는지 말끝을 흐렸다. "으음, 괜찮을까……."

"삼촌에게 전화해서 허락받아도 안 되나요?"

"도모노리 씨에게 물어보면 절대 안 된다고 할 거야."

"그냥 산책만 할 거예요. 위험한 짓은 안 할 거예요."

유마가 애원하는 얼굴과 어조로 부탁하자 사토미 씨는 잠시 말없이 고민한 뒤에 자신을 납득시키려는 듯이 중얼거렸다. "뭐, 남자애니까."

"괜찮을까요?"

"응. 하지만 간식 시간까지는 돌아오도록 해."

그러면 세이가 불평하지 않을까 싶었지만 일단은 타협할 수밖에 없었다.

"조심하렴."

점심밥을 먹고 사토미 씨의 배웅을 받으며 고무로 저택을 나선 유마는, 사토미 씨가 집 안으로 들어가는 것을 생울타리 너머로 확인하고서 별장의 부지 안으로 돌아왔다. 이어 몸을 숙이고 생울타리를 따라 움직이며 동익동의 동쪽으로 다가갔다. 다시 올려다본 고무로 저택은, 맑게 갠 푸른 하늘과 진녹색 삼림을 배경으로 검은 지붕과 하얀 벽의 대비가 두드러져 보였다. 처음 이 별장을 봤을 떠는 화려한 외양에 눈이 휘둥그레졌지만, 지금 이렇게 바라보고 있으니 문득 연상되는 게 있었다. 바로 장례식이었다. 장례식 때 펼치는 검정 천막이 떠올랐다. 이어 아버지의 죽음이 떠오를 것 같아서 유마는 황급히 고개를 저었다.

동익동의 동쪽 가장자리에 도달하자 계단을 올라가서 현관 지붕 밑을 지나 미리 자물쇠를 풀어둔 부엌문을 통해 건물 안으로 침입했다. 유마가 발을 들인 집은 말할 것도 없이 이 나흘간 익숙해진 고무로 저택이었가. 하지만 이렇게 묘한 방법으로 들어간 탓인지 아주 낯선 건물처럼 느껴졌다. 정말로 자신이 침입

한 기분이 들어서 적잖이 죄책감까지 느껴질 정도였다. 부엌문으로 들어가 복도를 지나 창고실 문 앞에 섰다. 노크를 하려다가 사토미 씨에게 들릴 우려가 있어서 멈췄다. 사토미 씨가 조리실에서 정리를 하고 있다면 들을지도 모른다. 살며시 창고실 문을 열자 사람 목소리가 들렸다.

"여어." 이미 세이가 지하실에서 나와서 기다리고 있었다.

"저기, 할 말이 있는데."

곧바로 유마는 사토미 씨에게 가미하쿠쇼 방면으로 산책을 간다고 말했고 간식 시간까지 돌아오기로 약속했다고 알렸다.

"3시까지? 사사 숲에 들어가는 것뿐이니까 뭐, 상관없겠지."

당연하다는 듯이 이렇게 말하는 세이를 유마는 얼떨떨한 얼굴로 바라보았다.

"왜 그래?"

"그건 위험하지 않을까?"

"어째서?"

유마는 삼촌과 요시마타에게 들은 가미카쿠시의 숲 이야기를 작은 목소리로 들려주었다.

"그건 나도 알아."

간단히 세이가 받아쳐서 유마는 깜짝 놀랐다.

"그렇다면……."

"유마, 그건 역효과라고. 그러니까 더욱 들어가 보고 싶잖아."

216

"하지만 길을 잃으면……."

"걱정 마. 나는 이미 저 숲에 들어간 적이 있어서 길도 잘 알아."

"뭐어?"

유마는 크게 놀랐지만, 가만히 생각해보면 충분히 예상 가능한 일이었다. 세이는 유마보다 먼저 고무로 저택에 왔다. 게다가 숨어 지내는 상태다. 요컨대 틀림없이 시간이 남아돌았을 것이다. 그러던 중에 숲에 대한 소문을 들었을 것이다. 요시마타가 사토미 씨에게 이야기했을 때 들었는지도 모른다. 세이가 얌전히 듣고만 있지는 않았을 것이다. 고무로 저택을 탐색한 유마처럼 분명 모험하는 기분으로 숲에 들어가지 않았을까?

"길을 잃지 않았어?"

"이렇게 돌아왔잖아. 여전히 길은 분명히 기억하고 있으니까 괜찮을 거야."

그런 말을 들어도 안심할 수는 없었다. 무사히 돌아올 수 있었던 이유는 정말로 운이 좋았기 때문인지도 모르니까.

"뭐야, 내 말을 못 믿겠다는 거야?"

세이의 눈빛이 날카로워졌다.

"그게 아니라…… 우리끼리만 가면 좀 위험하지 않을까?"

"걱정 없다니깐."

이때 세이가 갑자기 희미하게 미소 짓더니 말했다.

"혹시 너, 무서운 거 아냐?"

"설마."

곧바로 부정하긴 했지만, 실제로는 무서웠다. 삼촌 이야기
만 들어도 충분히 공포스러운데, 오랫동안 별장 관리인으로 일
하고 있는 요시마타의 이야기까지 들었으니 두 배로 무서웠다.
게다가 숲에 들어갔다 나온 삼촌에게는 믿기지 않는 변화가 나
타났다. 이런 판국에 무서움을 느끼지 않으면 그게 더 이상했
다. 하지만 유마는 세이에게 겁쟁이로 낙인찍히기도 싫었다.
이틀 밤에 걸쳐 세이의 그림자에 겁을 먹었던 일도 아직 마음속
에 남아 있었다. 세이에게 놀림 받지는 않았지만 유마의 반응
을 세이가 눈치채지 못했을 리가 없다. 이 상황에서 내가 숲에
들어가지 않으면 무서워서 숲에도 못 들어가는 겁쟁이라고 손
가락질할 것이다. 여름방학이 끝나면 다시 안 볼지도 모를 상
대인데 저쪽이 어떻게 생각하든 상관없지 않은가. 이렇게도 생
각해봤지만, 간단히 결정할 수 있는 문제가 아니었다. 세이를
배신하는 짓은…… 할 수 없다는 생각을 떨치기가 어려웠다.
물론 숲에 들어가지 않는다고 배신했다 할 수야 없지만, 어느
새 이런 분위기에 사로잡혀 있는 듯했다.

"어떡할 거야? 딱히 강요할 생각은 없어."

"가자."

"진짜?"

세이는 빤히 유마를 바라보았다.

"응."

여기서 고개를 끄덕이면 되돌릴 수 없다고 생각하면서 유마는 고개를 끄덕였다.

"진짜에 진짜로?"

"너 정말 집요하구나."

유마가 화를 내자 세이가 씩 웃었다. 하지만 결코 기분 나쁜 웃음은 아니었다.

"좋아. 기왕 마음먹었으면 얼른 갈까."

세이가 큰 소리를 내서 유마가 황급히 검지를 입술에 댔다.

"쉿! 사토미 씨가 들을지도 몰라."

"미안해."

두 사람은 살며시 창고실 문을 열고 복도로 나가서 살금살금 부엌문으로 향했다. 정원으로 나간 뒤에는 동쪽 생울타리를 따라 고무로 저택 뒤편으로 돌아갔다. 목표는 북쪽 생울타리의 거의 중앙에 위치한 나무문이었다. 어제 낮에 삼촌이 저 문으로 돌아왔지……. 자칫하면 나무문에 못 박힐 것 같은 눈을, 어떻게든 고무로 저택으로 돌렸다. 사토미 씨가 식당이나 조리실에 있으면 집 뒤편으로 난 창문을 통해 볼 수도 있었다. 사토미 씨의 모습이 보이면 재빨리 몸을 낮춰야 한다. 세이는 전혀 신경 쓰지 않았지만, 필요하면 덮쳐서라도 그애를 땅바닥에 쓰러뜨릴 생각이었다. 다행히 사토미 씨에게 들키지 않고 두 사람은 나무문까지 도달했다. 고무로 저택을 돌아보면서, 사실은 사토미 씨에게 들키는 편이 낫지 않을까⋯⋯ 하고 유마는 생각했다. 하지만 이제는 되돌릴 수 없었다.

세이가 나무문을 열고 먼저 들어갔다. 유마가 뒤따르고, 나무문을 닫았다. 숲속에 발을 들이자마자 엄청나게 후회스러운 마음이 유마를 사로잡았다. 돌이킬 수 없는 짓을 저질러버렸다. 그런 마음이 덜컥 밀려들었다. 무서워서 견딜 수가 없었다. 그러나 앞장선 세이는 성큼성큼 숲속으로 들어가고 있었다. 유마는 결국 세이의 뒤를 따를 수밖에 없었다.

16장 숲

사사 숲에 들어가자마자 햇살이 가려졌다. 주위에 키 큰 나무들이 우뚝 솟아 있어서 당연한 현상인데도 왠지 이질감이 느껴졌다. 마치 숲 자체가 햇빛을 꺼리는 것 같았다. 하늘 높이 솟은 나무들 사이로 끝없이 펼쳐진 덤불은 유마의 무릎을 훌쩍 넘어설 정도로 무성해서 정말로 걷기가 힘들었다. 앞으로 얼마 나가지도 못했는데 땀이 비 오듯 쏟아졌다. 밖은 더워서 견딜 수 없을 정도인데도 숲속은 서늘했다. 그래서 좀 시원한가 하면 전혀 그렇지 않았다. 열이 오른 몸이 차가운 공기에 노출되어 있는데도 전혀 열기가 가라앉지 않았다. 그럼에도 불구하고 배 속에서 느껴지는 한기는 점점 강해져만 갔다. 이런 생각에 사로잡힌 탓인지 감각이 이상해질 것만 같았다.

여기는 유마가 알고 있는, 이른바 자연의 숲이 아니었다. 인간의 손이 닿지 않았다는 의미에서는 완전한 자연 상태지만 또 한편으론 강렬한 원시성이 느껴졌다. 인간의 존재 따윈 애초에 인정하지 않는다. 이런 분위기로 가득했다. 유마가 아는 숲과는 명백히 다른 공간이었다.

이계, 다시 말해 '여기가 아닌 어딘가 다른 세계'에 성급하게 발을 들이고 말았다는 느낌이 들었다. 전에는 그림 연극 이야기나 영문 모를 낭독 같은 전조가 있었는데 이번에는 갑자기 내동댕이쳐진 기분이었다. 유마는 걸으면서 흘긋흘긋 뒤를 돌아보았다. 나무들 너머로 고무로 저택이 보이는 동안에는 아직 돌아갈 수 있다는 희망이 있었다. 그런 희미한 기대를 품었기 때문일까, 몇 번이나 돌아보는 동안 이상한 점을 깨달았다. 세이는 울창한 덤불 속을, 길이 없는데도 거의 똑바로 나아갔다. 다소 울퉁불퉁한 곳이 있기는 해도 지면은 거의 평평해서 걷기 어렵지는 않았다. 따라서 뒤돌아볼 때마다 고무로 저택은 작아지지만, 나뭇가지들 사이로 보이는 모습은 그리 달라지지 않았다. 하지만 어느새 틈이 사라져 있었다. 불과 2, 3초 전까지는 벌어져 있던 나뭇가지 사이가 이제는 막혀 있었다. 숲이 나뭇가지와 잎사귀로 틈을 가렸어…… . 이상한 생각이 문득 뇌리에 떠올랐다. 그럴 리 없다며 부정해보지만 한편으로 햇살을 싫어하는 숲이라면 충분히 그럴 수 있지 않을까, 생각하게 된다. 주위의 나무들에 삼켜지듯이 고무로 저택의 모습이 사라졌다. 단 몇 미터 뒤에 있을 텐데 어인 일인지 상당히 멀게 느껴졌다. 별장과 유마 사이에 오쿠하쿠쇼의 숲 전체가 펼쳐진 느낌이었다.

그런데 참으로 이상했다. 길이 없는 덤불 속을 지나고 있는데 어째서 앞으로 나아갈 수 있는 걸까. 왜 별 힘을 들이지 않고도 전진할 수 있을까. 숲이 부르고 있으니까, 이런 대답이 자연스럽게 떠올랐다. 이 숲에는 안 들어왔어야 했는데……. 이런 후회와 두려움이 가득했지만, 한편으로 이 숲에 매료되고 있음을 유마도 깨닫고 있었다. 엄청나게 무서운데 이상하게도 숲 밖으로 나가고 싶지 않았다. 몹시 오싹한데도 점점 더 앞으로 나아가고 싶었다. 참으로 모순된 기분에 사로잡혀서 유마는 혼란에 빠져 있었다. 그래도 혼자였다면 발길을 돌릴 수 있었을지도 모른다. 세이……. 말을 걸려고 하다가, 무슨 말을 해야 좋을지 알 수 없어서 입을 다물었다. 그러고 보니 숲에 들어온 뒤로 두 사람 다 한 마디도 하지 않았다. 묵묵히 덤불을 지날 뿐, 전혀 말을 하지 않았다.

쏴아아아, 쏴아아아아─.

덤불 헤치는 소리만이 주위에 울려 퍼졌다. 이런 걸 '덤불 젓기'라고 한다는데, 덤불의 바다에서 노를 저으며 앞으로 나아간다는 느낌이 들었다. 다만 덤불이라 해도 한 손으로 헤칠 수 있는 잎사귀들도 있고, 타고 넘을 수밖에 없는 빽빽한 나뭇가지들도 있다. 잎사귀 가장자리가 우툴두툴하거나 가지 표면이 뾰족뾰족해서 주의해야 할 나무도 많다. 이보다 더 신경 쓰이는 것은 이 숲속에서 두 사람만 움직이는 것처럼 느껴진다는 점이다.

"세이." 무서워져서 자기도 모르게 이름을 불렀지만, 그는 들리지 않는지 계속 앞으로 나아갔다. 이유는 몰라도 여기서 큰 소리를 내면 안 될 것 같아서 주눅이 들었다.

"야, 세이."

목소리를 조금 높였지만, 세이는 여전히 멈춰 서지 않았다.

"세이, 기다리라니까……."

세이는 계속해서 앞으로 나아갔다.

"세이이!"

끝내 유마가 소리치자 겨우 세이가 돌아보았다.

"왜 그래?"

유마도 제자리에 멈춰 서서 가만히 귀를 기울였다. 세이가 뭔가 말하려는데, 한 손을 들어 제지하며 가만히 귀를 기울였다.

"뭘 하는 거야?"

참지 못한 세이가 물어보자, "쉬잇—" 하고 유마는 집게손가락을 입술에 대고 계속 주위를 살피면서 말했다.

"이 숲에서 소리를 내는 거, 우리밖에 없잖아. 알고 있어?"

"……."

세이는 입을 다문 채로 유마를 바라보더니 사방을 둘러보았다.

"진짜네. 아무 소리도 안 들려."

"이거 좀 위험한 거 아닐까?"

세이는 다시 한 번 주위를 둘러보더니 대수롭지 않게 말했다. "뭐, 보통 숲하고는 다르기 때문이겠지."

유마는 아연실색했다. 지금 위험한 상황이라고 말했지만 세이는 전혀 알아듣지 못했다.

"다른 소리가 전혀 나지 않잖아. 여긴 좀 특이한 데로 치부하고 넘어갈 수 있는 문제가 절대 아니야."

"그런가?"

"명백히 비정상이잖아."

"응, 그렇긴 한데."

세이는 이제야 경각심을 느끼는 듯했다.

"이제 그만 돌아가자. 역시 여기는 아이들끼리 들어올 곳이 아니었어. 아니, 어른이라도 마찬가지야. 애초에 사람이 발을 들일 장소가 아니라고."

"……."

세이는 입을 다문 채로 앞쪽을 보더니 유마에게 말했다.

"얼마 안 가면 나올 거야. 조금만 더 가보자."

여기서 유마는 중요한 문제를 깨달았다.

"어디까지 가는 거야?"

"고무로 히사시가 발견된 나무 굴이 있는 나무지."

세이는 그것도 몰랐냐는 투로 말했지만 유마는 기절할 듯이 놀랐다.

"뭐어?!"

"뭐야, 간 떨어지겠네."

"하지만······ 난 그런 말은 못 들었어."

세이는 미심쩍어하는 얼굴로 말했다.

"어라, 내가 말 안 했던가?"

유마는 망설였다. 돌아가자고 강하게 주장하면 세이도 동의하고 발길을 돌릴지도 모른다. 하지만 두 사람 사이가 어색해질 텐데 이건 되도록 피하고 싶었다. 아니, 사실은 문제의 나무 굴을 두 눈으로 직접 보고 싶기도 했다.

"정말이야? 조금만 더 가면 되는 거야?"

"응, 진짜야."

세이는 씩 웃으며 말했다. "너도 간사이 억양이 조금 남아 있구나."

"삼촌한테 가끔씩 듣는 말이야."

시답잖은 잡담을 나누자 두려움이 조금 줄어들었다.

"정말로, 조금만 더 가면 돼?"

세이는 앞쪽을 가리키면서 말했다. "저쪽에 좀 이상하게 생긴 나무 두 그루 있지?"

그런데 어느 나무든 죄다 이상하게 보여서 좀처럼 구분되지 않았다.

"잘은 모르겠지만 여기서 멀지 않다는 거지?"

"그래. 내 기억을 믿으라고."

순순히 고개를 끄덕일 수는 없었지만, 세이가 워낙 자신감을 내보여서 유마도 믿어보기로 했다.

"좋아, 가자."

"역시 유마는 달라. 내가 눈여겨본 대로야."

한동안은 유마도 불안을 느끼지 않았다. 그러나 앞으로 나아갈수록 점차 가슴이 술렁이기 시작했다. 원인 중 하나가 바로 주위에 자라는 나무들이었다. 지금까지는 발밑의 덤불만 바라보고 걸었는데, 세이가 저 앞에 있는 나무를 가리킨 뒤부터는 주위의 나무들이 신경 쓰이기 시작했다. 어느 나무를 봐도 이상한 형상으로 비쳤다. 유다가 알고 있던 나무와는 어딘가 다르게 보이기 시작한 것이다. 유마에게는 구별이 가지 않았지만, 사사 숲에 자라고 있는 것은 낙엽송, 소나무, 당느릅나무, 칠엽수, 물참나무 등이었다. 특별한 수종들이 아니라 어디까지나 시자쿠 지방에서 원래 자라는 식물들이다. 하지만 가미하쿠쇼와 시모하쿠쇼, 그리고 오쿠하쿠쇼의 삼림 지대와 이 숲은 명백히 다른 뭔가가 있었다. 이런 차이를 동물들이라면 민감하게 알아차리지 않을까? 아마 그래서 이 숲에 동물이 서식하지 않을 것이다. 가령 숲에서 길을 잃는다 하더라도 동물들은 틀림 없이 숲에서 빠져나간다. 다만 인간만이, 극히 일부를 제외하고 이 숲의 이질적인 기운을 깨닫지 못했다. 그래서 가미카쿠시 사건이 일어났다. 기이한 사건이 연이어 일어나자 그제야 사람들은 숲이 이상하다는 사실을 인정했고 결국 '사사 숲'이라는 꺼림칙한 호칭이 생겨났다.

2, 3미터 정도 수풀을 헤치고 나아가다 유마는 뒤돌아보았다. 고무로 저택이 보이지 않게 된 이후 더는 뒤돌아보지 않았지만, 갑자기 뭔가가 신경 쓰였다. '딱히 별게 없어.' 다시 2, 3미터 전진했다가 뒤돌아봤다. 아무런 변화도 없어. 그럼에도 이상하리만치 등 뒤가 신경 쓰였다. 이 불가사의한 감각은 앞으로 나아갈수록 점점 더 강해졌다. 이렇게 몇 번 뒤돌아본 후에 그 이유를 알아차린 유마는 오싹했다. 도저히 믿기지 않아 말을 잃고 멈춰 섰다.

나무가 움직이고 있어? 조금 전에 지나쳤던 덤불 너머에 나무가 서 있었다. 조금 전에 세이와 유마가 걸어온 자리인데, 수십 년 전부터 거기 있었다는 듯이 한 그루 나무가 이동해 있었다. 마치 두 사람의 귀로를 막는 것처럼 심술궂게 우뚝 서 있었다. 처음에는 애써 착각이라고 생각했지만, 두 사람이 덤불을 지난 흔적이 또렷하게 나무 앞에 남아 있었다. 유마는 온몸의 털이 곤두설 정도로 공포에 질렸다. '나무가 움직이고 있어.'

"어이—."

상당히 멀리 가버린 세이를 필사적으로 부르려 했지만 소리
가 잘 나오지 않았다.

"세이—."

지금 당장 집에 돌아가지 않으면 큰일 난다. 아니, 이미 늦었
는지도 모른다. 하지만 초조해할수록 목구멍이 말라붙은 것처
럼 소리가 제대로 나오지 않았다. 그때 휙 하고 세이의 모습이
사라졌다. 앞쪽에 있는 두 그루 나무 사이의 공간이 그를 삼켜
버린 듯 사라져버렸다.

"세이!"

유마는 달려가려고 했다. 하지만 수영장 물속에서 달리려고
하는 거나 마찬가지였다. 고작해야 한 걸음씩 발을 내디딜 수
있을 뿐이었다. 뒤돌아볼 여유 따윈 조금도 없었다. 세이가 빨
려 들어가듯 사라진, 뒤틀린 두 그루 나무 사이를 향해 계속 전
진했다. 망망대해처럼 보이는 깊은 덤불을 헤치면서 열심히 앞
으로 발을 내딛는 수밖에 없었다.

잠깐—, 간신히 목적지에 이르렀을 때, 유마는 문득 삼촌의
말을 떠올렸다. 삼촌은 히사시를 발견하기 직전에 두 그루 나
무 사이를 지났다고 했다. 이게 그 나무인가? 나무는 나란히 있
는 게 아니라 비스듬히 앞뒤로 서 있고, 사이에는 덤불이 우거
져 있어서 그 너머를 볼 수 없었다. 세이는 여길 지나갔어. 이

대로 세이를 버리고 나만 도망칠 수는 없어. 하지만 이 나무 사이를 지나고 싶지 않았다. 왜일까. 여기 들어가면 양쪽 나무 사이에 끼여 찌부러질 것만 같았다. 평소 같으면 이런 바보 같은 생각을 하지 않을 것이다. 하지만 등 뒤에 있는 나무가 움직이는 광경을 똑똑히 본 이상 이런 걱정은 결코 기우가 아니었다.

나무 너머를 향해 외쳤다. "세이―."

아무 대답이 없었다. 두 그루 나무 너머에는 아무것도 없고, 세이는 더 깊은 곳으로 나아갔기 때문일까. 이미 부르는 소리가 가닿지 않을 정도로 멀리 떨어져 있기 때문일까. '그렇다면 어서 쫓아가야 하는데.' 이렇게 생각했지만 여전히 유마의 다리는 멈춰 있었다. 사실은 생각하고 싶지 않은 상황이 계속 떠올라서 겁이 났다. 이 너머가 삼촌이 말한 기분 나쁜 장소라면, 예의 나무 굴 안으로 세이가 들어갔다면, 또 나무 굴에서 나온 세이가 예전 세이가 아니게 되었다면…… 이런 상상에 빠져 있는데 점점 주위의 분위기가 바뀌었다. 사사 숲에 대해 느낀 두려움이 숲 전체에 대한 막연한 공포라면, 이 흉측한 느낌은 두 그루 나무 저편에 있을지도 모를 세계에 대한 전율에 가까웠다.

"세이, 미안해."

그럴 생각은 없었는데도 정신이 들고 보니 유마는 발걸음을 돌리고 있었다. 자각하진 못했지만 이미 한계에 봉착했던 것이리라. 그런데 유마가 돌아가려고 한 방향에서 소리가 들렸다.

사사삭.

평소 같으면 신경 쓰지 않았겠지만 이 숲에서는 달랐다. 두 사람이 내는 소리 외에는 완전한 정적만이 존재하던 세계였기 때문이다.

사사사사아아.

또 들렸다. 틀림없이 유마 일행이 온 쪽에서 울리고 있었다.

사사삭, 사사사사아.

게다가 이쪽으로 계속 다가오는 기분이 들었다. 가만히 귀를 기울이고 있으니 조금씩 소리가 다가오는 것을 실감할 수 있었다. 누군가 숲속에서 움직이고 있었다. 마치 유마 일행의 뒤를 추적하는 것처럼 이동하고 있었다.

하지만 누가? 이런 의문을 느낀 순간 유마는 엄청나게 무서워졌다. 상대가 누구든 온전한 사람은 아닐 거란 사실을 깨달았기 때문일까. 혹은 인간이 아닐 가능성을 깨달았기 때문일까. 실은 본인도 알지 못했다.

어쨌든 도망쳐야 했다. 황급히 주위를 둘러보았지만 어디를 봐도 덤불뿐이라 재빨리 도망칠 수가 없었다. 게다가 좌우 어디로 나가든 모습을 감추기 전에 뒤에서 쫓아오는 자에게 들켜버릴 것이다. 그렇다고 왔던 방향으로 돌아갈 수도 없으니 결국 남은 것은 전진뿐이었다. 눈앞에 있는 두 그루 나무 사이를 지났다. 다른 선택지는 없어 보였다. 하지만…… 여전히 유마가 망설이고 있는데 상당히 가까운 곳에서 덤불을 헤치는 소리가 났다.

사아사아, 사사사아.

돌아보자, 두 사람이 돌아갈 길을 가로막은 것처럼 보이는 나무 뒤편의 덤불이 솨아솨아 흔들리고 있었다. 가만히 응시하자 덤불 일부가 흐릿하게 꿈틀거리는 것을 알 수 있었다. 저 나무를 누군가 넘어오면 나는 발각되고 만다. 유마는 단단히 각오하고 나무 사이에 우거진 덤불 속으로 일부러 힘차게 발을 내디뎠다. 이 정도 모험이라도 하지 않으면 꽁무니를 빼게 될 것 같아서. 사실은 그쪽이 더 무서웠다.

아까 세이가 지나갔는데도 앞으로 나아가기란 몹시 힘들었다. 자칫하다가는 나뭇가지와 잎사귀의 힘에 밀려날 것만 같았다. 몇 번인가 뒤로 쓰러질 뻔하다가 이상한 사실을 깨달았다.

'아, 돌아갈 수가 없어.'

유마의 등이 뒤쪽에 있는 나뭇가지에 닿았을 때 기묘한 반발력을 감지했다. 뒤로 돌아서 가려고 해봐야 한 발짝도 나아갈 수 없었다. 우뚝 솟은 두 그루 나무 사이에 끼인 것과 마찬가지라, 멈춰 서거나 나아갈 수밖에 없었다. 다시 앞으로 전진하여 돌파하는 것 말고는 다른 방법이 없는 듯했다.

사아사아사아, 사사사사사아.

그러는 동안에도 누군가 계속 쫓아오고 있었다. 어찌 됐든 돌아간다는 선택지는 이미 사라졌다. 유마는 다시 각오를 단단히 하고 덤불 속으로 더 깊이 들어갔다. 가느다란 나뭇가지와 잎사귀들에 눈을 찔리지 않도록 두 손으로 얼굴을 감싸면서 어떻게든 앞으로 나아갔다. 눈앞이 갑자기 확 트였다는 생각이 들었는데, 어느새 좁은 풀밭으로 나와 있었다.

여기가 삼촌이 이야기한 장소임이 틀림없었다. 거의 원형을 이룬 풀밭 맞은편에 키가 크고 굵은 나무가 서 있고, 아래쪽에는 어른이 허리를 굽히고 들어갈 수 있을 정도로 커다란 나무 굴이 쩍하고 입을 벌리고 있었다. 정말이었구나. 물론 삼촌을 의심하진 않았지만, 실제로 보니 놀라웠다. 한편으로는 삼촌이 한 이야기와 하나도 다르지 않아 왠지 으스스했다. 삼촌도 여기서 상당히 오싹한 기분을 느꼈다고 했다. 지금 이렇게 나무와 마주하니, 그때 삼촌이 느꼈을 기분이 실감났다.

고무로 저택 뒤뜰에서 사사 숲으로 들어간 순간, 유마는 압도적인 자연에 감싸였다. 이건 유마가 아는 '숲'과는 전혀 달랐다. 어떤 의미에서는 '진짜'라고 생각했다. 그렇기에 사람인 자신은 언제 거절당해도 이상하지 않다고 느꼈다. 아니, 거절이라는 표현은 너무 부드러운지도 모른다. 이 숲의 경우 '배제'라는 말이 어울릴 것이다. 이런 숲속에서 아무리 봐도 인공적으로 조성된 듯한 풀밭이 갑자기 나타났다. 여기까지 수풀을 헤치고 오면서 사람이 지나다닌 흔적은 전혀 발견하지 못했다.

그럼에도 눈앞에는 깨끗하게 정리된 풀밭이 있었다. 이 광경을 마주하니 두려움이 밀려왔다. 게다가 부자연스러운 풀밭 맞은 편 가장자리에는 시커멓게 입을 벌린 나무 굴이 파인 거목이 자라고 있었다. 이 앞의 덤불을 싹 정리하고 지면을 다듬어놓은 것이 마치 나무 굴을 모시기 위한 조치로 느껴져서 참으로 으스스했다.

'참, 세이는 어떻게 된 걸까.' 이상한 장소에 맞닥뜨려 정신이 팔리는 바람에 유마는 중요한 것을 잊고 있었다. 설마, 이 동굴에? 아마 세이라면 망설이지 않고 들어갔을 것이다.

유마는 나무 굴 앞까지 가서 가만히 불렀다. "야, 세이? 거기 있어?"

하지만 대답이 없었다. 유마는 조심조심 나무 굴 안을 들여다보았지만 캄캄해서 아무것도 보이지 않았다. 숲 자체가 어두컴컴하긴 하지만, 이 정도로 어두울 줄이야. 이상하지 않나? 마치 시커먼 고체가 동굴 안에 가득 차 있는 듯했다. 어느 쪽을 봐도 마찬가지였다. 세이가 눈앞에 있어도 알 도리가 없었다.

'어쩌면 먼저 갔는지도……' 이런 생각이 들었지만, 곧바로 유마는 고개를 저었다. 세이의 목적지는 틀림없이 여기다. 유마를 내버려두고 무작정 갔을까? 오히려 유마를 기다리고 있어야 하지 않나? 혹시 호기심에 혼자서 나무 굴에 들어갔을까? 그럴 가능성이 가장 높았다. 그렇다면 나무 굴에 얼굴을 들이

밀고 세이를 찾아야겠지만 도저히 그럴 수 없었다. 입을 커다 랗게 벌리고 있는 어둠 속으로 머리를 집어넣는다? 생각만으로 도 등줄기에 오한이 퍼졌다. 어떡하지……. 유마가 이러지도 저러지도 못하고 동굴 앞에 멍하니 서 있을 때였다.

어기영차

어디선가 들은 구절이 뒤편에서 들려오기 시작했다. 아주 익 숙한데도 유마는 바로 떠올리지 못하고 있었다.

호박남자

정말 믿기지 않는 단어가 이어졌다. 그제야 〈호박머리의 노 래〉임을 깨달았지만, 오히려 머릿속은 더 혼란스러워졌다. 사, 삼촌? 하지만 등 뒤에서 들려오는 소리는 삼촌 목소리가 아니 었다. 애초에 삼촌은 모레까지 돌아오지 못한다.

질퍽질퍽, 철퍼덕 밭을 지나서
이영차, 이영차 자루를 메고

유마는 꼼짝 못하고 굳어 있었다. 상당히 유머러스한데도 왠지 기분 나쁜 노래가 계속 이어지고 있었다.

어기영차 호박남자
부스럭바스락 숲을 지나서
양파가 들판에 데구르르

여기 오기 전에 뒤쪽에서 누군가 덤불을 헤치는 소리가 들렸는데, 저 사람이었을까?

어기영차 호박남자
첨벙첨벙첨버덩 강을 건너서
당근 강변에 쿡쿡쿡

그런데 노랫소리가 점차 이쪽으로 다가왔다. 아주 가까이 와 있었다.

어기영차 호박남자
후다닥 집에 들어가
피망이 방 안에 데굴데굴

드디어 두 그루 나무 너머까지 그것이 왔다. 솨아아, 우둑우

둑, 솨아아…… 덤불을 헤치고 나아가는 소리와 함께.

어기영차 호박남자

아무것도 없는 텅 빈 자루

끝내 자기 머리를 먹게 했답니다

〈호박머리의 노태〉의 마지막 소절이 두 그루 나무 사이에 메아리치고, 마침내 그것이 풀밭에 모습을 드러냈다.

버석버석.

그것이 덤불에서 나오기 직전에 유마는 나무 굴로 뛰어들었다. 달리 도망칠 데가 없기도 했지만, 세이가 안에 있다고 확신했기에 움직일 수 있었을 것이다. 동굴에 들어가자마자 유마는 시력을 상실했다. 캄캄해서 아무것도 보이지 않았다.

속삭이듯이 불러봤다. "세이."

역시 대답은 없었다. 그러도 나무 굴 안을 발로 더듬어 나아가면서 주위를 살폈다. 이때 유마의 머릿속에는 태아 같은 모습으로 누워 있는 세이의 모습이 떠올랐다. 삼촌이 히사시를 발견했을 때의 자세. 아마도 무의식중에 그런 모습을 떠올렸기 때문일 것이다. 유마는 나무 굴 안을 걸어다니다 보면 곧 세이와 만날 거라고 생각했다. 그런데 아무리 더듬어봐도 발에 아무것도 걸리지 않았다. 바닥은 이상할 정도로 평평할 뿐이었다.

사박사박사박.

그때 갑자기 풀밭을 걷는 발소리가 들려왔다. 이쪽으로 온다. 누군가 두 그루 나무 사이를 빠져나와 이 광경을 보고 발을 멈추었을 것이다. 그리고 잠시 주위를 둘러본 후에 자신이 뒤쫓던 아이들이 틀림없이 나무 굴로 들어갔다고 생각한 걸까. 유마가 뒤를 돌아보자 아치 형태의 빛 속으로 시커먼 인물이 천천히 다가오고 있었다. 역광 때문에 용모는 알 수 없지만, 가만히 바라보던 유마는 앗! 하고 몸서리를 쳤다.

그 남자일지도 모른다. 삼촌 차를 타고 오쿠하쿠쇼로 향할 때, 숲속에서 유마 일행을 빤히 바라보던 검은 얼굴. 가미하쿠쇼의 별장 관리인인 요시마타와 고무로 저택의 생울타리 너머로 이야기할 때 숲속에서 빤히 엿보던 검은 얼굴. 그놈이 유마를 잡으러 온 걸까. 이유는 물론 알 수 없었다. 굳이 짐작하자면, 유마가 세이와 함께 숲에 들어왔기 때문인지도. 도망쳐야해. 하지만 여긴 막다른 나무 굴 안이었다.

17장 나무 굴

사박사박사박.

새까만 형체가 동굴을 향해 다가왔다. 조금만 더 서둘렀다면 저것이 풀밭을 중간쯤 지날 때 나무 굴에서 뛰쳐나와 도망칠 수 있었을 것이다. 하지만 이제는 늦었다. 지금, 새까만 인간 형체의 그림자가 나무 굴 앞에 드달하려 하고 있었다. 유마가 자기도 모르게 뒷걸음질 치자, 등이 나무 굴 안쪽 벽에 닿았다. 저자가 들어오면 여기서 도망 다니기란 불가능하다. 그야말로 독 안에 든 쥐다.

이젠 틀렸어. 절망한 나머지 주저앉고 싶은 순간 번쩍하고 아이디어가 떠올랐다. 이대로 나무 굴 벽에 등을 대고 천천히 반원을 그리듯이 돌아서 들어오는 저것과 교대하듯이 밖으로 나가 도망치는 것이다. 저놈은 유마가 보이지 않으니까 가능하지 않을까. 이미 저 검은 형체는 아치 형태로 빛이 드리워진 자리 앞까지 와 있었다. 지금이라도 나무 굴 안으로 들어올 것만 같았다. 유마는 등을 벽에 붙인 채 재빨리 동굴 벽을 따라 움직이다가 "우왓!" 하고 소리를 지르면서 뒤로 넘어질 뻔했다. 유마가 등을 대고 있던 동굴 벽이 사라져버렸다. 어, 어떻게 된 거지? 손으로 더듬어보니 모서리 같은 것이 있었다. 아무래도 저 안쪽으로 공간이 계속 이어지고 있는 듯했다. 나무 굴 안에 또 굴이 뚫려 있는 걸까.

느긋하게 생각에 잠겨 있을 겨를이 없었다. 방금 외침을 들었는지, 검은 인물이 단숨에 나무 굴 안으로 들어왔기 때문이다. 무시무시한 기척이 생생히 피부에 와 닿을 정도로, 내부 공기가 순식간에 변했다. 바로 옆에 검은 형체가 있었다. 반사적으로 유마는 나무 굴 안쪽에 뚫린 굴로 들어갔다. 곧바로 몸을 웅크린 이유는 그렇게 넓지 않을 거라고 상상했기 때문이다. 실제로 어른 한 명이 쪼그린 자세로 간신히 지나갈 수 있을 정도였다. 최대한 조심하며 바닥에서 튀어나온 무수한 나무뿌리 따위를 발밑으로 느끼면서 조용히 앞으로 걸어갔다. 전후좌우를 손으로 더듬으며 살며시 전진했다. 그러나 귀만은 저 검은 인물의 동향을 살피려고 등 뒤를 향하고 있었다.

나무 굴 안에 들어온 검은 인물은 아무래도 두 팔을 휘휘 저으면서 유마를 찾는 눈치였다. 사방팔방으로 동굴 내부를 더듬으며 찾고 있었다. 그런 기척이 전해져왔다. 다행히 이 굴의 구조는 아직 알아채지 못한 것 같았다. 이 굴은 어디까지 이어져 있을까. 앞으로 뻗은 손끝이 지금이라도 나무껍질로 된 벽에 닿을 것 같아서 무서웠다. 각다른 길이란 얘기니까. 다시 말해 저 검은 인물에게 붙잡히는 것은 시간문제라는 소리다.

'부탁이야. 제발 부탁합니다.' 유마는 열심히 빌었다. 이 굴이 계속 이어지기를. 조금이라도 등 뒤의 검은 인물로부터 멀어질 수 있기를. 지금은 소원이 받아들여진 것 같았다. 오른손 앞에는 아무것도 없고, 달팽이 같은 속도이긴 해도 유마는 착실히 굴 안쪽으로 나아가고 있었다. 안쪽이라고? 갑자기 유마의 걸음이 딱 멈췄다. 이 굴 안쪽은…… 어떻게 되어 있을까, 어디일까, 무엇이 있을까, 상상하는 것만으로도 무서웠다. 여기로 도망쳤을 때는 정말로 궁지에 몰려 있었다. 그래서 굴의 존재를 알자마자 하늘이 내려준 동아줄이라는 심정으로 뛰어들었다. 하지만 냉정하게 마음을 가라앉혀 생각해보니 상당히 이상한 일이었다. 유마가 들어온 나무 굴은 굵은 나무 아래쪽으로 뚫려 있었다. 즉, 나무 내부에 있었다. 이 나무 굴의 출입구에 해당하는 아치형 굴의 거의 반대편에는 안쪽으로 이어지는 굴이 또 있었다. 한데 굵은 나무껍질 안쪽에 있을 이 굴은 얼마나 깊을까. 이미 유마는 2미터 넘게 걸었다. 제아무리 굵은 거목이라도 이미 나무 굴에서 밖으로 나왔을 만한 거리인데도 여전히 유마는 굴 안에 있었다. 게다가 문제의 굴은 계속 이어지고 있는 것 같았다.

앗, 여기는 땅속인가? 혹시나 땅속이 아닐까, 하고 유마는 생각했다. 나무 굴 안쪽에서 아래로 파내려왔는지도 모른다. 그렇지만 주위를 더듬어보니 손바닥에는 나무껍질의 감촉이 느껴질 뿐이었다. 흙의 감촉은 전혀 없었다. 무엇보다 여기가 땅속이라면 상당한 각도로 내려와야 하지 않을까. 하지만 유마가 걷고 있는 동굴은 울퉁불퉁하긴 해도 거의 평평했다. 요컨대 나무 굴에서 수평으로 이동했다는 얘기였다. 나무 굴이 있는 나무 뒤쪽이 혹처럼 부풀어서 한없이 이어지고 있다? 이는 터무니없는 공상에 지나지 않는다. 그렇다면 계속 이어지는 이 기묘한 굴은 대체 무엇일까.

"여긴가?"

그때 유마의 등 뒤에서 의외라는 투의 목소리가 들려왔다. 안쪽에도 굴이 있음을 알아차린 듯했다.

"이런 굴이……."

상당히 놀란 감정이 목소리에서 전해졌다.

쿵.

갑자기 둔탁한 소리가 나며 "욱……" 하는 신음 소리가 흘러나왔다. 머리를 부딪힌 것이다. 곧바로 유마는 상황을 이해했다. 굴은 크지 않았다. 다시 말해 유마가 몸을 굽힌 것은 올바른 판단에 따른 행동이었다. 하지만 기뻐하고 있을 때가 아니었다. 당장에라도 검은 인물이 쫓아올 것이다. 정체 모를 이 굴은 분명 기분 나쁘지만, 어쨌든 지금은 안쪽으로 도망칠 수밖에 없다.

유마는 다시 걷기 시작했다. 상대가 굴의 존재를 안 이상 발소리에 신경 쓸 필요는 없었다. 최대한 빨리 도망쳐야 한다. 하지만 발밑에는 나무뿌리처럼 튀어나온 돌기가 많아서 여전히 걷기가 힘들었다. 넘어져서 무릎이라도 다쳤다간 큰일이다. 어쩔 수 없이 발걸음을 떼기가 조심스러워졌다. 굴 안이 캄캄해서 절로 발걸음이 느려졌다.

사사삭, 스윽.

바로 등 뒤에서 검은 인물이 내는 듯한 소리가 들리기 시작했다. 머리를 부딪히긴 했지간 아픔을 참고 굴 안으로 들어온 모양이다. 이쪽은 어린아이고 저쪽은 어른이다. 방심하다간 눈 깜짝할 사이에 따라잡히게 된다. 초조해진 유마는 자기도 모르게 종종걸음을 치다가 넘어지고 말았다.

"……."

우려했던 대로 무릎을 세게 부딪히는 바람에 눈알이 튀어나올 정도로 아팠다. 자기도 모르게 눈물이 찔끔 났다. 그래도 이를 악물고 참아서 소리는 내지 않을 수 있었다. 넘어져서 무릎을 다쳤다는 사실을 절대 저쪽이 알게 하고 싶지 않았다. 이쪽의 약점은 가능한 한 감춰야 한다. 다친 왼쪽 무릎을 문지르면서 서둘러 일어서다가 휘청이며 쓰러질 뻔했다. 유마는 황급히 몸의 균형을 잡았다.

젠장! 두 뺨에 눈물이 흘렀다. 아파서가 아니라 경솔하게 어둠 속을 내달렸기 때문이다.

사삭, 스스슥.

어쨌거나 검은 인물은 계속 다가왔다. 유마는 왼쪽 무릎을 문지르면서 천천히 몇 번 움직여보았다. 한동안 왼다리는 절겠지만, 어떻게든 걸을 수는 있다.

쉬익―.

문득 유마의 목덜미 부근 공기가 흔들렸다. 한순간 영문을 알 수 없었지만, 이내 사태를 파악했다. 검은 인물이 뻗은 한쪽 손에 하마터면 붙잡힐 뻔했던 모양이다. 유마는 서둘러 자리를 벗어났다. 다만 발소리를 내지 않고 기척을 죽여야 했기 때문에 어쩔 수 없이 달팽이 걸음이었다. 하지만 다행히도 상대는 몸집이 큰 어른이라 비좁은 굴 안에서 움직이기 힘들어 보였다.

유마가 이를 악물고 걷기 시작하자 조금씩 검은 인물과의 거리가 벌어지기 시작했다. 돌아봐도 어둠밖에 보이지 않지만, 틀림없이 상대의 기척이 멀어지고 있었다. 서서히 천장이 낮아지기 시작했다. 유마조차 고개를 숙이고 웅크려야 했고 이래서는 더 이상 나아가기 어려운 높이였다. 게다가 좌우의 벽도 좁아지기 시작했다. 굴 전체가 조금씩 줄어들고 있는 느낌이었다.

주위 상황을 가늠해보니 갑자기 숨이 가빠졌다. 폐소공포증을 느낀 적은 없지만 지금은 그야말로 예측을 불허하는 상황이다. 게다가 너무 깊숙한 곳까지 들어왔기 때문에 굴 속의 공기가 희박해졌는지도 모른다. 이대로 숨을 쉴 수 없게 되면 어쩌나. 코앞도 보이지 않을 정도로 어둡고 비좁은 굴 속에서 쫓기는 사이 공포에 질식할지도 모른다는 걱정이 더해졌다. 그래도 계속 도망친 이유는 무엇보다 검은 인물이 두려웠기 때문이다.

굼벵이처럼 걸었지만 나무 굴에서 상당히 멀어졌다는 기분이 들었다. 게다가 조금씩이나마 굴의 나머지 공간이 줄어들고 있는 듯했다. 산수 시간에 배웠던 '원뿔'처럼, 이대로 계속 나아가면 언젠가 더는 앞으로 나아갈 수 없는 지점이 나올 것이다. 그렇게 되면 끝장이다. 검은 인물이 다가오는데도 속수무책으로 기다릴 수밖에 없을 것이다. 아니다. 어쩌면 유마만 지나갈 수 있을 정도로 굴이 좁아질지도 모른다. 그렇다면 아무리 검은 인물이 손을 뻗어도 유마에게 닿지 않을 것이다. 한데 그다음에는 어떻게 해야 할까. 더 안쪽으로 나아갈까. 대초에 계속 나아갈 수나 있을까. 등 뒤의 기척이 사라지는 것을 확인한 다음 나무 굴 입구 쪽으로 돌아올까. 하지만 나무 굴에서 나오자마자 검은 인물에게 붙잡히지는 않을까. 무엇을 상정하더라도 나쁜 결과만 떠올랐다. 어쩔 수 없이 절망에 빠지려는 참이었다.

헉, 헉, 헉.

갑자기 뒤쪽에서 거친 숨소리가 들려왔다. 게다가 급격히 유마 쪽으로 다가왔다. 설마…… 무슨 일이 일어났는지 깨달은 유마는 엉거주춤한 자세로 머리를 앞으로 내밀고 좌우의 나무껍질에 두 손을 짚어가며 달리기 시작했다. 물론 종종걸음이지만, 이 이상으로 속도를 높일 수는 없었다. 뚝, 뚝, 뚝, 얼굴에서 땀이 비 오듯 떨어졌다. 물론 그걸 닦고 있을 짬은 없었다. 이렇게 필사적으로 도망치는 유마를 검은 인물은 엉금엉금 기어서 따라왔다. 아무래도 이 편이 빨리 이동할 수 있는 방법임을 깨달은 모양이었다. 그의 모습이 보이진 않지만, 거친 숨소리와 기척만으로도 상황을 짐작할 수 있었다.

헉, 헉, 헉, 헉.

지금까지의 행보와는 비교도 안 되는 속도로 검은 인물이 따라왔다. 유마도 죽기 살기로 달리고 있지만, 계속 나무뿌리에 발이 걸려서 마음먹은 대로 달릴 수 없었다. 이러다간 붙잡히고 말 것이다. 싫어, 안 돼, 싫어.

철퍼덕.

마침내 유마는 넘어지고 말았다. 오른쪽 팔꿈치와 오른쪽 무릎을 세게 부딪혀서 "으윽!" 하는 신음소리가 저도 모르게 흘러나왔다.

"헤헷."

등 뒤에서 참으로 기분 나쁜 웃음소리가 들려왔다. 유마의 등 바로 뒤였다.

"와아아아악!"

얄궂게도 위기에 봉착하자 더욱 힘이 솟았다. 인간이 느끼는 분노와 공포보다 강한 추진력이 또 어디 있을까. 하지만 유마는 곧바로 일어설 수가 없어서 바닥을 기었다. 그러나 조금 전에 왼쪽 무릎을 찧었고 이번엔 오른쪽 무릎이 바닥에서 고개를 내민 나무뿌리에 부딪혀서 엄청 아팠다. 유마는 얼마 나아가지도 못하고 아파서 눈물을 뚝뚝 흘렸다.

헉, 헉, 헉, 헉.

다가오는 숨소리가 들려 어떻게든 유마는 움직여야 했다. 양쪽 무릎을 들어 올리고 두 손바닥과 두 발끝으로 달리기 시작했다. 깊은 굴 속인데도 불구하고 지면은 말라 있었다. 낙엽 하나 없었다. 구불구불하고 불쑥 튀어나온 나무뿌리들이 한없이 이어져 있을 뿐이었다. 이런 천연의 굴 속에 살고 있을 만한 동물이나 벌레도 없는 것 같았다. 도망치는 데 정신이 팔려서 그런 걸 생각할 겨를이 없었지만, 아마도 틀림없을 것이다. 숲 전체가 풍기는 이질감만 봐도 거의 확실해 보였다.

캄캄한 굴 속에서 엉금엉금 기어서 도망치는 어린아이와, 마찬가지로 엉금엉금 기어서 뒤쫓는 검은 인물……. 누가 보면 상당히 우스꽝스러운 술래잡기로 보일 것이다. 하지만 유마에게는 악몽 같은 도주극이었다. 서서히 굴의 폭이 좁아지기 시작한 것처럼 느껴졌다. 천장도 좀 더 낮아져 있을 것이다. 아무것도 보이지 않음에도 주위에서 느껴지는 압박감이 무시무시했다. 두 손과 두 발이 아파왔다. 이래서는 일어설 수 없을지도 모른다. 만약 힘이 다해 쓰러져버린다면, 이번에는 두 팔꿈치로 기어서 나아갈 수밖에 없었다.

역시 굴은 원뿔 모양으로 점차 좁아지고 있는 게 아닐까. 그렇다면 유마는 통과해도 저 검은 인물은 빠져 나갈 수 없는 상태가 될지도 모른다. 그것만이 희망이었다.

하아, 하아, 하아.

등 뒤에서 울리는 숨소리도 상당히 거칠어졌다. 지쳤다는 증거일 것이다. 다만 유마도 마찬가지이기 때문에 마냥 기뻐하고 있을 수는 없었다.

"으윽."

갑자기 검은 인물이 괴로운지 신음을 토했다. 기는 것을 멈추고 휴식을 취하는 듯한 기척이 전해져왔다. 유마는 좀 더 나아간 뒤에 엎드려서 휴식을 취했다. 상대가 다시 쫓아오기 시작했을 때 조금이라도 거리를 벌려놓아야 유리하기 때문이다.

하아, 하아, 하아.

후우, 후우, 후우.

서로 거친 숨을 몰아쉬는 소리가, 아무것도 보이지 않는 굴 속에서 마치 공명하듯 기분 나쁘게 울렸다.

"이, 이, 이상하지 않냐?'

갑자기 검은 인물이 말을 걸어서 유마는 깜짝 놀랐다. 지금 까지 혼잣말은 들었지만 이런 이야기는 처음 들었다.

"이, 이, 굴말이야…… 어떻게 생각해도 이, 이상하잖아."

'상대는 틀림없이 인간이다' 싶어 안도한 순간, 곧바로 또 다른 공포에 사로잡혔다. 대체 누구일까. 왜 나를 쫓아오는 걸까.

유마가 겁을 먹거나 말거나 상관없이 검은 인물은 말을 걸어 왔다.

"나무에 있는 나무 굴 안에…… 이런 굴이 또 뚫려 있고 한 없이 계속 이어지고 있다니…… 이건 정상이, 아니라고. 이 굴 밖에는, 뭐가 있는 거지? 사사 숲, 속인가?"

듣고 보니 그랬다. 지금까지 사사 숲에 있다는 것을 털끝만 큼도 의심하지 않았지만, 그렇다는 보증이 어디 있나. 이토록 이상한 굴 속에 있다니. 바깥이 어떻게 되어 있는지 유마도 알 수 없다. 이계. 어쩌면 여기는 세 번째 만나는 이계가 아닐까. 첫 번째는 그림 연극 이야기에 의해, 두 번째는 영문 모를 낭독 에 의해 이계로 끌려 들어왔다. 이번에는 〈호박머리의 노래〉가 원인일까.

하지만 그림 연극 이야기와 낭독을 한 인물은 둘 다 정체를 알 수 없었다. 검은 인물도 마찬가지라 할 수 있겠지만, 이렇게 이야기하는 것을 들으니 인간임이 분명했다. 하지만 예전의 둘은 인간인지 아닌지도 알 수 없었다. 가령 인간이라고 해도 다른 세계의 인물이 아닐까?

이 세 번째 이계만 예외일까? 여기까지 생각하다가 문득 유마는 중요한 사실을 잊고 있었음을 깨달았다. 이 숲 자체가 이계일 수도 있다. 그렇기에 〈호박머리의 노래〉가 기능했는지도 모른다. 물론 이유는 여전히 수수께끼지만.

"야, 무슨 말을 좀 해봐."

마냥 시간이 흘러도 유마가 입을 다물고 있자 검은 인물은 답답해진 모양이었다.

"누, 누구야?" 큰 맘 먹고 입을 열었더니 바로 답이 돌아왔다.

"네 보호자다. 이런 숲에 애 혼자 들어오면 안 되잖아. 어른이 붙어 있어야지. 그래서 내가 일부러 와준 거라고."

참으로 말도 안 되는 소리를 뻔뻔스럽게 했다. '못 믿을 사람이야.' 이렇게 판단한 유마는, 상대에게 들키지 않도록 조심스럽게 팔다리를 움직이기 시작했다. 검은 인물이 다시 쫓아오기 전에 최대한 거리를 벌리고 싶었다.

"이런 굴에 들어오는 게 아니었어. 너무 늦기 전에 얼른 돌아가자. 지금이라면 아직 늦지 않았을 테니……."

혼잣말 같은 소리가 계속 이어졌다. 유마가 대답하지 않아도 신경 쓰이지 않는지 푸념을 마냥 늘어놓고 있었다. 놈이 저러고 있을 동안에 조금이라도 더 가보자. 잠깐이나마 쉬었기 때문인지 유마는 나름 기운을 되찾고 있었다. 조금 전에 머물던 자리에서 어느 정도 멀어졌다고 생각해 기는 속도를 올렸다. 바스락. 순간, 커다란 뿌리 위에 얹은 왼손이 미끄러졌다. 앗—하고 움직임을 멈추고 숨을 죽이고 있자, 조금 멀리서 수상쩍어하는 목소리가 들려왔다. "꼬마야?"

물론 유마는 대답하지 않고 잠자코 등 뒤의 기척을 살폈다.

고요한 정적이 흐른 뒤 외침이 터져나왔다.

"이 자식이이이이이이!"

분노에 찬 고함과 함께 무시무시한 기세로 기어오는 검은 인물의 기척이 단숨에 육박해왔다. 꽤 멀리 떨어졌다고 생각했는데도 예상 외로 가까운 곳에서 상대의 목소리가 들려서 유마는 충격을 받았다. 게다가 상당히 화가 나 있는 듯했다. 무시무시한 속도로 기어오는 것을 알 수 있을 정도로, 어마어마한 열기가 등 뒤에서 전해져왔다. 엄청난 공포에 질려 엉거주춤한 자세로 일어서자 위로 뻗은 한쪽 손끝이 곧바로 천장에 닿았다. 이제 굴은 유마가 웅크리고 지나갈 정도의 폭으로 좁혀져 있었다. 유마는 다시 엉금엉금 기면서 남은 힘을 쥐어짜내며, 어쨌든 열심히 앞으로 나아갔다.

헉, 헉, 헉.

등 뒤에서 쫓아오는 자의 추격도 무시무시했다. 이대로 계속 나아가면 어른이 지나가지 못하게 되리라고 짐작한 모양이었다. 그전에 어떻게든 붙잡겠다. 이런 무시무시한 의지가 생생히 전해져서 등골이 오싹했다. 어째서 나를? 등 뒤에 있는 검은 인물은 대체 누구란 말인가. 저도 모르게 생각에 잠길 뻔했다가 정신을 차렸다. 어쨌든 지금은 도망치는 데 집중해야만 한다.

혁, 혁, 혁.

등 뒤에서 따라오는 숨소리는 확실히 거리를 좁히고 있었다. 이러다간 앞으로 2~3미터도 가기 전에 상대의 손에 한쪽 발이 붙들리지 않을까. 기어가는 속도를 더 올리고 싶었지만, 슬슬 한계에 이르렀다. 유마의 두 손과 발은 지금이라도 부러질 것처럼 지쳐서 기운이 없었다. 양쪽 어깨와 사타구니의 통증도 심했다. 이미 정신적 육체적으로 완전히 피폐해졌다. 언제 쓰러져도 이상하지 않은 상태였다. 이제는 틀렸어. 두 손이 흐느적거리고 몸은 나무뿌리에 털썩 내려앉아, 유마는 결국 어두운 굴 속에 쓰러졌다. 그야말로 힘이 다했다는 느낌이 들었다. 당장에라도 검은 인물이 쫓아와 유마의 몸을 깔아뭉갤 것 같았다. 체념한 채로 자기도 모르게 몸을 움츠렸을 때 신음 소리가 났다.

"으윽!"

유마의 발치 부근이었다.

"젠장!"

이어서 욕설이 들리고, 버둥거리는 움직임이 전해져왔다.

이제는 일어날 체력도 없었지만 무슨 일인지 몰라 신경이 쓰였다. 간신히 몸을 일으켜서 발밑에 눈길을 주었지만, 물론 캄캄해서 아무것도 보이지 않았다. 검은 인물의 기분 나쁜 신음 소리가 들릴 뿐이었다. 한동안 두 팔로 주위를 더듬어보고 유마는 간신히 판단을 내렸다. 굴이 더욱 좁아진 것이다. 아마도 틀림없으리라. 굴에 몸이 끼인 거야. 어린아이인 유마는 쑥 지나갈 수 있지만, 어른인 검은 인물은 어깨 폭이 굴보다 넓어서 도저히 지나갈 수 없는 게 아닐까. 살았다. 자기도 모르게 한숨을 쉬자 발밑의 움직임이 멎었다. 포기했나? 다음 순간, 갑자기 유마는 왼쪽 발목을 붙잡혔다. 한숨 소리를 들은 검은 인물이, 유마가 아주 가까이에 있음을 알고 마구잡이로 손을 뻗었고 우연히 발목을 잡아챈 모양이었다.

"우왓!"

"헤헷, 간신히 잡았네. 방심했구나?"

"놔, 이거 놔!"

"너야말로 얌전히 이쪽으로 오라구."

왼쪽 다리가 질질 끌려가자 유마는 뿌리를 두 손으로 잡고 버텼다. 그러나 상대는 어른이었다. 조금씩 유마의 몸이 강제로 질질 끌려갔다.

"아, 아야얏."

고통에 찬 신음 소리가 튀어나왔지만, 사정을 봐줄 상대가 아니었다.

"그, 그만둬."

오히려 즐기고 있을지도 모른다.

"아, 아, 안 돼!"

비명과 함께 유마는 오른쪽 다리로 왼쪽 발 쪽 주변을 걷어찼다. 몇 번이나 걷어찼다.

"큭!"

처음에는 검은 인물도 참고 있었지만, 이내 손을 놓고 말았다. 하지만 다시 붙잡으려고 곧바로 한 손을 뻗었지만 유마는 두 다리를 버둥거리면서 막아냈다. 그런 뒤에 재빨리 두 팔과 엉덩이를 움직여서 더 깊은 곳으로 도망쳤다.

하아, 하아, 하아.

후우, 후우, 후우.

고요하고 캄캄한 굴 속에서 두 사람의 숨소리만이 울렸다.

하아, 후우, 하아, 후우.

그것은 기묘한 이중주처럼 한동안 꽤 요란하게 울려 퍼졌다.

정체 모를 굴 속으로 들어와서 원래는 든든하게 느껴질 다른 사람의 숨소리가 그저 흉측하게만 느껴졌다. 자신이 이토록 비정상적인 상황에 처해 있다는 사실을 유마는 새삼 뼈저리게 깨달았다. 바깥이라면 검은 인물은 두세 걸음도 걷지 않고 유마를 붙잡았을 것이다. 하지만 여기서는 어림없었다.

유마의 마음속을 들여다보았는지 상대가 말을 걸었다. "야, 알겠냐? 깊숙이 들어갈수록 굴은 점점 좁아진다구. 너도 얼마 못 가서 막다른 골목에 몰린다는 얘기야."

상대는 가장 두려운 가능성을 제기하고 있었다. 유마 역시 충분히 짐작할 수 있는 상황이었다.

찌지직.

게다가 상대의 목소리에 섞여 묘한 소리가 들리기 시작했다.

"이제는 돌아갈 수밖에 없지. 기왕 이리됐으니 지금 돌아가는 편이 나을 거 아냐?"

쩌적.

"굴이 너무 좁아지면, 네 몸도 지나갈 수 없게 돼."

찌직찌직.

"굴에 몸이 끼여서 앞으로 나아갈 수도, 뒤로 물러설 수도 없을 텐데 어쩔 셈이야. 영영 울게 되어도 괜찮겠어?"

뚜둑.

굴 주위의 나무껍질을, 검은 인물이 가만히 벗겨내고 있었다. 이를 깨달은 유마는 온몸에 소름이 돋았다. 몸을 전혀 움직일 수 없게 되었다. 상대의 무시무시한 집착에 옴짝달싹할 수 없게 되었다.

"어, 여기는 부드럽네."

검은 인물의 혼잣말에 유마는 다시 정신을 차렸다. 이유는 확실히 알 수 없었다. 지금까지 유마에게 설명하던 어조와 너무 달랐기 때문일까. 더 안쪽으로…… 검은 인물이 절대 들어올 수 없는 데까지 도망쳐야 해. 유마는 엉금엉금 기어 앞으로 나아갔다.

"도망쳐도 소용없어."

유마의 기척을 알아차렸는지 검은 인물의 목소리가 쫓아왔다. 유마는 무시하고 계속해서 앞으로 나아갔다. 얼마 못 가 굴이 더 좁아져서 유마에게도 비좁게 느껴졌다. 그래도 멈추지 않았던 이유는 등 뒤에서 끊이지 않고 울리는 검은 인물의 목소리와 그자가 굴을 넓히는 소리에서 조금이라도 벗어나고 싶었기 때문이다.

이제는 굴에 몸이 꽉 끼기 시작했다. 거의 전진할 수 없는 상태까지 굴이 좁아졌다. 검은 인물이 말했듯이 이러다간 돌아가려야 돌아갈 수 없을지도 모른다. 여기서 죽는 건가? 어두운 굴 속에서 몸을 움직일 수 없게 되어 굶어 죽는다. 상상만으로도 머리가 이상해질 것만 같았다. 등 뒤에서는 여전히 기분 나쁜 소리가 울려왔다. 그런데 목소리는 어느새 영문 모를 절규로 바뀌어 있었다. 또한 굴을 넓히던 소리는 마치 기중기라도 사용하는 것처럼 무시무시한 소음으로 변해가고 있었다.

이건 보통 상황이 아니야. 뒤쪽에 있는 사람에게 뭔가 이변이 일어난 것 같았다. 원래는 이계로 들어올 수 없는데 억지로 들어와버린 탓일까. 어쨌든 검은 인물은 뭔가 다른 존재가 되어가고 있었다. 유마는 섬뜩한 예감에 사로잡혔다. 다른 뭔가로 변해버린다면…… 어쩌면 굴이 아무리 좁아도 들어올 수 있을지 모른다. 어디든, 영원히, 유마를 쫓아올지도 모른다.

끙끙거리며 신음하면서도 조금씩 유마는 전진했다. 이제는 한계라고 생각하면서도 두시무시한 자에게서 도망치기 위해 필사적으로 더 깊은 곳으로 들어가려고 했다. 그러다 앞으로 뻗은 두 손에 닿는 묘한 감촉을 느꼈다. 나무껍질과는 다른, 좀 더 부드러운 느낌이었다. 고무? 말도 안 된다고 생각했지만, 여기는 이계다. 무슨 일이든 일어날 수 있지 않을까. 덕분에 나아가기 힘들었던 굴도 어떻게든 지나갈 수 있게 되었다. 하지만 같은 조건이 등 뒤의 저 인물에게도 적용될 것이다. 어서 더욱 거리를 벌려야만 한다. 기묘한 탄력이 있는 좁은 굴 속에서 이리저리 몸을 움직이면서 유마는 쉬지 않고 전진했다. 이렇게 되면 굴 끝까지 갈 수밖에 없다. 그때까지 고무 같은 물질을 잡고 있던 왼손이, 다음 순간에는 갑자기 싸늘하고 평평한 뭔가에 닿았다.

"히익!" 자기도 모르게 유마는 소리를 지르며 왼손을 뒤로 뺐다. 뭐, 뭐지? 아주 차갑고 싸늘했다. 이번에는 조심조심 오른손을 뻗어서 손바닥으로 건드려보았다. 딱딱하고 조금 까끌까끌했다. 손을 움직여보니 표면이 평평하고 차가웠다. 콘크리트? 그럴 리가. 고무 같은 것 다음에 콘크리트라니. 너무 이상하지 않은가. 이렇게 생각하던 유마는 자신이 콘크리트 바닥 같은 곳에 엎드려 있음을 간신히 깨달았다. 어라……? 천천히 두 팔을 벌려보아도 아무것에도 닿지 않았다. 살며시 휘둘러봐도 마찬가지였다. 굴은 어떻게 된 거야? 우선 몸을 일으켰다. 그런 다음 엉거주춤한 자세를 취했다가 똑바로 일어났는데 머리에 아무것도 닿지 않았다. 자연스럽게 일어설 수 있었다. 여기는 대체 어떤 공간일까. 유마가 어안이 벙벙해져 있는데, 어둠 속에서 누군가 기분 나쁘게 웃었다.

"후훗."

18장 어둠

　유마는 숨을 죽인 채 주위를 살폈다. 그렇지만 너무 캄캄해서 아무것도 보이지 않았다. 유마는 조금씩 뒤로 물러서면서 등 뒤로 두 손을 뻗었다. 경우에 따라 굴 속으로 도망쳐야 할지도 모른다. 여기가 어디이고 웃음소리의 주인이 누구인지 모르는 이상 돌발 상황을 대비해야 한다. 두 손은 금세 차가운 벽 같은 것에 닿았다. 유마는 몸을 숙이고 굴이 있을 거라 짐작되는 주변을 살폈다. 그러나 까끌까끌한 평면만이 이어질 뿐 굴은 없었다. 그러다 오른손이 바닥에 닿았다. 문지르는 범위를 넓혀보았지만 역시 굴은 찾아볼 수 없었다. 분명히 굴이 있을 법한 부분은 다른 곳에 비해 벽이 거칠었다. 하지만 더는 알 수 없었고, 조금이나마 파인 곳조차 발견하지 못했다.

　'나는 굴에서 나와서 일어났으니까, 등 뒤에 굴이 있어야 하는데 완전히 사라졌어. 고무 같은 감촉도 전혀 없어. 콘크리트로 된 벽 같은 것만이 등 뒤에 펼쳐져 있을 뿐이야. 굴로는 도망칠 수 없어.' 물론 돌아가고 싶진 않았지만, 퇴로가 차단된 것은 틀림없었다.

어떡하지? 유마는 자문했지만, 자답은 할 수 없었다. 비좁은 굴 속을 기고 있을 때는 한시라도 빨리 바깥으로 나가고 싶었다. 하지만 지금은 자유롭게 설 수 있는 상태인데도 엄청나게 불안했다. 여기는 어디지? 나는 과연 살아났다고 말할 수 있을까? 어느새 유마는 벽에 등을 찰싹 붙이고 있었다. 이 어두운 세계에서 싸늘한 느낌이 전해져오는 벽만이 유일하게 확실한 것이기 때문이리라. 그러나 영원히 이러고 있을 수는 없다. 벽을 따라서 움직이면 문이라도 찾을 수 있지 않을까. 그렇다면 적어도 여기가 방이라는 사실은 알 수 있다. 하지만 손에 닿는 것이 벽뿐이고, 앞으로 가봐야 벽의 네 귀퉁이 같은 모서리를 계속 지날 뿐이라면, 방 안을 마냥 빙글빙글 돌게 될 뿐이라면, 아니, 그보다 등 뒤의 벽이 마냥 끝없이 이어진다면, 아무리 걸어도 벽이 끝날 기미가 전혀 안 보인다면, 여기가 그런 이계라면⋯⋯.

유마의 상상은 점점 나쁜 쪽으로 흘러갔다. 여기에 존재하는 것은 등 뒤의 벽과 발밑의 바닥뿐이다. 이 둘이 캄캄한 공간 속에서 한없이 이어지고 있다. 한 번이라도 벽에서 떨어지면, 두 번 다시 건드릴 수 없을 것이다. 사방에 아무것도 없는 정체불명의 암흑 세계를 영원히 방황하게 될 것이다. 싫다. 유마가 압도적인 공포와 절망에 사토잡혀 있는데, 흐릿한 웃음소리가 울렸다.

"훗."

저 앞쪽에서 들려온 것 같지만, 실제로 어디에서 들렸는지는 알 수 없다. 눈이 보이지 않으면 때로 청각이 예민해진다. 하지만 유마의 경우는 달랐다. 오히려 캄캄한 어둠 속에서 모든 감각이 마비된 기분이었다.

"누, 누구?"

그래도 물어본 이유는 묵묵히 있자니 무서웠기 때문이다.

"훗."

하지만 웃음소리를 낸 상대는 대답하지 않았다.

'설마, 그 검은 인물?' 하지만 굴 속에서 어떻게 유마를 앞질러 여기에 와 있을 수 있겠는가. 게다가 웃음소리가 전혀 달랐다.

"넌 누구야?" 최대한 용기를 쥐어짜내서 유마는 강경한 어조로 물었다.

"훗."

대답 없이 또다시 웃음소리가 들려왔다. 다만 조금 전보다는 가까이 있는 기분이 들었다.

"훗."

목소리가 더욱 가까이 다가왔다.

"훗."

캄캄한 어둠 속에서 흐릿한 웃음소리만이 조금씩 유마에게 다가오고 있었다.

"훗."

유마는 벽을 따라 오른쪽으로 도망쳤다. 상대가 눈치채지 않도록 살금살금 이동했다.

"훗."

그런데 웃음소리도 유마의 움직임에 맞추듯이 오른쪽으로 이동했다.

'내가 보이는 건가?' 내 몸조차 보이지 않을 정도로 캄캄한데 저쪽은 나의 움직임이 보이는 걸까? 유마가 벽에 등을 붙이면서 더욱 오른쪽으로 이동하자 오른쪽 귓가에서 그것의 웃음소리가 들렸다.

"헷헷헷."

온몸에 쫙 소름이 돋고, 등줄기가 부르르 떨렸다. 비명을 지르고 싶은데 목구멍에서 소리가 나오지 않았다. 이 자리에 붙박인 채로 숨이 막혀 죽을 것만 같았다.

"훗."

오른손에 공기의 흔들림을 느낀 순간 유마는 절규했다.

"우와아아아!"

저것이 습격해온다는 사실을 알아차리고 황급히 왼쪽으로 도망쳤다.

쿵.

얼마 가지 못해서 뭔가와 부딪혔다. 황급히 손으로 더듬었는데 차디찬 금속성 감촉이 느껴졌다. 조금 더 만져보자 무엇인지 알 것 같았다. 책장? 이 장애물을 피해가면서 도망쳐야만 한다.

"야."

그때 뒤에서 누군가의 목소리가 들렸다. 곧바로 움직이려 하다가 유마는 몸이 굳었다. 설마, 하고 생각하면서도 유마는 물었다.

"세이?"

잠깐 침묵이 흐른 뒤 대답이 들려왔다.

"이제야 알았냐?"

아주 재미있어하는 세이의 목소리가 들렸다.

"야, 너 진짜 너무한다."

"미안해. 조금 장난이 심했나?"

"하아……."

안도한 나머지 유마는 크게 한숨을 내쉬었다. 이젠 다 틀렸다고 절망하고 있었던 터라 그야말로 죽다 살아난 기분이었다. 이번에는 숱한 의문이 순식간에 떠올랐다.

"너도 나무 굴에 들어갔었어?"

"물론이지."

"안쪽으로도?"

"그건 잘 기억이 안 나."

유마는 놀라는 한편으로 당황했다.

"무슨 소리야?"

"그러니까 확실히 기억이 안 난다고나 할까⋯⋯."

"요컨대 정신을 차려보니 여기 있었다는 얘기야?"

이렇게 물어보다가 유마는 더욱 중요한 질문이 생각나 다시 물었다.

"애초에 여기는 어디야?"

"어, 몰랐어?"

세이는 어이가 없다는 투로 말한 뒤에 재미있다는 어조로 답했다.

"여기는 말이야, 내가 아지트로 삼고 있는 고무로 저택의 창고실 지하야."

유마로서는 너무나 의외인데 세이는 선뜻 의문을 풀어주었다.

"농담이겠지."

"이런 판국에 농담을 하겠냐?"

"하지만⋯⋯."

전혀 믿기지가 않아서 유마는 아연실색하여 물었다. "나무 굴하고 고무로 저택의 지하가 왜 연결되어 있는 건데?"

"그건 내가 너한테 묻고 싶어."

"아, 하긴."

세이는 나무 굴 안쪽으로 깊이 들어갔는지 어떤지 확실히 기억하지 못했다. 정신을 차리고 보니 고무로 저택의 창고실 지하에 있었던 것이다.

"너는 어떻게 여기로 나올 수 있었던 거야?"

반대로 질문을 받자 유마는 말이 막혔다.

"아, 나는 추격전에 휘말렸어."

유마는 검은 인물의 존재를 떠올리고 지금까지 겪은 일을 세이에게 알려주었다.

"그자도 나무 굴의 구멍을 나와서 여기 있는 것은 아니잖아."

"그럴걸."

만약 같이 나올 수 있었다면 가만있었을 리가 없다.

"어째서 너만 구멍을 빠져나올 수 있었던 거야?"

세이는 검은 인물의 정체보다 그게 더 중요한 모양이었다.

"굴이 좁았기 때문이겠지."

"진짜로? 아니, 굴이 좁은 건 사실이겠지. 다만 그런 이유로 놈이 나올 수 없었는지…….."

"다른 이유가 있다는 거야?"

"놈은 평범한 인간이지만, 너는 다르다……라든가?"

"……."

곧바로 반응하지 못했던 이유는 지금까지 이계를 체험했기 때문이다.

"거짓말 같은 이야기지만……."

이 대목에서 유마는 자신이 경험한 이상한 일 두 가지를 밝혔다. 이번에는 세 번째로 이계에 들어갔을지도 모른다는 사실을 어떻게든 설명했다.

"흐음―."

어떤 반응이 돌아올지 몰라 유마는 약간 긴장했지만, 아무래도 세이는 지금까지 해준 이야기를 믿는 듯했다.

"그렇구나. 사정이 그렇게 됐구나."

오히려 감탄하고 있었다. 또 한편 분한 것처럼 보여서 어쩐지 이상했다.

"세이, 일이 왜 이렇게 됐을까? 혹시 짚이는 바가 있어?"

"그래. 간신히 안 것 같아."

이렇게 대답하는 세이의 어조에서는 상당한 자신감이 느껴졌다.

"대체 원인이 뭐야?"

"달리 뭐가 있겠냐. 이계에 갈 수 있는 너의 특별한 능력 때문이겠지."

당연하다는 듯이 세이가 대답했다.

"느, 능력이라니……. 그건 내가 어떻게 할 수 있는 일이 아니야. 난 기분 나쁜 이상한 세계 따위엔 가고 싶지도 않고. 하지만 노래처럼 가락이 실린 목소리가 들려오면 딱 스위치가 켜지는 것처럼 그런 공간에 들어가 버려."

"그게 능력이라니까. 보통 사람은 그런 게 없어."

"큰 나무의 나무 굴 속에 계속 굴이 이어져 있는 이유도 내 능력 때문이라고?"

"아니, 그 무서운 굴은 옛날부터 있었던 거라고 봐."

거기서 유마는 문득 한 가지 해석을 떠올렸다.

"사사 숲에서 가미카쿠시를 겪어도 굴에 완전히 빠지지 않으면 돌아올 수 있는지도 몰라."

"나무 굴까지만 가면 괜찮다는 거야?"

"기억의 일부를 잃거나 다른 사람처럼 변하긴 하겠지만, 일단은 돌아올 수 있지 않을까?"

유마는 물론 히사시와 고이즈미의 사례를 염두에 두고 있었다. 전자는 그냥 나무 굴에 들어간 것뿐이어서 돌아올 수 있었다. 그러나 후자는 너무 깊이 들어가 버렸기 때문에 결코 돌아올 수 없었다. 고이즈미가 실종되기 1년 전에 행방불명됐다는 시자쿠 마을의 아이도 이 사례에 포함될지 모른다. 그 아이도 기억의 일부를 잃었다고, 요시마타가 말했었다.

조금 흥분한 투로 유마가 자신의 생각을 이야기하자 세이가 혼잣말처럼 중얼거렸다. "시모다인지 하는 애 역시 그랬나?"

유마는 깜짝 놀라서 물었다. "시모다는 누구야?"

"아까 말했던 시자쿠 마을에서 행방불명됐던 애야."

상당히 자세히 알고 있어서 놀랐지만, 중요한 이야기는 아직 끝나지 않았다.

"나무 굴이 원래 안쪽으로 뚫려 있었다면, 내 능력 따윈 상관없잖아."

"구멍을 지나서 여기로 나온 게 바로 너의 능력이라고."

"요컨대……."

"옛날부터 있었던 나무 굴이, 너의 이계와 연결된 거겠지."

딱히 바라지도 않던 이계를, 마치 유마가 속한 세계처럼 이야기해서 기분이 썩 좋지 않았다. 하지만 지금은 그런 일에 언짢아하고 있을 때가 아니다.

"이 세계에는 본래 없는 두 개의 이계가 연결되었기 때문에 여기로 나왔다는 거야? 그게 고무로 저택의 창고실 지하인 이유는……."

우연일까, 하고 생각하다가 유마는 고개를 갸웃했다.

"너는 나보다 먼저 구멍에 들어갔잖아? 그렇다면 세이 너도 같은 이계에 있었다는 이야기잖아? 나의 이계에 너도 말려들었다는 거야?"

"네 뒤를 쫓아서 구멍에 들어간 검은 인물은 틀림없이 그랬겠지. 하지만 나는 너보다 먼저 들어갔다 나왔어. 그런데도 이계의 영향을 받을까?"

"하지만……."

지금 이렇게 여기에 있지 않은가, 라고 말을 이으려다 유마는 묘한 깨달음을 얻었다. 내가 구멍에서 나왔을 때 어떻게 세이는 나라는 사실을 안 걸까. 한마디도 하지 않았는데 어째서 유마임을 알 수 있었을까. 이렇게 캄캄한 암흑 속에서 바로 말을 걸지 않은 것도 이상했다. 상대에게 겁을 주는 장난을 할 상황도 아닌데 말이다.

"왜 그래? 갑자기 입을 다물고."

가만히 들어보면 세이의 어조에는 흐릿한 비웃음이 섞여 있는 듯하다. 마치 자기만 아는 중대한 사실을 감춘 채로 유마를 가지고 노는 거라고나 할까. 유마는 살며시 움직였다. 등 뒤에 있던 책장 같은 것을 우회해서 창고실로 올라가는 사다리를 찾을 생각이었다.

"어디로 가는 거야?"

곧바로 세이의 목소리가 어둠 속에서 들려왔다.

"이렇게 아무것도 안 보이는데 함부로 움직이지 마. 별로 좋은 생각이 아냐."

이렇게 말하면서도 세이에게는 유마가 보인다는 느낌이 들어서 견딜 수 없이 무서웠다. 하지만 일부러 확인하는 것은 더욱 무서웠다.

"혹시 창고실에 올라갈 계단을 찾는 거야?"

유마가 입을 다문 채로 손으로 계속 더듬고 있자 세이의 목소리가 쫓아왔다.

"그쪽이 아니야."

게다가 등 뒤에서 비웃듯이 결정타를 날렸다.

"이쪽이야."

그쪽으로 따라가려다 유마의 발이 멈췄다. 세이의 목소리가 진행 방향에서 들렸기 때문이다. 방금 전에는 뒤에 있었을 텐데.

"대, 대체 뭐야."

너무 무서워서 저절로 말이 튀어나왔다.

"치, 친구라고 생각하고 있었는데……."

"맞아."

바로 귓가에서 세이가 속삭였다.

"그래서 너를 나무 굴까지 데려갔던 거잖아."

"뭐……?"

세이가 아무런 기척도 없이 바로 옆에 와 있어서 무서웠지만, 뜻 모를 소리를 들으니 더욱더 몸이 떨렸다.

"내 친구로 삼을까 해서 말이야. 그런데도 너는 굴에서 나왔어. 친구라고 생각하고 있었다고? 내가 할 소리를 네가 하고 있잖아."

"무, 무슨 얘기야?"

듣고 싶지는 않았지만, 진상을 모르면 더욱 무섭기 마련이다.

"계속 혼자 있었으니, 당연히 친구가 필요하지 않겠어?'

"계속……이라니?"

"벌써 10년이 다 됐나."

유마는 꿀꺽하고 천천히 침을 삼킨 다음 말했다.

"너, 너, 너는…… 세이이치지? 엄마는 사토미 씨고…….'

"햐하하하하 ……."

오싹하고 팔뚝에 소름이 돋는 웃음소리가 요란하게 울려 퍼졌다.

"역시 오해하고 있었구나. 혹시나 했는데. 뭐, 나로서는 그러는 편이 좋았지만 말이야."

"무, 무슨 소리야?"

"너는 나를 보자마자 갑자기 '세이'라고 불렀지."

"세이이치의 '세이'잖아."

"무슨 소리야. 마사토의 이름 중 '마사正'를 '세이正'로 읽은 내 별명이잖아."

반사적으로 유마는 뒷걸음질 치기 시작했다. 마사토의 마사를 세이로 읽는다? 그건 고이즈미 마사토正人의 이름에 들어가는 한자 '정正'의 다른 발음인 '세이'를 별명으로 했다는 뜻인가? 그럼 세이는 고이즈미 마사토? 아버지의 필명인 세이토바츠이의 비밀을 풀어낸 유마가 이런 착각을 할 줄이야……. 그렇지만 어떻게 봐도 세이는 어린아이였다. 10년 전에 행방불명됐는데 지금도 어린아이 모습이 아닌가.

"하, 하지만 너는, 지금 할아버지 할머니와 함께 살고 있다고 하……."

"난 그런 소리를 한 적 없어. 할아버지에게는 너무 걱정 끼치고 싶지 않았으니까, '잠깐 숲을 산책하고 오겠다'라고 말한 적은 있지만."

같은 이야기를 요시마타도 했음을 문득 유마는 떠올렸다.

"사토미 씨가 엄마라고……."

"그것도 내가 한 말이 아니야."

죄다 유마가 넘겨짚은 것이었다. 돌아보면, 확실히 세이는 자기 이야기를 거의 하지 않았다. 분명 이런 사정일 거라고 유마가 넘겨짚었던 것뿐이다. 그러고 보면 사토미 씨는 도호쿠 출신으로 고등학교 졸업 후에 도쿄로 나왔다는 이야기를 삼촌이 했었다. 만약 세이가 사토미 씨의 아들이라면 애초에 간사이 억양은 없어야 하지 않을까.

"명백한 단서가 하나 있었는데 말이야."

"어떤?"

"나는 너보다 먼저 이곳에 왔다고 말했었지?"

"응."

"그건 사실이야. 또 내가 도모노리의 방에서 창고실 열쇠를 발견해서 지하로 내려오는 바닥문을 열어두었다고 한 말 기억 나? 이 말이 사실이라면 네가 별장 안을 탐색했을 때 간단히 문이 열렸겠지?"

들고 보니 그렇다. 하지만 바닥문은 잠겨 있었다. 세이가 열어놓지 않았다는 증거다. 왜냐하면 세이에게 **자물쇠가 채워진** 문 따위는 아무런 의미가 없을 테니까.

유마가 다시 뒤로 물러서자 세이가 말했다. "이것으로 확실해졌지?"

"무, 무, 무엇이?"

"내 정체와 목적이."

유마는 대답하지 않고 계속 물러섰다.

"너하고 나…… 많이 닮았다고 생각하지 않냐?"

세이의 목소리가 조금 변했다.

"우리 아버지는 내가 어릴 적에 돌아가셨어. 그래서 아버지에 대한 추억이 아주 적어. 그후에 그 녀석이 아버지가 되었지. 데릴사위 형식으로 고이즈미 가에 들어온 거야. 곧 동생이 태어났어. 그러자 갑자기 나를 대하는 태도가 변했어. 녀석은 할아버지나 엄마 앞에서는 나를 귀여워하는 척했지만, 돌아서면 달라졌어. 내가 문제아라는 거짓말을 조금씩 주위에 퍼뜨려서 믿게 만들었어. 물론 나는 반항했지만, 그건 스스로 내 목을 조르는 행위였지. 엄마까지 녀석에게 속아버렸으니까. 마지막까지 내 편으로 남은 사람은 할아버지 정도였어."

유마는 어느새 세이의 이야기에 열심히 귀를 기울이고 있었다.

"사사 숲에 가려고 했던 이유도 될 대로 되라는 마음 탓이었다고 봐. 그랬는데 설마 그런 일을 당할 줄은……."

세이의 목소리가 갑자기 뚝 끊겼다.

"무, 무슨 일이 있었는데?" 유마가 조심조심 물었지만, 주변은 쥐 죽은 듯 조용했고 세이는 아무런 말도 하지 않았다.

"세이?" 망설이면서 불러보자 응답했다.

"그게 말이지, 아무 기억도 안 나더라고. 그런 일……이라고 말했지만 말이야. 틀림없이 나무 굴 안에서 엄청 무서운 일을 당했는데……."

"무슨 일이 있었는지는 전혀 기억하지 못한다?"

"응. 게다가 그뿐만이 아니란 기분이 들어."

"뭐?"

"무서운 일이 더 있었어……."

"나무 굴 안에서?"

흐릿한 기척뿐이었지만, 세이는 고개를 가로저은 듯했다.

"그렇다면 숲에서?"

한동안 생각에 잠긴 후에 다시 고개를 젓는 기척이 느껴졌다.

"그렇다면 어디서?"

그걸 떠올릴 수 있다면야 애먹을 일도 없을 텐데, 유마는 이렇게 묻고 말았다.

"아무 기억도 없어. 어쩌면 구멍 안에 들어갔기 때문일지도 몰라."

"고무로 히사시도 기억의 일부를 잃었다고 했으니……."

그뿐만이 아니라 다른 사람처럼 될 우려도 있었다. 과연 세이는 어느 쪽일까, 유마는 조금 신경이 쓰였다. 하지만 본인에게 물어봤자 소용없었다. 게다가 유마는 행방불명되기 전에 고이즈미가 어땠는지를 모르니 더욱 그랬다.

"그런데 반대로 생각하면, 우리가 나온 굴은 무섭고 싫고 괴로운 것들을 깨끗하게 잊게 해주는 장소라고 할 수도 있지 않을까?"

"그건……."

"그러니까 우리 같이 다시 한 번 굴에 들어가자."

멈춰 서 있던 유마가 다시 물러서기 시작했다.

"어때?"

세이의 목소리가 조금씩 다가왔다.

"어때?"

유마는 벗어나려고 했지만 거리를 전혀 벌릴 수가 없었다.

"어때?"

그래도 유마는 필사적으로 도망쳤지만, 갑자기 귓전에서 속삭임이 들려왔다.

"어때?"

"우와아아! 사, 사, 살려줘어어어!"

유마는 자기도 모르게 절규하면서 캄캄한 지하실을 마구 뛰어다녔다.

쿵!

왼쪽 어깨가 뭔가에 부딪쳐서 유마는 쓰러졌다. 더듬거리며 일어나다가 어깨가 부딪힌 것이 사다리임을 깨닫자마자 유마는 잽싸게 올라가기 시작했다. 그런데 바닥문이 열리지 않았다.

쿵, 쿵, 쿵!

힘껏 아래쪽에서 문을 두드리며 사토미 씨에게 도움을 청했다. 만약 사토미 씨가 조리실에 있다면 분명히 들을 수 있을 것이다.

끼이이.

그때 사다리 아래쪽에서 삐걱거리는 소리가 들렸다. 세이가 올라오고 있었다.

쿵쿵! 쿵쿵쿵!

유마는 죽을 힘을 다해서 문을 계속 두드렸다.

끼이이.

문 두들기는 소리 때문에 이렇게 시끄러운데, 사다리가 삐걱거리는 소리가 또렷하게 들려왔다.

쿵쿵쿵!

끼이이.

마치 공명하는 선율처럼 두 개의 소리가 겹치고 있었다.

쿵쿵끼이이쿵끼이이.

세이의 두 팔이 갑자기 유마를 끌어안는가 싶더니 양쪽 귀로 세이의 목소리가 쏟아져 들어왔다.

"같이 가자!"

19장 호박남자

눈을 떠보니, 유마는 침대에 누워 있었다. 하지만 2층 침실에 눕혀질 때까지 일어난 일을 죄다 잊어버린 것은 아니었다. 창고실 지하의 사다리 위에서 세이에게 끌어안기자 자신조차 들어본 적 없는 무시무시한 절규가 뿜어져 나왔다. 이대로 머리가 이상해져버리는 게 아닐까 할 정도로 무서웠다. 그런데 갑자기 눈앞이 확 밝아지더니 누군가 자신을 끌어당겼다. 삼촌? 곧바로 삼촌이라고 느꼈지만 삼촌이 고무로 저택에 돌아오는 날은 빨라야 모레였다. 삼촌일 리가 없었다. 사토미 씨도 아니었다. 당시 사토미 씨는 정체 모를 인물 옆에 있었다. 게다가 문제의 인물은 틀림없이 남자였다. 관리인 요시마타 씨? 하지만 그 사람이 유마를 손쉽게 들어 올릴 힘이 있을까? 게다가 고무로 저택 안에 있을 리도 없었다. 사토미 씨가 불러들일 것 같지도 않았다. 누구인지는 알 수 없지만, 유마의 절규가 닿았기에 달려와 구해주었고 무슨 일이 있었느냐고 물었다. 하지만 유마는 제대로 대답할 수 있는 상태가 아니었다. 그래서 일단 2층 침실로 옮겼는지도 모른다. 유마는 침대에 누운 채로 이렇게 추리하다 갑자기 비명을 내질렀다.

"아!"

유마는 몸을 벌떡 일으켰다. 세이. 대체 그애는 어떻게 되었을까. 그때 유마를 구출한 남자나 문 쪽에 있던 사토미 씨는 과연 세이의 모습을 보았을까. 아마 기척조차 느끼지 못했을지 모른다. 가령 눈앞에 있어도 인식할 수가 없었을 것이다. 그렇지 않다면 사토미 씨가 이미 목격했을 것이다. 세이가 나에게 자신을 드러낸 이유는 친구로 삼을 만한 아이였기 때문일까. 아니면 이계 체험 능력 때문일까. 어쩌면 세이라 해도 대답할 수 없을지 모른다. 녀석과는 이제 두 번 다시 만날 수 없으려나? 아니면 여전히 유마를 친구로 삼으려고 잠복해 있을까. 뭐 그렇다 해도 고무로 저택에서는 동익동의 창고실과 중앙동 3층의 다락방을, 사사 숲에서는 나무 굴만 피하면 괜찮지 않을까. 이런저런 생각을 하면서 침대에서 일어나 침실을 나서려다 유마는 움찔했다. 문이 잠겨 있었다. 사토미 씨가 한 짓일까? 두 번 다시 마음대로 나가지 못하게 하겠다, 그런 사토미 씨의 분노가 느껴져서 마음이 몹시 어두워졌다. 다시 침대에 돌아와

꾸벅꾸벅 졸고 있는데, 갑자기 문이 열리더니 누가 들어왔다. 그 사람의 얼굴을 본 유마는 깜짝 놀랐다.

"사, 사, 삼촌."

그런데 삼촌은 전혀 웃지 않았다.

"인마, 너 대체 어디 갔던 거야?"

무서운 얼굴로 버럭 호통을 쳤다.

"창고실 지하에 계속 있었던 거야?"

지금까지 한 번도 본 적 없는 무서운 얼굴이었다.

"거기서 대체 뭘 하고 있었어. 그리고 왜 살려달라고 비명을 지른 거야."

삼촌은 쉬지 않고 질문을 던졌다.

"저, 저기……."

서슬에 눌려서 유마는 제대로 대답하지 못했다.

"제대로 대답 못 하겠냐!"

삼촌의 분노가 폭발했다.

"미, 미, 미, 미안해."

모기 소리 같은 목소리로 사과하자마자 뚝뚝뚝 두 눈에서 눈물이 떨어졌다. 지금까지 삼촌에게 혼난 적은 한 번도 없었는데 지금 삼촌은 그야말로 불같이 화를 내고 있었다. 처음으로 분노로 가득한 삼촌의 얼굴을 보니 무서웠고 너무 큰 걱정을 끼쳤다는 생각에 후회가 밀려와 유마는 울고 있었다.

"훌쩍거릴 틈이 있다면……."

계속해서 화를 내려던 삼촌이 갑자기 입을 다물었다. 뒤따라 들어온 사토미 씨가 삼촌의 팔을 잡고 넌지시 말린 것 같았다.

그래도 분노가 수그러들지 않는지 한소리 더 했다. "진짜 너 때문에 놀라 까무러치는 줄 알았다고."

계속 불평하면서 번득이는 눈으로 유마를 노려보고 있었다.

"그만 좀 해."

사토미 씨가 말리자 간신히 진정했는지 이렇게 말했다. "우선 눈물 닦고 코 좀 풀어."

삼촌은 무뚝뚝하게 말하면서 책상 앞의 의자를 침대 앞으로 옮겨놓고 앉았다.

"정말로 무사해서 다행이야."

사토미 씨는 미소 지은 뒤에 휴지를 건네주었다.

"고, 고맙습니다."

눈물 콧물을 닦으며 유마는 조금 진정할 수 있었다. 하지만 삼촌에게 어떻게 설명해야 좋을지를 생각하자 머리가 아파오기 시작했다.

"그래, 대체 뭔 일이 있었냐?"

삼촌의 얼굴에는 아직도 분노가 남아 있었다. 하지만 감정을 억누르고 있음을 알 수 있을 정도로 말투가 온화하게 변했다.

"자, 잘은, 서, 설명할 수 없지만……."

"상관없어. 이야기가 오락가락해도 상관없으니까 편하게 말해."

살며시 침실을 나가려는 사토미 씨에게, 유마는 같이 있어달라는 몸짓을 보였다. 이제는 괜찮을 거라 생각했지만, 삼촌이 다시 화를 내지 말라는 법은 없었다.

"도, 도저히 믿기 힘든······ 이야기도, 이, 있겠지만······."

"알았어. 어쨌든 중간에 이야기를 자르지는 않을 테니까 전부 빠짐없이 얘기해봐."

평소 삼촌의 모습으로 거의 돌아간 것 같아서 유마는 좀 더 마음을 놓을 수 있었다. 덕분에 더듬거리는 말투로나마 세이와 만난 일부터 이후의 소름 끼치는 일들을 전부 이야기했다. 여기에는 이계 체험도 포함돼 있었다. 삼촌은 몇 번이나 숨을 삼켰다. 상당히 놀랐기 때문일 것이다. 하지만 약속했던 대로 한 번도 끼어들지 않았다. 사토미 씨도 마찬가지 반응을 보였지만, 더 많은 충격을 받은 사람은 어떻게 보더라도 삼촌이었다. 유마의 이야기가 끝나자 침실에 침묵이 떠돌았다.

"고이즈미 마사토의 유령······이라고."

삼촌은 혼잣말처럼 중얼거리고는 생각에 잠겼다.

유마가 조심조심 물었다. "미, 믿는 거야?"

"그래." 삼촌은 짧게 대답하고는 계속 뭔가를 생각했다.

"유마 군, 배는 안 고프니?"

사토미 씨가 물어보았지단, 조금도 배가 고프지 않아서 고개를 저었다.

"이틀이나 아무것도 안 먹었는데, 괜찮아?"

사토미 씨가 영문 모를 소리를 해서 유마는 몹시 당황했다.

"무, 무슨 소리예요?"

"네가 안 보인다고 사토미 씨가 연락한 때가 그저께 저녁이야."

"뭐……?"

삼촌의 말에 유마는 말을 잃었다.

"하지만 네 이야기를 들으니, 만 이틀 동안 나무 굴 안에 있었던 것 같지는 않네."

"응."

그만한 시간이 흘렀다는 느낌은 조금도 들지 않았다. 하지만 아무래도 사실인 것 같았다.

"네 엄마가 아주 걱정하고 있어."

이렇게 삼촌이 말하자 가슴이 죄어들 듯이 아팠다.

"내가 없어진 건……."

"물론 어떻게든 얼버무렸지만……."

이때 삼촌이 가만히 유마의 얼굴을 들여다본 뒤에 중얼거렸다. "이제는 더 이상 숨길 수 없을 것 같네."

"하, 하지만 사사 숲에 들어간 걸……." 유마는 '굳이 엄마에게 말할 필요는 없지 않을까'라고 말하려고 했다.

"지금부터 네 엄마에게 전화를 할 거야. 쓸데없는 소리는 한 마디도 하지 마."

삼촌은 휴대전화를 한 손에 들고 문 앞까지 이동하면서 말했다.

"그냥 '저는 잘 있습니다. 아무 걱정도 할 필요 없습니다'라고 말해서 엄마를 안심시키는 거야. 이런저런 질문을 할지도 모르겠는데, 하여간 네 엄마가 걱정할 만한 소리는 절대 하지 마. 알겠지?"

유마가 고개를 끄덕이기를 기다린 뒤에 삼촌은 침실을 나갔다. 하지만 10초 정도 지나서 돌아와 휴대전화를 유마의 뺨에 대고서 신호하듯이 가볍게 고개를 끄덕였다.

"엄마?"

"유, 유, 유마니?"

거의 우는 듯한 목소리였다.

"괜, 괜찮니? 다친 데는 없고? 너……."

"응, 괜찮아요. 잘 있어요."

"하지만 유……."

"걱정하실 필요 없어요. 여기서 삼……."

스피커폰으로 설정돼 있던 휴대전화를 삼촌이 갑자기 통화 모드로 돌리더니 자기가 이야기하기 시작했다. 놀랍게도 유마에게 장난칠 때 사용했던 확성기형 음성변조기를 사용하고 있었다. 한데 이어지는 삼촌의 말을 들은 유마는 거의 까무러칠 뻔했다.

"이제 아셨습니까? 당신 아드님은 이렇게 잘 있습니다. 요 이틀 동안 아이가 전화를 받지 못한 이유는 말씀드렸던 대로 이쪽 사정 때문이었습니다. 이해하셨습니까? 그렇다면 몸값을 잘 부탁드립니다. 몸값 전달 방법에 대해서는 이쪽에서 다시 연락드리겠습니다."

전화를 끊은 삼촌을 유마는 멍하니 바라보고 있었다. 이어 황급히 사토미 쪽을 보았지만, 그녀는 눈을 돌리며 고개를 숙여버렸다.

"이, 이거, 어떻게 된……."

유마가 말을 맺기 전에 삼촌이 크게 한숨을 쉰 뒤에 말했다.

"그러니까 너한테 더 이상 숨길 수 없겠다고 말한 거라고."

"뭐……?"

"맨 처음에 내가 분명히 말했잖아?"

"무, 무슨 말?"

"학교에서 돌아오는 너에게 '세토오, 유우마아—. 너를, 납치하겠다아—'라고 말이야."

호박남자가 했던 대사만 삼촌은 음성변조기를 사용해 읊었다.

"그때 했던 말대로 너는 지금 유괴된 거야."

"사, 삼촌······한테?"

생각이 미처 따라가지 못할 정도로 유마는 혼란에 빠졌다.

"그래."

"농담······이 아니라?"

"그래. 사업이 망하는 판이라 돈이 좀 필요하거든. 장난이 아니야. 안 그랬다면 방금 같은 통화를 하겠냐."

유마는 놀라서 비명을 지를 뻔했다. 고무로 저택에 머무른 지 사흘째 되던 밤에 삼촌은 응접실에서 기묘한 표준어로 중얼 거렸다. 세토 가에 몸값을 요구하는 전화를 걸기 위해 예행연 습을 한 걸까? 자신이 유괴당했다는 사실에 엄청난 충격을 받 았지만 유마는 도저히 궁금증을 억누를 수 없어서 응접실에서 있었던 일을 이야기했다.

"그걸 엿들었냐?"

삼촌은 놀란 듯했지만, 경계하는 표정으로 너털웃음을 터뜨 렸다. 그러고는 음성변조기를 내보이면서 말했다. "넌 참 예리 하구나. 아무리 이런 물건을 사용하더라도······ 평소처럼 간사 이 억양으로 이야기하면 정체가 발각될지도 몰라서 표준말 하 는 연습을 한밤중에 했는데 엿들었을 줄이야. 그래서 우리 똑 똑한 유마는 어떻게 추리했지?"

"사, 사사 숲에 들어갔던 삼촌이······."

유마는 망설이면서도 그때 했던 생각을 이야기했다.

"숲의 영향을 받아서 고무로 히사시처럼 다른 사람이 된 게 아닐까 하고……."

"이야, 이거 정말 걸작이구만."

삼촌은 재미있다는 표정을 짓더니 물었다. "그런데 히사시 이야기는 대체 누구에게 들은 거야?" 그러고는 날카로운 눈빛으로 사토미 씨를 쏘아보았다.

유마는 당황하며 말했다. "별장 관리인인 요시마타 씨한테 들었어."

"그 영감, 여기 왔었어?"

또다시 삼촌이 사토미 씨를 노려보아서 유마는 황급히 말을 이었다. "오쿠하쿠쇼 쪽의 다른 별장을 둘러보려고 이 집을 지나갈 때 응접실 베란다에 있는 나를 불러서……."

어떤 이야기를 나누었는지 삼촌에게 자세히 알려주었다. 그러자 삼촌은 깜짝 놀랄 만한 이야기를 꺼냈다.

"고무로 히사시가 행방불명된 이유는 구사마 도모키가 유괴했기 때문이야."

다만 유마는 구사마 도모키가 누구인지 곧바로 떠올릴 수 없었다. 그런 표정이 비쳤는지 삼촌은 어이없다는 듯이 물었다.

"뭐야. 너, 구사마 도모키가 누군지 모르냐?"

"응."

"네가 숲에서 겪은 일을 들었을 때, 나는 딱 감이 왔어. 나무 굴 안에 있던 이계의 구멍에 같이 들어간 자는 틀림없이 구사마일 거야."

"뭐어?"

그 검은 얼굴이……. 하지만 정체는 여전히 수수께끼였다.

"여기 오는 차 안에서 내가 했던 이야기 기억 안 나냐? 학창 시절에 가미하쿠쇼의 별장에서 나하고 아르바이트를 했던 선배잖아."

같이 아르바이트를 했던 선배가 있었다는 말은 기억하지만, 이름은 까맣게 잊고 있었다.

"실은 당시에 나도 은근히 제의를 받았었지."

"유, 유괴하자고?"

"어디까지나 에둘러서 한 이야기였지만, 유괴가 틀림없을 거야. 하지만 조금이라도 머리가 돌아가는 인간이라면 유괴는 가장 수지가 안 맞는 장사임을 알게 마련이지. 그래서 나는 못 알아들은 척했어. 그랬더니 구사마 혼자서 일을 저질러버리더라고. 그렇게 멍청한 인간이라고는 생각하지 못했던 터라 정말 깜짝 놀랐지."

"삼촌이 히사시를 구한 것은……."

선의에서 나온 행동이 아닐까, 라는 희망을 품었지만 이 역시 삼촌의 대답에 의해 무참히 박살났다.

"물론 돈이 될 거라고 생각했기 때문이지. 구사마의 조잡한 유괴 계획을 구출 계획으로 바꿔서 한몫 잡아보자고 생각했어. 녀석이 어린애를 숨긴 장소도, 요시마타가 우리에게 알려주었던 사사 숲의 어느 곳이라고 간단히 짐작할 수 있었으니까."

"큰 나무의 나무 굴……."

고개를 끄덕이는 삼촌을 보고 유마는 의문이 생겼다.

"하지만 그 나무라면 마을 사람들도 알고 있을 거 아냐? 다들 거기부터 찾아보지 않았을까."

유마의 지적에, 삼촌은 기분 나쁜 미소를 지으면서 말했다. "구사마 같은 놈보다 네가 훨씬 똑똑하구나. 사실 마을 녀석들은 그 나무에 가까이 가고 싶어 하지 않았어. 그래서 행방불명된 아이가 별장지 아이일 경우 일부러 피해서 찾아다녀. 괜히 근처에 갔다가 우환이 닥칠지 모른다 싶어 겁을 내는 거겠지. 반면 동네 아이가 없어지면 얘기가 달라져. 그 나무를 중심으로 주위를 탐색한다고, 언젠가 요시마타가 넌지시 이야기한 적이 있어. 나는 그걸 잊지 않고 있었지."

"그럴 수가……."

유마는 몹시 불쾌해졌다. 요시마타가 했던 말이 절로 떠올랐다. 숲에서 사라지는 아이들 중 시자쿠 지방 아이는 그나마 찾았지만, 다른 지방 아이는 거의 찾지 못했다고 했던 말. '이런 속사정이 있었구나…….'

"그래서 나는 어떻게든 그 나무를 찾아내려고 했지. 장소는 대충 알고 있었지만 좀처럼 다가갈 수가 없었어. 정말로 오싹한 기운을 내뿜거든."

"……."

"나무 굴 안에서 히사시를 발견했는데 녀석의 옷 위로 팔다리가 묶여 있어서 그걸 풀어주었지. 아이는 정신을 잃고 있었고, 정신을 차린 뒤에도 자기가 묶여 있었다는 사실을 전혀 기억하지 못했어."

"구사마 씨는……."

"내가 히사시를 구출한 뒤에 바로 내뺐어. 경찰의 의심을 받고 있었다면 최악의 타이밍에 모습을 감춘 거지. 하지만 정작 히사시는 유괴당한 기억을 하지 못해서 역시 가미카쿠시였다고 결론을 내린 모양이야."

"경찰이?"

"가미카쿠시를 인정했다는 말이 아니야. 요컨대 이건 범죄가 아니다, 아이가 혼자 숲에서 길을 잃었다고 판단한 거겠지. 그러니까 구사마가 도망칠 수 있었던 것도 사사 숲의 전승 덕분이야. 만약 일반적인 유괴 사건이었다면 분명 구사마는 체포되었을 거야. 요시마타는 처음부터 구사마를 좋게 보지 않았으니까, 갑자기 모습을 감추자 아르바이트하기 싫어서 도망친 거라고 생각했어. 덕분에 내 계획은 대성공이었지."

"정말 그렇게 생각해?"

기분 좋게 이야기하는 삼촌의 말을 끊고 화나게 만들면 안 된다고 생각했지만 도저히 참을 수가 없었다. 삼촌의 말을 들으면 들을수록 속이 부글부글 끓었다.

"뭐야, 실패했다는 거냐?"

"하지만 삼촌이 얻은 것은 이 별장뿐이잖아. 아무 일도 없었다면 팔아서 큰돈을 벌 수 있었겠지만 히사시 유괴 사건이 벌어졌고 오쿠하쿠쇼의 다른 별장도 마찬가지니 팔기는 어렵지 않겠어? 실제로 고무로 저택은 이렇게 안 팔리고 있고 말이야."

"후훗."

삼촌은 우습다는 듯이 코웃음을 치더니 말했다.

"역시 어린애구나. 너는 뭘 몰라. 히사시 사건에서 중요한 두 가지가 있어. 첫째, 내가 고무로 도쿠야의 손자를 구했다. 둘째, 답례로 고무로 저택을 양도받았다. 이 두 가지 사실이 내가 사업을 하는 데 얼마나 큰 도움이 되었는지 넌 모를 거야. 알겠냐? 전자를 돋보이게 하려면 후자가 필요해. 이 집을 팔아버리면 그걸 써먹을 수 없게 되잖아."

당최 이해할 수 없는 말이었지만, 삼촌이 다양한 사업에 손을 대는 데 히사시 사건을 잘 이용했다는 점만은 유마도 알 수 있었다.

"게다가 몇 년 정도는 여러모로 고무로 도쿠야의 신세도 졌고 말이야."

"별장을 받았을 뿐만 아니라?"

"당연하지."

삼촌은 참 뻔뻔스럽다. 그래서 유마는 다시 반항적으로 쏘아붙였다.

"그런데도 사업에 성공하지 못한 거야?"

"……."

한순간 삼촌의 눈이 번뜩 빛났다. 하지만 곧바로 미소 지으면서 너그러운 사람처럼 말했다. "나를 화나게 해봤자 아무런 득도 없을 거다."

하지만 유마는 삼촌의 눈빛에 담긴 의미를 알아차렸다. 이건 살의殺意였다. 지금까지 살아오면서 여러 차례 사업을 벌였다가 실패했는데, 이런 소리를 들으면 기분이 좋을 리 없었다. 상대가 어린아이인 만큼—게다가 몸값을 받아내기 위해 자신이 유괴한 아이인 만큼—더욱더 화가 치밀 것이다.

하지만 삼촌은 별로 신경 쓰지 않는다는 투로 이렇게 말했다. "그래, 네 말대로야. 하지만 중요한 것은 바로 이거지. 어떻게 만회할 것인가. 넌 내가 어떻게 했을 거라 생각하냐?"

하지만 유마가 곧바로 대답할 수 있을 리 없었다.

"뭐야, 모르겠냐?"

삼촌은 정말 실망했다는 표정을 짓더니 말을 이었다. "힌트를 줄게. 히사시 사건이 일어나고 고무로 도쿠야의 은혜를 받을 수 있었던 기간은 7, 8년 정도였어.”

유마는 생각하다가 앗 하고 몸을 떨었다.

“설마…….”

“오, 이해했냐?”

“이번에는 삼촌이 직접 유괴를 계획한 거야?”

“역시 너는 진짜 똑똑하다니까.”

빈정거린 게 아니었다. 진심으로 삼촌은 기분이 좋은 듯했다.

“하지만 유괴는 가장 수지가 안 맞는 장사라고 했잖아.”

“그래. 지금도 그렇게 생각해. 다만 보통의 유괴일 경우 그렇단 얘기지.”

“…….”

“히사시는 발견된 이후 기억의 일부가 사라져 있었어. 그래서 구사마는 유괴 범죄를 추궁당하지 않았지. 요컨대 나무 굴을 이용하면 안전하게 유괴해서 돈을 뜯어낼 수 있을지도 몰라. 그렇게 생각하지 않냐?”

“그런 말도 안 되는 일이…….”

놀라는 동시에 어이없어하는 유마를, 삼촌은 즐거운 표정으로 바라보았다.

“너하고 같은 생각을 했던 녀석이 또 하나 있었어.”

“구사마…….”

“그래서 이듬해 여름부터 녀석이 나를 몰래 감시했던 거야.”

"매년? 그후로 지금까지 계속?"

유마에게는 그야말로 정신이 아득해질 정도의 시간이었다.

"처음 몇 년은 매년 나타났지만, 곧 눈에 안 띄었어. 하지만 내가 거의 잊었을 즈음에 쑥 하고 얼굴을 보이더란 말이지. 그놈의 집념은 어떻게 봐도 정상이 아니야. 머리가 좀 이상해졌는지도 몰라."

삼촌은 딱하다는 표정을 지으면서 말했다.

"어쨌든 구사마는 고무로 히사시 사건으로 맛을 들인 내가 동일한 유괴를 계획할 거라고 짐작했던 모양이야. 그래서 콩고물을 받아먹으려 했거나, 나를 협박해서 한몫 챙길 심산이었겠지. 고놈치고는 웬일로 제대로 짚었지만, 곧바로 두 번째 사건을 일으킬 정도로 나는 멍청하지 않아. 고무로 도쿠야의 은혜를 입을 수 있는 동안에는 쓸데없는 짓을 할 이유가 없으니까."

삼촌은 잠시 침묵하더니 말을 이었다. "그래서 유괴를 실행한 것은 히사시 사건이 일어나고 10년이 흐른 뒤였어."

이 말을 들으니 유마는 뭔가가 마음에 걸렸다. 하지만 더 깊이 생각하기 전에 더욱 신경 쓰이는 말이 삼촌 입에서 흘러나왔다.

"게다가 나는 1년 전에 제대로 예행연습까지 해뒀어."

"무슨 소리야?"

"시자쿠 마을 외곽에서 놀던 아이를 붙잡아서 나무 굴에 던져 넣어봤어. 물론 내 얼굴이나 모습은 들키지 않게 단도리했고, 실패할 경우를 생각해서 평소부터 거짓말을 잘한다는 소문이 도는 애를 골랐으니 빈틈은 전혀 없었지."

"그게 시모다란 애야?"

세이가 말했던 시모다라는 아이가 아닐까.

"그래, 그런 이름이었던가? 그런데 네가 그걸 어떻게 알지?"

삼촌은 눈을 번뜩였지만, 세이에게 들었다고 대답했더니 참으로 복잡한 표정을 지었다.

"예행연습은 대성공이었지."

세이의 이야기는 아예 나오지 않았다는 듯이 삼촌은 이야기를 이어나갔다.

"시모다라는 아이에게는 유괴되었을 때의 기억이 없었어. 끌려가서 나무 굴에 들어갔고, 거기서 도로 나와서 마을 외곽에 방치될 때까지의 기억이 완전히 사라졌던 거야. 다만 내가 잘못 생각한 점은, 유괴되었다는 사실만은 기억하고 있었다는 거야. 나는 식은땀을 흘렸지만, 평소에 거짓말을 많이 하던 애를 골랐던 덕에 어떻게든 넘어갈 수 있었지."

아무래도 삼촌은 운이 따르는 사람인 모양이었다.

"이 시모다 사건이 발생했을 때, 기다렸다는 듯이 구사마가 접촉해왔어. 물론 나는 상대하지 않았지. 아이는 무사히 돌아왔고 아무것도 기억하지 못했으니까 말이야. 나를 협박하려고 해도 놈이 할 수 있는 일은 없었어. 반대로 내가 고무로 히사시 사건을 다시 들춰내서 구사마를 협박했을 정도지. 그래서 진짜 유괴 사건을 일으켰을 때도 녀석은 멀리서 구경이나 할 뿐이었어."

"진짜로 유괴할 때 선택한 애가 고이즈미 마사토구나."

"마을 아이를 유괴해봤자 큰돈은 벌 수 없어. 몸값을 뜯어내려면 당연히 별장 쪽 애를 골라야지."

"대체 세이에게……."

무슨 일이 일어났는가. 그걸 알고 싶다는 마음과, 하지만 알고 싶지 않다는 마음이 교차했다.

"녀석을 유괴해서 나무 굴에 넣을 때까지는 아무런 문제도 없었어."

"기억이 사라지지 않았다 ……는 얘기야?"

이번에는 삼촌이 물었다. "네가 만난 세이는 뭐라고 말했냐?"

"무서운 일을 당했다고, 하지만 그것 말고는 다른 기억이 전혀 없다고……."

세이가 말했던 "걱정 마. 이미 나는 저 숲에 들어갔었으니까 길도 잘 알아"라는 말이 다른 의미로 뇌리에 되살아났다.

"역시 성공했었군."

삼촌의 말투에서는 '잘될 수 있었는데 아깝다'라는 후회가 묻어났다.

"그런데 어째서 세이는……."

"여전히 행방불명이냐고? 그야 죽었으니까 그렇지."

"……."

"내가 나무 굴로 돌아왔을 때 녀석은 숨을 쉬지 않았어. 정말 깜짝 놀랐지. 덕분에 계획은 완전히 끝장나버렸어."

"어, 어째서……."

"내가 원인을 알겠냐. 굳이 말하자면 나무 굴하고 녀석의 궁합이 별로 안 좋았던 거겠지."

"그후에, 세이는……."

그애의 시신을 어떻게 했을까. 알고 싶다는 마음과 알고 싶지 않다는 마음이 또다시 엇갈렸다.

삼촌은 침착한 어조로 말했다. "어쩔 수 없이 여기로 운반해서, 창고실 지하의 벽을 깨고 묻었어. 네가 구멍에서 나왔다는 장소가 바로 그 근처일 거야. 거기만 벽의 촉감이 다른 데와 달리 거칠었을 거야."

곧바로 유마의 손바닥에, 어둠 속에서 굴을 더듬어 찾을 때 느낀 까끌까끌한 감촉이 되살아나고 팔뚝에는 소름이 돋았다.

"그래서 너한테 나무 굴에서 여기까지 굴을 통해서 왔다는 말을 듣고는 나 역시 등줄기가 오싹했지."

"……."

충격을 받은 나머지 유마는 입이 떨어지지 않았다. 하지만 짚이는 게 있어서 곧바로 물어보았다.

"세, 세이를 유괴했을 때 3층 다락방에 감금하지 않았어?"

삼촌이 섬뜩하다는 표정으로 말했다. "어떻게 알았냐? 분명 나무 굴에 넣기 전날 밤, 거기 있는 침대에 꽁꽁 묶어두었지."

"그래서 숲에서 나왔을 때 3층 창문에 어린애 형체 같은 게 보여서 무서웠던 거야?"

유마의 지적에 삼촌은 다시 오싹하다는 표정을 지었다. 그러더니 갑자기 흥미가 생긴다는 표정을 짓고는 물었다. "자신의 최후에 대해 세이는 아무 말도 하지 않았냐?"

참으로 무신경한 물음을 던져서 유마는 말을 잃었다.

"……."

"야, 대답해."

"……."

"야."

삼촌이 위협하자, 어쩔 수 없이 유마는 입을 열었다.

"조, 조금 전에도 말했지만, 무서운 일을 당했다고……."

"어떤 일을?"

"그, 그건 나도 몰라. 하지만 장소가 숲이나 나무 굴 안은 아니랬어."

"요컨대 이 집의 창고실 지하였다는 얘긴가."

"……."

"나무 굴에서 발견했을 때, 숨은 쉬지 않았지만 아직 살아 있었던 모양이니까. 하지만 아무리 노력해도 의식이 돌아오지 않았어."

"무……."

무슨 소리냐고 물으려다가 유마는 멈췄다. 아…… 산 채로 묻은 거구나. 이처럼 무서운 가능성이 뇌리를 흘끗 스쳤기 때문이다. 그때 사토미 씨가 갑자기 침실을 나갔다. 한마디도 하지 않고 내내 듣기만 하다가 나가버렸다.

삼촌이 가만히 말했다. "사토미 씨는 원망하지 마. 이번 계획은 거의 몰랐으니까."

"삼촌 맘대로 끌어들인 거야?"

여전히 고이즈미에 관한 일로 엄청난 충격을 받은 상태였지만, 사토미 씨에게 저지른 처사에 가만있을 수 없었다.

그러자 삼촌은 울컥하는 표정으로 말했다. "말하기 힘든 사정이 있어서 너를 맡게 되었다고 제대로 설명했어. 자랑스럽지 못한 사정이라는 것 정도야 사토미도 알았을 테고."

"그렇게 자기 맘대로……."

처음부터 유마를 대하는 사토미 씨의 눈치가 영 이상했던 것도 이해가 되었다.

삼촌이 억지로 이야기를 이어나갔다. "고이즈미의 유괴 계획은 완벽하게 실패했어. 그래서 나는 한동안 고무로 저택에는 오지 않았지."

요시마타도 말했더랬다. 고이즈미 마사토 사건 이후로 삼촌의 발길이 고무로 저택에서 멀어졌다고.

"하지만 말이야, 어느 정도는 성공했다고 할 수 있어. 녀석의 양아버지에게, 애초의 몸값보다는 상당히 적었지만 돈을 좀 뜯어냈으니까."

"어떻게?"

더 이상 삼촌의 말상대는 하고 싶지 않았지만, 왠지 이 이야기는 신경이 쓰였다.

"고이즈미를 유괴했을 때, 녀석은 '우리 양아버지가 내 몸값을 낼 리가 없어'라며 나를 비웃었어. 꽤나 근성 있는 놈이라며 나도 좀 감탄했지."

정말 세이다운 태도였다. 게다가 그애가 말했던 양아버지 이야기와 확실히 통하는 바가 있었다.

"그래서 고이즈미가 죽었을 때, 나는 모 아니면 도라는 심정으로 그애의 양아버지에게 연락했어. 이대로 아들이 죽기를 바라지 않는다면, 단 얼마라도 돈을 내라고 말이야."

"저쪽에서 세이가 돌아오기를 바라지 않는다면?"

"그래, 실제 유괴와는 완전히 반대 상황이지."

다시 삼촌은 의기양양한 얼굴로 말했다. "내 노림수는 제대로 적중했어. 데릴사위인 양아버지에게 마사토는 방해물이었던 모양이야. 저쪽은 내 제안에 곧바로 응했지."

유마는 속이 뒤집힐 것만 같았다. 더는 이런 남자의 이야기를 듣고 싶지 않았다. 이때 사토미와 나눈 대화가 떠올랐다. 삼촌은 평소부터 8이 붙은 나이에는 반드시 좋은 일이 생긴다고 말했다고 했다. 여덟 살 때에는 좋은 일이 전혀 없었는데도, 열여덟 살에 고무로 저택을 손에 넣은 뒤로는 그렇게 믿었다. 그래서 삼촌은 스물여덟 살 때에 고이즈미 마사토 유괴 계획을 세웠다. 그건 실패했지만, 남들이 생각지 못한 방식으로 돈을 벌었다. 삼촌은 도박에서 크게 따지는 못했지만, 조금은 벌었다는 식으로 사토미 씨에게 설명했다. 구사마의 도벽을 일종의 병이라고 말했던 삼촌이, 애초에 도박 따일 할 리가 없는데. 그리고 서른여덟 살인 지금, 피가 다른 조카의 유괴 계획을 세웠다. 여기까지 추리를 진행하다가 유마는 고개를 갸웃했다. 고무로 저택에 온 뒤로 오늘이 6일째다. 요 이틀간은—유마가 이계에 있던 시간으로 간주하고—어쩔 수 없다고 해도, 유괴한 뒤로 아무런 진전도 없이 초반 4일이 지나갔다. 왜일까? 분명히 뭔가 있었다. 그럼에도 불구하고 삼촌은 이를 유마에게 감추고 있었다. 삼촌에게 불리한 사실이 있기 때문일까. 대체, 무슨 일이 있었을까…….

자신의 이야기에 취한 것처럼 무용담을 늘어놓던 삼촌은 유마의 눈치가 이상하다는 사실을 겨우 깨달은 듯했다. "무슨 생각을 하고 있냐?"라고 말하며 갑자기 얼굴을 들이댔다. "어떻게 도망칠지, 그걸 생각하고 있냐?"

유마는 아차 싶었다. 무엇보다 먼저 탈출 방법을 고민해봤어야 했는데 생각도 하지 않았던 것이다. 그렇다 해도 침대에서 눈을 뜬 후에 연신 놀라운 일이 벌어져 딴생각을 할 겨를이 없었다.

유마는 더듬거리며 물었다. "유괴란 짓은 오래 끌수록 범인에게 불리하지?"

삼촌은 아무렇지도 않게 대답했다. "그래, 맞아."

유마는 몇 가지 의문에 대해 삼촌이 스스로 진상을 털어놓게 하려고 에둘러 물었는데 삼촌은 아무런 망설임 없이 대답했다.

"실행이 늦어진 이유는 어떤 의미에선 너 때문이야."

"뭐?"

"너를 유괴한 날 아침에 형님이 죽었거든. 여느 때처럼 천체 관측을 한 뒤에 3층에서 추락했어. 네가 옥상에 깜빡 잊고 놔두었던 RC카에 발이 걸려서 말이야."

20장 생사규묵

유마의 얼굴에서 핏기가 싹 가셨다. 머릿속이 곧바로 새하얗게 변했다. 이럴 수가 …….

유마의 눈치를 보면서 의외로 삼촌이 배려하는 듯한 어조로 말했다. "아무리 싫어하는 새아빠라 해도 사고로 죽었다는 말을 들으니 충격을 받았나? 하물며 자기가 깜빡 잊고 간 RC카 때문이었으니 말이야."

"나, 나, 나는 ……."

"야, 좀 가만히 있어봐. 딱히 너를 나무라는 게 아니야. 나도 조금은 책임을 느끼고 있어. RC카를 너에게 사준 사람이 다름 아닌 나니까."

삼촌은 그런 식으로 유마를 위로한 뒤 말을 이었다. "하지만 속전속결로 끝낼 생각이었는데, 예상 밖의 사고 때문에 계획이 완전히 엉망이 돼버렸어.”

돌연 삼촌의 태도가 싹 바뀌었다.

“3층에서 떨어진 형님이 발견된 시각은 너를 유괴한 날 늦은 오후였어. 그때까지 아무도 깨닫지 못했던 이유는 형님이 중역이라 제때 출근하지 않아도 되고 저택 부지가 워낙 넓기 때문이었지. 네 엄마가 휴대전화로 연락했을 때는, 이미 여기 고무로 저택에 도착했던 상황이라 나도 엄청 당황했어. 이제 와서 계획을 중지할 수도 없고. 다만 형님이 죽었단 얘기를 듣고는 바로 이용해먹을 수 있겠다 싶어서 ‘지금 막 아파트에 유마가 놀러온 참이니, 이대로 제가 맡겠습니다’라고 거짓말을 했지. ‘형님이 사고를 당한 원인을 알면, 분명히 유마는 큰 충격을 받을 겁니다. 그러니 사고가 수습될 때까지 아무 말도 하지 마세요. 제가 한동안 돌보겠습니다’라고 말했더니 네 엄마가 고맙다는 소릴 다 하더라.”

“그래서 술을 먹었는데도 차를 몰고 도쿄로 돌아갔구나…….”

“네 엄마는 내가 아파트에 있다고 생각하는데, 세토 가로 달려가지 않으면 이상하잖냐.”

“하지만 여기서 집에 전화했을 때…….”

유마는 고무로 저택에 온 지 사흘째 되던 날, 삼촌의 휴대전화로 엄마와 이야기했을 때를 떠올렸다.

"삼촌은 처음에 그 사람하고 이야기하겠냐고 나에게 물어봤잖아?"

"그래. 이미 형님은 죽었는데 말이야. 하지만 그렇게 물으면, 너는 틀림없이 형님이 아니라 네 엄마를 선택할 거라고 생각했지. 실제로 그랬잖아?"

"그 사람이 죽은 걸……."

"어째서 너에게 감추었냐고? 그야 섣불리 알려줬다가 네가 동요하면 아무런 득도 안 되니까 그렇지. 어디까지나 너는 여기로 놀러 왔다고 생각하게 만들어야 했어. 또 네 엄마는 아들이 내 아파트에 있다고 믿게 만들었고."

"하지만 그때 엄마는 혼자서 멋대로 돌아다니지 말라고, 삼촌이 없을 때는 안전한 집에서 놀라고 주의를 줬어. 그건 사사숲의……."

"사사 숲 걱정을 한 게 아니라, 아파트 근처의 유흥가에 가지 않도록 주의를 준 거겠지."

세이와 이야기했을 때와 마찬가지로, 이 대목에서도 유마는 멋대로 넘겨짚었던 것이다. 그리고 엄마는 삼촌에게 완벽히 속아 넘어갔다.

"명백한 사고였다고는 해도 형님은 회사와 업계에 적이 많았어. 그래서 부검을 하게 되었고 사흘 뒤 아침에야 겨우 시신이 돌아왔지."

삼촌이 고무로 저택에 돌아왔다가 다시 나갔던 날이었다.

"당일 바로 장례식을 치렀고, 다음 날 발인을 했어."

그래서 삼촌은 빨리 돌아와봤자 모레가 될 거라고 말했던 것이다.

"일단 별장에 돌아올 수 있어도, 다음 날에는 가봐야 한다고 말한 이유는 금방 초칠일을 맞이하기 때문이야."

초칠일이란 사람이 죽은 뒤 7일째에 행하는 법사다.

"바쁘긴 해도 장례일로부터 초칠일까지 시간이 있어서 유괴 계획을 다시 짤 수 있었어. 다만 협상 상대가 형님에서 네 엄마로 바뀌었지……."

이때 삼촌은 빤히 유마를 바라보면서 말했다. "네 엄마의 반응이 좀처럼 예측이 안 되어서 말이야. 자기 자식이 유괴되었다면, 무엇보다 아이가 무사히 돌아오기를 바라며 곧바로 경찰에 연락하지는 않을 거야. 만약 형님이었다면 얼른 돈을 내고 마무리하려고 했겠지. 전에 내가 말했던 대로 이런 점은 고무로 도쿠야와 비슷할 테니까. 어쩌면 형님도……."

잠시 숨을 고르다가, 또다시 삼촌은 유마를 빤히 바라보면서 말했다.

"고이즈미 마사토의 양아버지와 같은 바람을 가지고 있었을지도 모르고."

"엄마가 임신했으니까……."

"머리가 너무 좋은 것도 애한테는 불운인가."

삼촌은 동정하듯이 유마를 바라보고 있었다.

"그런데 갑자기 네가 사라져버린 거야. 사토미한테서 연락이 왔지. 어디로 갔는지 전혀 모르겠다고 말이야. 네 엄마에게도 언제까지나 얼버무릴 수는 없었어. 그래서 결심했지. 그 양반은 여차하면 혼자서도 엄청난 결단을 내릴 수 있겠다는 느낌이 들었으니까 말이야."

유마도 같은 생각이었기 때문에 엉뚱하게도 삼촌의 혜안에 감탄했다.

"나는 네 엄마에게 전화해서 '큰일났다. 유마가 유괴당한 모양이다. 곧 범인이 연락할 테니 경찰에게는 알리지 않는 편이 좋겠다'라고 전했어. 그후 음성변조기를 사용해서 몸값을 요구하는 전화를 했는데……."

"엄마는 그걸 믿었어?'

"그래, 전부터 네 엄마는 내가 사는 아파트 부근의 치안이 안 좋다고 생각했으니까 말이야. 그건 문제없었어. 하지만 귀찮게도 네가 무사하다는 걸 확인할 때까지는 어떠한 거래에도 응할 수 없다고 했어. 그런데 가장 중요한 네가 어디에도 안 보이는 거야. 나 같은 사람도 난처해졌지."

정말 자기중심적인 이야기였지만 삼촌의 당황한 모습이 눈에 선해서 유마는 '정말 꼴좋다'라고 생각했다.

그런데 삼촌은 몇 권의 책을 침대 머리맡에 놓더니 이렇게 말하고 침실을 나갔다. "이렇게 되었으니 너는 다시 한 번 엄마와 전화통화를 해줘야겠어. 내가 사온 책이라도 얌전히 읽고 있어라."

철컥 하고 문이 잠기는 소리를 듣자마자 유마의 마음은 무겁게 가라앉았다. 물론 책을 읽을 생각 따윈 없었다. 다만 책들을 바라보는 동안 눈앞에 단서가 있었음을 유마는 깨달았다. 닷새 전에 학교에서 돌아오다가 삼촌을 만났을 때 삼촌은 '오늘 아침 이른 시각에 형이 전화해서 잠에서 깼다'라고 말했다. 새 아빠가 유마를 돌봐줬으면 한다고 부탁했다고 했다. 같은 날 낮에 유마는 삼촌의 차를 탔고, 두 사람은 고무로 저택에 도착할 때까지 계속 함께 있었다. 그리고 저녁에 삼촌은 도쿄로 돌아갔다. 그럼에도 불구하고 이틀째 되는 날 오후, 삼촌이 시자쿠 마을에서 사둔 책을 사토미 씨가 건네주었다. 그렇다면 삼촌은 언제 시자쿠 마을에서 책을 산 걸까. 아무리 생각해봐도 그럴 시간이 없었다. 미리 사두었다고 생각할 수밖에 없었다. 요컨대 삼촌은 유마가 고무로 저택에 머물 거란 사실을 미리 알고 있었다는 이야기였다.

의문: 어째서?

해답: 유마의 유괴를 실행할 셈이었으니까.

다만 한 가지 의문이 남았다. 삼촌은 몸값을 교섭할 상대로 새아빠를 고를 생각이었다. 새아빠라면 아무런 망설임 없이 돈을 지불할 것이다. 그래서 유괴한 뒤 2, 3일 내에 승부를 볼 심산이었다. 그럼에도 불구하고 삼촌은 왜 책을 다섯 권이나 샀을까. 권수를 보면 적어도 일주일은 상정한 것 같은데 말이다.

도모노리 씨는 은근히 감이 좋거든. 무의식중에 작용하는 특별한 감각이 있다고나 할까. 다만 사업에는 별 도움이 안 돼서라고 혀를 차던 사토미 씨의 말이 문득 뇌리를 스쳤다. 삼촌은 다섯 권이나 책을 샀는데 이건 무의식적인 행동이었을까. 하지만 적중해버렸다. 큰 실패는 하지 않지만, 결코 성공도 하지 못한다. 마치 삼촌 인생의 비밀을 엿본 기분이 들었다. 사실이라면 아주 무서운 일이라고 유마는 생각했다. 이계에 들어가는 것보다 훨씬 무서울지도 모른다. 만약 삼촌이 학창 시절에 이 지역에 아르바이트를 하러 오지 않았다면, 가령 방문했더라도 구사마의 유괴 사건을 알아차리지 못했다면, 만일 알아차렸더라도 히사시의 발견에 관여하지 못했다면, 그리고 고무로 저택을 받지 않았더라면, 사사 숲의 집에서 살지 않았더라면······ 틀림없이 그후의 사건은 결코 일어나지 않았을 것이다. 그야말로 운명이었다. 이런 의미에서는 삼촌도 사사 숲에 홀렸다고 말할 수 있지 않을까. 아이의 경우는 가미카쿠시의 피해자이고, 어른이면 가해자가 되어버리는 걸까. 나도 휘말린 거야······.

유마는 침대에서 내려와서 문 앞까지 갔다. 문손잡이를 돌려보았지만 역시나 잠겨 있어서 열리지 않았다. 다음에는 창문을 통해 베란다로 나가서 난간 너머로 아래를 내려다보았다. 내려갈 수 있을 만한 장소가 있는지 필사적으로 찾았다. 그렇지만 일이 입맛대로 풀리지는 않았다. 가령 긴 줄이 있다고 해도 아무 경험도 없는 어린아이는 도중에 미끄러져 떨어지고 말 것이다. 완전히 갇히고 말았어……. 외부 도움은 기대할 수 없다. 유일한 희망은 요시마타이지만, 만일 고무로 저택 앞을 차를 타고 지나간다고 해도 유마가 침실에 있으면 상황을 알 수가 없다. 게다가 베란다에서 도와달라고 외치더라도 별장과 앞뜰과 생울타리 너머에 있는 요시마타에게 들리지 않을 것이다. 구사마는……. 떠올려봤지만, 그자는 오히려 삼촌 쪽에 선 인간일 것이다. 다만, 그때 구사마가 무슨 짓을 하고 있었는지가 신경쓰였다. 어쩌면 유마를 유괴할 생각이었을까? 삼촌의 차를 타고 와서 고무로 저택에 머무르는 것을 보고 착각했는지도 모른다. 유마가 삼촌의 아들이라고. 그래서 유괴할 기회를 엿보고 있었다, 그토록 집요하게 쫓아온 이유도 유마를 유괴하기 위해서였다. 이렇게 생각하면 나름 납득할 수 있었다.

요시마타는 생울타리에서 했던 이야기 말미에 "내가 잘못 봤는지도 모르지만, 조심하는 편이……"라고 말했는데, 그때 구사마 이야기를 하려 했던 게 아닐까. 구사마와 비슷하게 생긴 수상한 자가 어슬렁거리는 것을 분명히 보았을 것이다. 그래서 만일을 위해 유마에게 주의를 주려고 했다. 그렇다고는 해도 구사마는 어째서 〈흐박머리의 노래〉를 부르고 있었을까. 삼촌이 유마를 유괴하기 전에 같은 노래를 불렀던 것은 알지 못했을 것이다. 알았다 해도 흉내 낼 필요는 없었다. 단순한 우연일까. 하지만 그런 우연이 가능할까. 애초에 초등학생들 사이에 퍼진 노래인데 그 사람은 어떻게 알았을까. 이런 생각에 잠겨 있자니 등골이 오싹해지기 시작했다.

구사마는 지금 대체 어쩌고 있을까. 문제의 굴 안이 이계였다면, 유마가 탈출함으로써 출구가 닫혀버렸을 가능성이 높았다. 즉, 구사마는 평생 나올 수 없었다. 나무 굴 입구 쪽으로 돌아가려 해도 영원한 암흑이 이어질 뿐이라면, 아무리 나아가도 입구에는 도착하지 못한다. 새까맣고 어둡고 비좁은 굴이 한없이 이어질 뿐이고⋯⋯. 유마의 몸이 부르르 떨렸다. 구사마의 최후를 상상하자 엄청나게 무서워졌다. 결코 남의 일이 아니었다. 구사마가 맞닥뜨린 무시무시한 운명은 유마에게도 해당되기 때문이다.

여러 문제가 발생해 삼촌의 계획은 어그러졌다. 그중에서도 새아빠의 사고사, 유마의 실종, 교섭 상대의 변경, 이 세 가지가 가장 클 것이다. 하지만 이보다 더 중요한, 삼촌이 전혀 예상하지 못했던 의외의 문제가 있었으니, 나무 굴의 불가사의한 힘이 유마에게는 전혀 통하지 않았다는 점이다. 이건 삼촌이 세운 유괴 계획의 핵심이었을 것이다. 유괴당한 아이가 범인의 용모는 고사하고 유괴됐다는 사실조차 기억하지 못한다. 유괴범에게는 꿈같은 상황이고 이런 현상이 있어서 삼촌은 유괴 계획을 세웠던 것이다. 사토미 씨도 말했었다. 삼촌은 숲으로 유마를 데려갈 생각이었다고. 물론 진짜 목적까지는 몰랐겠지만. 한데 믿기지 않게도, 유마에게는 아무런 효과도 없었다. 유마는 모든 기억을 간직한 채로 나무 굴에서 나왔다. 심지어 평범하게 나온 것도 아니고 나무 굴 안쪽의 터널을 지나 고무로 저택의 지하까지 이동했다. 덤으로 고이즈미의 유령과도 만났다. 자신이 세운 유괴 계획에 문제가 생겨도 어떻게든 대처해왔던 삼촌도 유마 앞에서는 두 손을 들 수밖에 없을 것이다.

요컨대 나는 살아서 돌아올 수는 없는 상황이었다. 엄마가 몸값을 지불하면 삼촌은 분명히 나를 처치할 것이다. 그리고 고이즈미처럼 창고실 지하의 벽에 매장하고 말 것이다. 유마가 돌아오지 않으면 엄마는 경찰에 알릴 것이다. 그리고 수사가 여기에 이른다면, 요시마타의 증언으로 고무로 저택에 유마가 있었다는 사실이 밝혀지고, 아마도 삼촌은 체포될 것이다. 삼촌은 어떻게 이런 위험에 대처할 셈일까, 혹시 구사마를 범인으로 몰아갈 생각일까? 구사마가 이계의 굴 안에서 나올 수 없다는 것은 삼촌도 알고 있다. 그러니까 몸값을 손에 넣은 구사마가 행방을 감춘 것처럼 보이게 만든다. 그것이 삼촌의 계획이 아닐까.

유마는 여기까지 필사적으로 추리하다가, 갑자기 생각을 멈췄다. 지금 이런 걸로 고민하고 있을 상황이 아니었다. 지금의 나는 그야말로 '생사규묵'이었다. 아버지의 작품집 제독 《생사규묵》은 '화복규묵禍福糾纏'이라는 사자성어에서 따왔다고 엄마에게 들었다. 유마가 사용하는 국어사전에는 실려 있지 않아서 아버지의 책상에 있던 사전으로 찾아보고 '화와 복은 꼬인 새끼줄처럼 교대로 찾아온다. 화와 복은 서로 맞닿아 있다'라는 뜻임을 알았다. 아버지는 '화'와 '복'을 '생'과 '사'로 바꿔서 '생사규묵'이라는 말을 만든 모양이었다. 유마의 생과 사도 서로 맞닿아 있었다. 그무로 저택에서 도망치면 '생'에 가까워지지만, 계속 갇혀 있으면 '사'를 만날 뿐이다.

어떻게든 도망쳐야 하는데……. 유마는 다시 베란다로 나가 보았다. 문이 잠겨 있는 이상 외부로 통하는 장소는 여기밖에 없었다. 소설이나 영화에서는 침대의 시트를 찢어 만든 줄을 난간에 묶어 탈출하는 장면이 나온다. 이 방법밖에 없었다. 재빨리 침대 시트에 손을 대보지만 쉽게 찢을 수는 없었다. 가위가 없으면 불가능했다. 침실 안을 둘러보아도 천을 찢을 만한 도구가 전혀 없었다. 얇은 이불과 시트를 연결해보려고 하다가 금방 포기했다. 가령 연결했다고 해도 길이가 한참 부족했다.

철컥.

그때 문의 자물쇠가 돌아가는 소리가 나고, 저녁 식사 쟁반을 든 사토미 씨가 들어왔다.

"구해주······."

말을 채 끝맺기 전에 사토미 뒤에 있는 삼촌의 모습을 보고 유마는 낙담했다.

"호오."

그런데 삼촌은 오히려 기분이 좋아 보였다. 침대 위의 흐트러진 이불과 시트를 보고 씩 웃고 있었다.

"탈출용 밧줄이라도 만들 셈이었냐?"

유마는 말없이 무시했지만, 신경 쓰는 눈치도 없이 삼촌은 말을 이었다. "나는 너의 그런 면을 정말 좋아해. 빈말이 아니라, 정말로 감탄하고 있어."

여전히 제멋대로였다. 예전의 유마였다면 삼촌에게 조금만 칭찬을 받아도 기뻐서 어쩔 줄 몰랐을 것이다. 하지만 지금은 당연히 아니었다. 오히려 화가 났다. 사토미 씨는 책상에 쟁반을 내려놓고 유마와 눈길 한 번 마주치지 않고 침실을 나갔다. 다만 문가에서 돌아보며 "미안해"라고 아주 작은 소리로 말했는데 유마가 간신히 들을 수 있는 정도였다. 유마가 대답할 새도 없이 사토미 씨는 사라져버렸다. 사토미 씨 역시 삼촌 앞에서는 무슨 말을 해봐도 소용없을지도 모른다.

"식기 전에 먹어."

책상에 놓인 먹을거리를 보고 나서 삼촌도 침실을 나갔다. 문을 단단히 잠그고서. 식사하는 동안에도 감시하리라고 생각했던 유마는 조금 김이 샜다. 하지만 다행스럽게도 쟁반에 나이프가 얹혀 있었다. 이 나이프만 감췄다가 나중에 시트를 찢으면 된다. 한데 삼촌이 나이프가 분실됐다는 사실을 알지 못할 리가 없다. 분명히 쟁반을 가지고 갈 때 확인할 것이다. 그렇다면 지금 해보자. 유마가 나이프를 한 손에 들고 침대로 다가갔을 때 문의 자물쇠가 열리는 소리가 났다. 깜짝 놀라 멈춰 서 있는데 다시 삼촌이 들어왔다.

"그렇구만. 식사하기 전에 시트를 찢어놓겠다는 작전인가. 찢어놓은 시트는 이불 아래에 감출 셈이고. 과연 대단하네. 하지만 소용없으니까 관둬."

이렇게 말한 삼촌은 창문으로 가더니 가져온 철사와 펜치로 잠금장치를 단단히 봉해버렸다.

"설사 줄이 있더라도 문이 열리지 않을 테니 소용없지."

한마디 남기고 삼촌은 눈 깜짝할 사이에 침실을 나갔다. 당연히 문은 잠갔다. 삼촌의 용의주도함에 유마는 낙담했다. 문이란 문은 죄다 잠겨 침실에서 나갈 길이 완전히 봉쇄된 것이다. 전혀 식욕이 없었지만, 억지로 먹었다. 여차할 때 힘을 낼수 없으면 곤란하니까. 그럴 기회가 있을지 어떨지 몰라 불안하지만, 그렇다고 포기할 생각은 없었다. 생사규묵이다. 저녁은 다 먹었지만 유마가 할 수 있는 일은 아무것도 없었다. 사토미 씨에게 호소해서 도망치게 해달라고 빌어볼까? 달리 방법이 없었다.

"다 먹었냐?"

잠시 후에 삼촌이 혼자서 쟁반을 가지러 왔다.

"나이프하고 포크도 제대로 있군."

착실히 확인하는 삼촌에게 물었다. "몸값은 언제 어디서 주고받을 거야?"

삼촌은 질문에는 대답하지 않고 설명했다. "사실 네 엄마는 자유롭게 쓸 수 있는 돈을 꽤 가지고 있어. 그걸 한꺼번에 받으려면 준비하는 데 이삼일은 걸려. 그동안 하루에 한 번씩, 엄마에게 전화로 네 목소리를 들려줘야 해. 그것 말고는 딱히 할 일이 없을 테니 느긋하게 지내라고."

삼촌은 침실을 나가려다 갑자기 돌아보더니 덧붙였다. "내가 돈을 받으러 갈 때도 너는 여기에 계속 갇혀 있을 거다. 방 열쇠도 내가 가지고 갈 거야. 그러니까 사토미 씨에게 부탁해서 도망치게 해달라고 할 셈이라면 소용없으니 포기해라."

이로써 마지막 희망도 간단히 사라져버렸다. 그래도 유마는 침실을 서성이면서 도망칠 수 있는 방법을 생각했다. 조금 지치면 침대에 누워서 머리를 굴려보았다. 아무것도 떠오르지 않아도 결코 생각을 멈추지 않았다. 하지만 이내 유마에게 수마가 몰려와 어느새 잠들어버렸다. 앗, 하고 눈을 떠 시계를 보니 새벽 1시가 지났다. 저녁 식사를 마치고 여섯 시간 넘게 잤던 모양이다. 그래서 저절로 깨어났나, 생각하고 있는데 노크 소리가 들려왔다.

똑, 똑.

유마는 몸을 움찔했다.

똑, 똑.

아주 조심스럽게 문을 두드리는 소리, 누군가를 의식하는 아주 약한 소리였다.

'누, 누구지······?'

유마는 침대 위에서 몸을 움츠렸다. 이런 한밤중에 침실 문을 두드릴 사람이 고무로 저택에 있을 리가 없었다. 순간, 노크의 주인공을 알 것 같은 기분이 들었다. 사토미 씨? 삼촌이라면 망설임 없이 멋대로 문을 열고 들어올 것이다. 남은 것은 사토미 씨뿐이었다. 사토미 씨는 삼촌의 유괴 계획을 몰랐다. 그래서 무슨 일이 일어났는지 이해하자마자 유마를 동정했을 뿐 아니라 죄책감을 느꼈다. 그래서 삼촌의 눈을 피해 침실 열쇠를 손에 넣어 몰래 유마를 도망치게 해주려는 게 아닐까.

유마는 황급히 침대에서 빠져나와 문 앞에 섰다.

똑, 똑.

여전히 흐릿한 노크 소리가 이어졌다.

"사토미 씨세요?"

문에 입이 닿을 듯 가까이 대고 속삭이자 소리가 뚝 멎었다.

찰카닥.

이번에는 문의 자물쇠가 가만히 풀리는 소리가 났다. 사토미 씨라는 사실을 알고 있어도 유마는 문을 열기가 무서웠다. 어쨌거나 시간 낭비할 때가 아니었다. 옆 침실에서 쉬고 있을 삼촌에게 들키면 끝장이었다. 유마는 손잡이를 잡고 조용히 문을 열었다. 아무도 없었다. 사토미 씨도 없었다. 2층 홀을 둘러봐도 사토미 씨는 보이지 않았다. 바로 옆방으로 돌아간 건가? 하지만 그랬다면 기척이 났을 것이다. 문의 자물쇠가 풀린 뒤에 유마는 조금 망설였다. 그렇게 짧은 시간에 아무런 기척도 내지 않고 조용히 옆방으로 돌아갈 수 있을 리 없었다.

그렇다면 누가⋯⋯. 형광등이 켜진 어둑어둑한 홀에 멈춰 서서 유마는 몸을 부르르 떨었다. 도망치자. 영문은 알 수 없지만 이 기회를 놓쳐선 안 된다. 까치발을 하고 홀을 가로지른 다음 발소리가 나지 않도록 계단을 내려갔다.

끼이이.

도중에 계단이 삐걱거려서 식은땀이 흘렀다. 문을 닫고 있으면 들리지 않을 정도로 작은 소리지만, 유마에게는 아주 요란하게 느껴졌다. 더욱 신중을 기해서 천천히 계단을 내려갔다.

이러는 동안에 2층에서 쾅, 하고 커다란 소리가 들리고 옆 침실에서 삼촌이 뛰어내려올 것만 같았다. 삼촌 특유의 직감을 발휘해서 "내가 놓칠까 보냐!" 하며 쫓아올 듯해 너무 무서웠다. 계단을 다 내려왔을 때는 식은땀에 푹 젖어 있었다. 하지만 아직 방심해서는 안 된다. 넓은 현관홀이 남아 있다. 계단 아래에서 가림벽에 이르는 최단 경로를 따라 조심조심 나아갔다. 홀의 바닥은 계단처럼 삐걱거릴 걱정이 없으므로 편했다. 다만 1층 홀에서 나는 소리는 의외로 크게 울린다. 조심해서 나쁠 것은 없다. 간신히 가림벽에 도달해 이 벽 뒤편을 지나 현관문 앞에 섰다. 유마는 문을 열려고 오른손을 뻗었다가 그대로 굳어 버렸다. 없어? 지금 살고 있는 세토 가도, 전에 살았던 연립주택도, 문 밖에서는 열쇠로 문을 잠그고 열지만, 집 안에는 안쪽 자물쇠를 돌리기만 하면 되었다. 그런데 눈앞의 문에는 자물쇠가 없고 열쇠구멍뿐이었다. 당연히 열쇠가 없으면 문을 열 수 없다.

　동익동 동쪽 끝에 있는 부엌문은 어떨까? 거기에는 안쪽에 자물쇠가 달려 있었다. 다만 또 다른 자물쇠가 없었는지는 기억나지 않았다. 만약 또 다른 자물쇠가 채워져 있다면 방법이 없었다. 그보다는 응접실 창문으로 도망치는 편이 확실하리라고 유마는 생각했다. 동익동 부엌문까지 갔는데 나갈 수 없게 되면, 귀중한 시간을 낭비하게 되니까. 다시 살금살금 신중하게 현관홀로 돌아왔다. 계단 아래를 지나고 서익동 복도를 거쳐 응접실 앞에 섰다. 그리고 문손잡이를 돌려서 소리가 나지 않도록 조용히 문을 열었다. 커튼이 쳐져 있는지 실내는 어두웠다. 벽 쪽 스위치로 손을 뻗다가 문득 멈췄다. 불을 켜도 삼촌이 알 리는 없지만 환하게 불을 켠다고 생각하니 너무 무서웠다. 가능하면 이대로 어둠에 섞여서 도망치고 싶었다. 유마는 손으로 더듬어가며 천천히 응접실 안을 걸었다. 응접실 문과 창문 사이에는 장애물이 없을 것이다. 그래도 주의하며 초조해하지 않고 나아갔다.

이윽고 앞으로 뻗은 오른손에 커튼이 닿았다. 살며시 좌우로 열자, 곧바로 달빛이 비쳐들고 손가가 밝아졌다. 살았다! 안도한 것도 잠시, 유마의 얼굴에서 점차 핏기가 가셨다. 왜냐하면 2층 침실과 마찬가지로 이 창문의 잠금장치도 철사로 꽁꽁 묶여 있었기 때문이다. 삼촌 짓이야. 틀림없이 1층의 모든 창문이 같은 상태일 것이다. 2층의 다른 창문들 역시 마찬가지일 터였다. 절대 놓치지 않겠다는 삼촌의 강한 의지를 느끼고 유마는 오싹해졌다.

아냐, 나 역시 포기하지 않을 거야. 절망에 빠지려는 자신을 유마는 격려했다. 필사적이었다. 어떻게 해서라도 고무로 저택에서 탈출하겠다고 결심하고 자신에게 힘을 불어넣었다.

"야……."

갑자기 어둠 속에서 사람 목소리가 들려서 유마는 펄쩍 뛰어
올랐다.

"너, 어떻게 침실에서 나왔냐?"

조심조심 돌아보았더니, 긴 소파에서 자고 있었는지 삼촌이
이불을 걷고 몸을 일으키는 참이었다.

"어, 어, 어, 어떻게……."

입에서 말이 제대로 나오지 않았다.

"응, 내가 여기서 자고 있는 거 말이야?"

삼촌은 유마가 하고 싶은 말이 무엇인지 금방 알아차리고 말
했다.

"사토미 씨가 큰 충격을 받아서 말이야. 냉정을 되찾기 위
해서라도 오늘 밤엔 같이 자지 않는 편이 좋겠다고 생각했지."
당연하다는 듯이 대답한 뒤에 다시 질문을 던졌다. "그래서 너
는 어떻게 침실에서 빠져나왔냐?"

어쩔 수 없이 있는 그대로 대답하자, 삼촌은 납득이 안 간다
는 말투로 중얼거렸다.

"설마, 사토미 씨가……."

일단 사토미 씨를 의심했지만, 곧바로 겉옷 주머니를 뒤져서
방 열쇠가 있음을 확인하고 고개를 계속 갸웃거렸다.

"이상하네. 아무리 너라도 아마추어가 자물쇠를 딸 수는 없
을 텐데……."

"직접 열었다면 그랬다고 말했을 거야."

곧바로 유마가 받아치자 삼촌은 살짝 웃으면서 말했다.

"그야 그렇겠지. 거짓말할 필요는 없으니까. 그 얘긴……."

그리고 뜸을 들이듯이 유마의 얼굴을 본 뒤에 덧붙였다.

"고이즈미 마사토의 유령……이?"

삼촌은 반쯤 놀리는 어조로 말하더니 두 손을 가슴 앞에서 살랑살랑 흔들었다. 세이가? 듣고 보니 남은 가능성은 그것뿐이었다. 죽은 자가 산 자를 도와줄 수 있는지 어떤지는 몰라도. 아니, 분명히 세이일 것이다.

유마가 새로운 희망을 품었을 때 마치 알아차렸다는 듯이 삼촌이 말을 이었다.

"모처럼 맞은 기회였는데, 아깝게 됐구나."

삼촌이 긴 소파에서 일어나 이쪽으로 다가왔다.

"고이즈미 마사토의 짓이라면, 단순히 기뻐할 수만은 없단다."

"어째서?"

"녀석이 순수한 호의에서 너를 구할 것 같지는 않으니까."

"어……."

"네 이야기에 의하면 녀석은 친구를 원하고 있다며? 요컨대 나한테서 구출해냈다 치자. 이번에는 절대 너를 놓치지 않을 거라는 얘기야."

삼촌의 말이 유마의 가슴에 묵직하게 다가왔다.

"요컨대 어느 쪽이든 너의 앞길은 막막하단 얘기야."

생과 사는 서로 얽혀 있으며 자신은 그 사이에 있다고 생각했는데 이제는 '사' 쪽에 기울어져 있음을 유마는 깨달았다.

"자, 돌아가자."

삼촌에게 재촉을 받으며 유마는 응접실을 나섰다.

앞장선 유마의 등 뒤에서 삼촌이 말했다. "만약 또 도망치려고 하면, 그때는 묶어놓을 거다."

설사 탈출할 기회가 다시 찾아온다 해도 단 한 번뿐이라는 얘기였다. 하지만 아무리 낙관적으로 생각하려 해도 희망이 보이지 않았다. 2층 홀에 도착하자 유마는 기력을 잃기 시작했다. 절대 포기하지 않겠다는 결의도 사라져가고 있었다. 삼촌에게 등을 떠밀리며 기계적으로 걷고 있었다. 침실이라는 이름의 감옥에 들어가려고 그저 발을 앞으로 내딛고 있었다. 이런 식으로 침실을 향해서 2층 홀을 가로지르고 있을 때, 유마의 시야 가장자리에서 뭔가 움직이는 기분이 들었다. 3층으로 이어지는 계단 위에서 꿈틀거리는, 마치 사람의 형체처럼 보였다. 세이? 이런 생각이 드는 순간, 유마는 3층으로 이어지는 계단을 향해 뛰기 시작했다.

삼촌의 절규가 홀에 크게 울려 퍼졌다. "야! 어디 가는 거야! 위에 올라가 봤자 도망칠 수 없다고. 쓸데없이 발버둥 치지 말고 얼른 돌아와!"

성난 목소리를 무시하고 3층 다락방으로 뛰어 올라간 유마는 작은 목소리로 불렀다. "세이? 어디 있어?"

낡은 가구 사이를 헤치면서 유마는 맨 먼저 침대로 향했지만 세이는 없었다.

"야, 얼른 좀 나와."

조금 전에 보았다고 생각한 형체는 그저 환영이었을까. 완전히 절망한 유마에게 뇌가 환상을 비쳐준 걸까.

텅, 텅.

이윽고 천천히 계단을 올라오는 발소리가 들려오기 시작했다. 느린 발걸음과 일부러 크게 울리는 발소리가 삼촌의 엄청난 분노를 표현하는 듯하여 무서워서 견딜 수가 없었다.

텅, 텅, 텅.

아무 말도 들려오지 않아 더욱 공포를 부채질했다. 수다스러운 삼촌이 말 한마디 하지 않으니 너무나 무서웠다. 어디 숨을 만한 장소는 없을까, 필사적으로 찾았다. 그러나 어디 숨더라도 금방 들켜버릴 것 같았다.

텅, 텅.

이제 곧 삼촌이 3층에 모습을 드러낼 것이다. 이제 어떤 꼴을 당할지 알 수 없었다. 분명히 일이 곱게 끝나지는 않을 것이다. 틀림없다. 유마가 기운을 잃고 주저앉으려 할 때였다. 옥상으로 이어지는 사다리가 문득 눈에 들어왔다. 좀 더 위로 가자.

옥상으로 나가더라도 별 수 없을뿐더러 막다른 곳이란 사실을 물론 유마도 알고 있었다. 그렇다 해도 다른 선택지가 없었다. 도망칠 수 있는 한 계속 도망치는 거다.

끽, 끼이이.

사다리를 한 단씩 올라갈 때마다, 마물魔物이 울부짖듯이 삐걱거렸다. 이 소리를 삼촌이 들었을지도 몰라서 안절부절못하며 사다리를 올랐다. 다락방에 유마가 보이지 않고, 어디에도 숨어 있는 기척이 없다면 당연히 옥상에 있다는 얘기였다. 빤한 사실을 삼촌이 놓칠 리가 없었다. 그럼에도 불구하고 자신이 사다리를 올라간다는 것을 삼촌에게 들키고 싶지 않았다. 지금 유마는 너무나 공허하고 허약한 희망에 의지할 수밖에 없었다.

유마가 사다리 위의 바닥문을 열고 간신히 옥상으로 나가자마자 삼촌이 다락방에 올라왔다. 잠시 동안 아래 공간에서 덜컥덜컥, 쿵…… 하는 소리가 이어졌다. 삼촌은 지금 유마를 찾아 가구 안이나 뒤편을 뒤지고 있을 것이다. 유마는 벌벌 떨면서 하얀 울타리 밖으로 몸을 내밀어 사방을 내려다보았다. 눈을 크게 뜨고 땅으로 내려갈 만한 곳을 필사적으로 찾았다. 하지만 발을 디딜 만한 곳조차 보이지 않았다. 이래서는 2층 지붕조차 내려갈 수가 없었다. '완전히 막다른 길에 몰렸어.' 머릿속이 새하얗게 된 상태에서 유마는 멍하니 멈춰 섰다. 이제 도망칠 곳은 어디에도 없었다.

끼이익.

그때 사다리가 삐걱거리는 소리가 오싹하게 울렸다.

끽, 끽, 끽.

그리고 한 단씩 올라오는 소리가 이어지고 덜컥 하고 바닥문이 열렸다 싶더니 삼촌 얼굴이 쑤욱 올라왔다. 유마는 올라오는 문에서 가장 멀리 떨어진 옥상 구석에 있었다. 삼촌이 이쪽으로 오라고 손짓했지만 유마는 고개를 저었다. 그러자 삼촌은 옥상으로 올라와 유마가 있는 곳까지 오더니 뒤로 돌게 했다. 그리고 유마의 두 어깨를 두 손으로 꽉 붙잡아 방향을 바꾸고는 바닥문으로 데려갔다. 물론 유마는 저항했지만, 삼촌의 힘에는 당해낼 수가 없었다. 꼭두각시 인형처럼 걸음을 내디뎌 눈 깜짝할 사이에 바닥문 앞에 서게 되었다. 삼촌의 두 팔에는 유마의 어깨가 아플 정도로 강한 힘이 실렸다. 얼른 내려가라는 뜻인 것 같았다. 유마는 울면서 몸을 뒤로 젖히고 사다리를 한 단씩 내려갔다. 유마의 가슴이 바닥문의 구멍을 통과할 때였다.

"지금이야."

속삭이는 듯했지만, 또렷한 목소리가 들렸다. 아니, 실제로 들렸는지는 확실치 않지만, 아무튼 유마의 귀에는 닿았다. 순간, 유마는 두 팔로 삼촌의 두 다리를 끌어안았다. 나중에 돌이켜봐도 왜 그런 행동을 취했는지 도무지 알 수 없었다. 자기도 모르게 반응했다고 할 수밖에 없는 움직임이었다.

"우왓!"

삼촌은 짧은 외침과 함께 옥상에서 하얗고 낮은 울타리를 넘어 떨어졌다.

쿵.

무시무시한 소리가 들렸다. 삼촌의 머리가 2층 베란다 지붕에 부딪혔기 때문이다.

털퍼덕!

둔탁한 소리가 들렸다. 삼촌이 뒤뜰로 굴러떨어진 것이다. 삼촌은 목뼈가 부러져 바로 사망했다고 한다. 삼촌이 추락했다는 사실을 유마에게 전해들은 사토미 씨는 곧바로 경찰에 연락했다. 남은 일도 골치 아플 테지만 어쨌든 유마는 '사'에서 탈출하여 '생'으로 돌아오는 데 성공했다.

다시 찾은 고무로 저택

매스컴의 대소동이 진정될 때까지 거의 한 달이 걸렸다. 딱 여름방학 기간이라 엄마는 유마를 데리고 간사이 지방으로 피신했다. 하지만 의지할 수 있는 지인이 없어서 계속 호텔에 머물렀다. 어째서 우리가 숨어 도망다녀야만 하는 걸까? 유마는 불합리한 현실에 분노했다. 덕분에 오사키와 만나서 놀 수 있었던 것이 유일한 위안이었다.

유마는 경찰서에서 여러 차례 조사를 받았다. 세이의 존재도 포함해서 전부 솔직하게 말했다. 그때 사토미 씨는 유괴 계획을 몰랐다고 강조하는 것도 잊지 않았다. 실제로도 그랬겠지만, 사토미 씨가 체포되면 세이이치는 어떻게 될까, 걱정이 앞섰기 때문인지도 모른다. 세이와 세이이치는 다른 사람이지만, 유마는 아무래도 두 사람을 겹쳐서 보게 되었다.

고무로 저택의 창고실 지하 벽에서 고이즈미 마사토의 시신이 발견되었다. 유마는 장례식에 참석하고 싶었지만 매스컴의 먹잇감이 될 뿐이라며 엄마가 완강히 말려서 포기했다. 좀 더 시간이 지나면 참배하러 갈 생각이었다.

삼촌은 사고사로 처리되었다. 따져보자면 정당방위가 되겠지만, 경찰의 발표는 달랐다. 범인은 고무로 저택 옥상에서 실수로 떨어졌다. 그것이 경찰의 공식 견해였다.

여름방학이 끝날 무렵 연예인 잉꼬 부부의 황혼이혼, 청순파 아이돌의 연애, 뮤지션과 여배우의 불륜이라는 사건들이 연달아 터졌다. 재미있다 싶을 정도로, 카메라와 마이크는 일제히 유괴 사건에서 멀어져 연예계로 향했다.

어째서 연예인의 사생활을 시시콜콜 보도할까. 꼭 전해야 할 중요한 소식이 많지 않은가. 유마는 이해할 수 없었지만 한편으로 안도했다. 엄마와 함께 간사이 지방으로 도망쳐도 기자들은 계속 따라왔다. 호텔을 옮겨도 집요하게 추적했다. 이런 비정상적인 취재 공세에 넌더리가 나 있었기 때문에 차라리 다행이라 여겼다.

엄마는 세타가야의 집을 처분하고 도쿄 교외에 아담하고 멋진 집을 샀다. 유마는 두 번째로 이사하고 전학했지만 불만은 전혀 없었다. 오히려 새아빠의 흔적이 죄다 사라져서 기쁘기만 했다. 새아빠의 유산은 태어날 아이가 대학을 졸업하고 취직할 무렵까지 세 가족이 살기에 충분한 액수였다. 새아빠의 사고사에 대해 엄마는 한 번도 언급하지 않았다. 역시나 경찰은 질문을 해왔지만 심도 깊은 이야기는 나오지 않았고, 어디까지나확인하는 정도에 머물렀다. 오사키와도 조금 이야기를 나누었는데 "절대 다른 개연성은 없지" 라는 말을 들었다. 세이를 만나면 좀 더 생생한 이야기를 할 수 있을지도 모른다고 유마는생각했다. 다만 그런 대화를 하고 싶은지 어떤지를 자신도 알수가 없었다.

놀랍게도 삼촌은 유언장에 고무로 저택을 유마에게 남긴다고썼다. 문제의 유언장은 엄마의 재혼 후에 바로 작성했던 듯했다. 그때는 삼촌이 유괴를 계획하지 않았던 걸까, 아니면 계획은 했지만 사사 숲의 힘을 믿고 있었던 걸까. 알 수 없는 일이다. 엄마는 그런 별장이라면 포기하라며 화를 냈지만, 유마는 그냥 물려받기로 했다. 세이와 만난 일을 도저히 잊을 수 없었기 때문이다.

이듬해 여름, 몹시 반대하는 엄마를 설득해서 유마는 하쿠쇼를 방문했다. 가미하쿠쇼에 빌린 별장에서 엄마가 여동생과 놀아주는 동안 유마는 자전거를 빌려 타고 오쿠하쿠쇼를 찾아갔다. 고작 1년밖에 지나지 않았는데 이미 고무로 저택에는 폐허같은 스산한 분위기가 떠돌고 있었다. 시자쿠 마을 주민이나하쿠쇼의 다른 별장에 머무르는 사람들 사이에서는 틀림없이유령의 집이란 소문이 돌고 있을 것이다. 유마는 문 앞에 자전거를 세워뒀다. 무섭지 않다고 말하면 거짓말이겠지만, 곧바로 도망치듯 돌아갈 정도는 아니었다. 그렇다 해도 창고실 지하나 옥상에는 갈 수 없을 것이다. 그냥 저택 안을 돌아볼 수는 있으리라 생각했지만 실제로는 달랐다. 고무로 저택 현관홀은 고사하고 부지에 발을 들일 수도 없었다. 열린 문 앞에서 가만히 집을 바라볼 뿐……

시간이 얼마나 흘렀을까. 유마는 문을 닫고 자전거에 올라타 그 자리를 벗어나려고 했다. 그때 문득 세이의 목소리가 들려온 듯했다.

"새아빠가 죽은 일에 죄책감을 느끼냐?"

황급히 유마는 고무로 저택으로 고개를 돌렸지만 어디에도 사람의 형체는 보이지 않았다. 다만 그 집이 자신을 바라보고 있을 뿐이었다.

"아니."

유마는 또렷하게 대답하며 고개를 저었다.

"그러냐? 그거 참 믿음직스럽네."

그러자 세이의 감탄하는 듯한 대답이 바로 돌아오는 듯했다. 하지만 고무로 저택에는 여전히 아무도 없었다.

그래도 유마는 씩 웃으면서 대답했다. "RC카는 깜빡 잊고 놔두고 온 게 아니니까. 일부러 두고 온 거야."

〈끝〉

옮긴이 현정수

일본문학 전문 번역가. 미스터리 소설을 중심으로 다양한 장르의 책을 번역하고 있다.

옮긴 책으로는 미쓰다 신조의 《노조키메》 《흉가》 《화가》 《괴담의 집》 《죽은 자의 녹취록》 《검은 얼굴의 여우》 외에 아야츠지 유키토의 《어나더》, 히가시가와 도쿠야의 《수수께끼 풀이는 저녁 식사 후에》, 우타노 쇼고의 《그리고 명탐정이 태어났다》 등이 있다.

괴담의 숲

초 판 1쇄 발행 2019년 12월 9일
개정판 1쇄 인쇄 2026년 3월 16일
개정판 1쇄 발행 2026년 3월 27일

지은이 미쓰다 신조
옮긴이 현정수
펴낸이 신경렬

상무 강용구
기획편집부 신유미
전략기획팀 신동현
마케팅 구민지 **디자인** 굿베러베스트
경영지원 김정숙 김윤하

펴낸곳 ㈜더난콘텐츠그룹
출판등록 2011년 6월 2일 제2011-000158호
주소 04043 서울시 마포구 양화로 12길 16, 7층(서교동, 더난빌딩)
전화 (02)325-2525 ㅣ **팩스** (02)325-9007
이메일 editor2@thenanbiz.com ㅣ **홈페이지** www.thenanbiz.com

ISBN 979-11-5879-252-7 03830